wolfStein

Sabine Herbst, ist in Steingaden geboren und aufgewachsen. Wenn sie nicht gerade mit dem Wohnmobil unterwegs ist oder mit dem Fahrrad die Berge auf und ab fährt, arbeitet sie im Büro um die Ecke. Die Erlebnisse als Reiseleitung oder bei der Grenzpolizei lieferten so manchen Gedankenanstoß für ihre Geschichte. Die Idee, ihr fiktives Erstlingswerk ›Weiberstammtisch‹ zu schreiben, kam aber vom Frauenstammtisch in ihrem Heimatort, der monatlich im Feuerwehrhaus zelebriert wird.

Sabine Herbst

WEIBER stammtisch

wolfStein

1. Auflage 2022

Originalausgabe: »Weiberstammtisch«

ein Imprint der Spielberg Verlagsgruppe, Neumarkt
Korrektorat: Hanë Bytyqi
Umschlaggestaltung: Ria Raven *www.riaraven.de*
Umschlagillustration: © shutterstock.com
Herstellung: BoD - Books on Demand, Norderstedt

Printed in Germany

ISBN: 978-3-95452-760-1

www.spielberg-verlag.de

Prolog

Es ist immer wieder erstaunlich, wie schnell sich Dackel fortbewegen können. Waggis krumme Beine fetzten so über den Strand von St. Peter-Ording, dass er einen kleinen Sandsturm hinter sich entfachte. Seine *Ohrwatschel* flatterten im Wind und es war zu befürchten, dass er gleich abhebt, um sich in die Armada von Drachen einzureihen, die am blauen Himmel ihre Kreise zogen. Josina, von den meisten nur Josi genannt, beobachtete das herzerfrischende Umhertollen ihres Rauhaardackels. Es schien fast so, als würde ihr Hund wissen, dass es für die nächste Zeit sein letzter Strandtag sein sollte und er, so wie sein Frauchen, seinem bajuwarischen Herzen zu folgen hätte.

Im Gegensatz zu ihrem Hund, der sich seiner bayrischen Herkunft immer schon bewusst war und sei es nur, um seinen Dickschädel durchzusetzen, schlugen in Josis Brust zwei Herzen.

Das eine schlug für Ammerleiten und Oberbayern, das andere für Hamburg und den Norden. Sie liebte es, an der Elbe zu sitzen und die Containerschiffe zu beobachten, sich dabei ein fettes Krabbenbrötchen zwischen die Kiemen zu drücken und ihre Gedanken auf die Reise zu schicken.

Gedanken an eine steife Brise, den Sand der Nordsee durch die Finger rieseln lassen, im Watt spazieren und den *Batz* durch die Zehen drücken. Oh ja – Hamburg und der Norden waren ihre Heimat.

Zu 50 Prozent wenigstens.

Denn da gab es noch das beschauliche, kleine Dorf mit mehr Kühen als Einwohnern, direkt an den Ammergauer Alpen gelegen, mit Blick auf die Hohe Bleick. Unweit der Märchenschlösser von König Ludwig II, lag es eingekuschelt in grüne Wiesen, die wirklich grüner waren, als die Wiesen im Rest von Deutschland.

Bei diesen Gedanken stiegen Erinnerungen in Josi auf: Bilder von den kleinen alten Bauernhäusern, dem Geruch, wenn der Holzofen geschürt wurde – und an ihre Oma. Als Kind hatte sie jedes Jahr ihre Sommer- und Winterferien bei ihr verbracht. Die Nächte im dicken Daunenbett, in dem man sich wie die Prinzessin auf der Erbse fühlte, obwohl die Matratze aus Rosshaar bestand und schon ziemlich durchgelegen war. An das tolle Frühstück, das ihre Oma ihr jeden Tag in der Früh bereitet hatte: warme, frische Kuhmilch und ein Butterbrot mit dick Honig darauf.

»Damit was an dich hinwächst«, nuschelte sie vor sich hin und tätschelte ihr die Wange. Oh ja! Wie war das schön als Stadtkind in solch ein Idyll zu kommen. Raus aus den Schuhen und den ganzen Sommer barfuß zu laufen. Sich nach einem Gewitterregen die Füße in den entstandenen Pfützen zu waschen oder bei kühlerem Wetter mit den kalten Füßen in die warmen Kuhfladen zu stellen. Freunde zu haben, die einen nicht danach bewerteten, was man anhatte oder woher man kam, sondern die einen so annahmen, wie man war.

Emmi, Hubert und vor allem Korbinian, der ihr mit zehn Jahren den ersten Schmatzer verpasst hatte. Spiele auf der Tenne, wenn sie sich todesmutig von oben herab in das Heu stürzten und sie danach feststellen musste, dass sie Heuschnupfen hatte.

Zwei Herzen! Zwei Heimaten! Zwei Welten! Wie würde ihre Oma sagen? ›Jetzt ist's soweit, dass soweit ist!‹ Ja, liebe Oma, jetzt war es so weit. Es war an der Zeit den heimatlichen Hamburger Hafen zu verlassen und sich an fast neue Ufer zu wagen. Sich aus dem Trubel der Großstadt und der Bevormundung ihrer Mutter zu befreien, das blasierte Gehabe ihrer sogenannten »Freunde« hinter sich zu lassen.

All diese Faktoren hatten sie mehr und mehr belastet und ihr schier die Luft zum Atmen genommen. Immer öfter hatte sie sich nach dem satten Grün der Wiesen gesehnt, dem Anblick der Berge, der Leichtigkeit des Seins, die sie in diesem Kleinod in Bayern empfunden hatte und ihr wurde immer klarer, dass jetzt ihre zweite Heimat an der Reihe war. Ammerleiten, ich komme! Oma, ich komme!

Doch so viel Glück war ihr leider nicht vergönnt. Oma, die »Hauser Rosi«, verstarb vier Wochen vor ihrem Umzug nach Bayern. Sie schlief selig auf der Sonnenbank ein, ein Glas »Vitus Spezial« stand neben ihr und Korbinians Kater ruhte auf ihrem Schoß. Und jetzt vermachte sie ihr auch noch ihren kleinen Bauernhof. Wenn das nicht Schicksal war.

Ammerleiten, jetzt kommt die Neue. Die »Hauser Josi«.

- 1 -

Die Wolken hingen tief in den Ammergauer Alpen und es regnete seit einer Woche unerbittlich auf die saftigen, grünen Wiesen. An manchen Stellen bildeten sich schon kleine Tümpel, die sich im Laufe der Tage zu einem stattlichen See verbanden. Das Jungvieh, das sich auf den Weiden befand, stand starr, wie hinbetoniert, als versuchten sie, mit dieser Taktik weniger nass zu werden. Sogar die Glocken, die sie um den Hals trugen, hörte man nicht. Kein Gebimmel, nur das leise Wiederkäuen der Rinder war zu erahnen, wenn der Regen mal ein wenig nachließ.

Der Dorfbach zum Feuerwehrteich hatte sich in den letzten Stunden zu einem kleinen, reißenden Sturzbach entwickelt, der den Pegel des Löschteiches gefährlich ansteigen ließ. Sogar die Entenfamilie beim Teich hatte ihre Siebensachen gepackt und kauerte nun unter dem Vordach des Feuerwehrhauses, um den schlimmsten Regengüssen zu entkommen. Es war die Staulage, die sich am Rande der Gebirgskette oftmals entwickelte und dafür sorgte, dass Regen, Wolken und Nebel nicht mehr abzogen. Oftmals war es auch so, dass die Sonne das Kleinod mit ihren Sonnenstrahlen verwöhnte, wenn im Umkreis von fünf Kilometern schon das schlechte Wetter Einzug genommen hatte.

Im Moment war es der Regen, der sich über Ammerleiten richtig eingenistet hatte und keine Anstalten machte, in nächster Zeit das Weite zu suchen.

Die Bewohner von Ammerleiten hatten sich mit dem Wetter

arrangiert. Was blieb ihnen denn auch anderes übrig? Traudl und Walli waren schon seit ungefähr 20 Jahren in Ammerleiten ansässig, während es Emmi und Zenzi sozusagen in die Wiege gelegt bekommen hatten. Emmi hatte es sich zu eigen gemacht, sich nach dem 100-jährigen Kalender zu richten und so die Wetterprognosen zu deuten. Zenzi hatte eine etwas unkonventionellere Methode gefunden, die Kapriolen des Ammerleitner Wetters zu analysieren. Sie beobachtete das Wachstum ihrer Königskerzen und studierte die Gemütslage ihres wetterfühligen Papageis.

Diese Amazonasschönheit, mit Namen Rosa, war nämlich zwei Tage bevor das Wetter umschlug, dermaßen unausstehlich, dass sie Zenzi zuweilen den letzten Nerv raubte. Und das sollte was heißen – war sie doch sonst ein sehr geduldiger und ruhiger Mensch, den fast nichts aus der Ruhe bringen konnte. Aber wenn Rosa loslegte, krächzte, fluchte und wild im Haus herumflog, dann überlegte sich Zenzi so manches Mal, ob Papagei als Grillhendlvariante schmeckte und ob die Federn für ein kleines Kopfkissen reichen würden.

Und jetzt war es wieder so weit. Rosa war außer Rand und Band und bei Zenzi schaute es in der Küche aus, als wäre Frau Holle zu Besuch gewesen. Überall Federn von Rosa, die ihre spinnerten zwei Tage hatte. Doch heute war Zenzi die Ruhe selbst. Sie stieg in ihre Gummistiefel, die im sicheren Abstand zum Wamsler standen, schlupfte in ihren Parka und setzte sich den breitkrempigen Regenhut auf. Schnell steckte sie sich Tabak und Blättchen ein, schlurfte zur Küchentür und drehte sich nochmal zu Rosa um.

»Du depperter Vogel! Jetzt langt's aber wieder mal für die nächste Zeit! Gott sei Dank, dass das Wetter nicht mehr schlechter werden kann. Es wird echt Zeit, dass sich die Sonne wieder zeigt!«

Rosa zeterte weiter und schrie: »*Blede Kuah! Blede Kuah!*«

Zenzi winkte nur ab, schmunzelte und murmelte vor sich hin: »Da hab' ich dir ja einen schönen Schmarrn beigebracht.«

Sie schloss die Haustüre hinter sich und machte sich in Richtung Feuerwehrhaus auf.

Warum machte sich eine über siebzigjährige Frau bei solch einem Sauwetter auf den Weg ins Feuerwehrhaus? War Zenzi Reisacher der Kommandant der Freiwilligen Feuerwehr von Ammerleiten? Versuchte sie zu testen, ob ihre Gummistiefel dicht waren oder hatte sie einfach die Schnauze voll von ihrem wechseljahrgeplagten Papagei?

Nein! Nichts dergleichen! Heute war Freitag. Und freitags war Stammtisch. Weiberstammtisch wohlgemerkt! Was die Männer von Ammerleiten nicht auf die Reihe bekommen hatten – die Frauen von Ammerleiten waren in dieser Hinsicht aktiver und erfolgreicher. Jeden Freitag, egal was passierte, war Stammtisch. Man traf sich ja sonst nicht. Auch nicht in einem so kleinen Dorf, wo jeder jeden kannte und *überhaupts*. Aber so war es nun mal. Im Winter – und die Winter konnten ganz schön lang sein – blieb man daheim und machte es sich vor dem Ofen gemütlich und erledigte die Sachen, zu denen man im Sommer nicht kam. Es war halt einfach die *stade* Zeit und da tickten die Uhren wortwörtlich anders. Irgendwie langsamer. Alles fuhr nur noch auf Standgas, fand Walli. Sogar man selbst. Und dann wurde man so richtig faul, nicht nur in Taten, sondern auch in Worten. Und hatte manches Mal auch keine Lust zu reden. Man war halt *stad*. Die junge Generation würde sagen: »die chillen.«

Zweifellos bestand das Jahr nicht nur aus dem Winter, in dem die Kommunikation auf ein Mindestmaß beschränkt wurde.

Dasselbe galt auch für den Rest vom Jahr. Im Frühjahr, Sommer und im Herbst wurde hart gearbeitet und da die meisten ja eine Landwirtschaft hatten, hieß es den lieben, langen Tag: Zäune flicken, mähen, melken, *odeln*, Heu machen usw. Sicher, die Ammerleitner trafen sich hier und da, ratschten und tauschten sich aus, aber die wahren und wichtigen Gespräche des Lebens wurden am Stammtisch im Feuerwehrhaus geführt.

Als Zenzi sich vor dem prasselnden Regen in das Feuerwehrhaus rettete, schlug ihr schon die heiße Luft entgegen, die sich im Inneren angesammelt hatte. Walli hatte im Laufe des Nachmittages den Holzofen der Stube befeuert und die Temperatur des niedrigen Raumes auf gefühlte 40 Grad erhöht. Die Holzvertäfelung der guten Stube knackte vor lauter Hitze und das Wasser im Topf auf dem alten Kanonenofen dampfte seelenruhig vor sich hin.

›Und das Mitte Juli‹, dachte sich Zenzi und befreite sich von ihrem triefenden Parka. Sie nahm den Regenhut, peilte die Garderobe an und warf ihn in bekannter Manier auf die Rehgeweihe. Getroffen! Jedes Mal, wenn sie ihren Hut auf die Hutablage warf, musste sie an ihren Vater denken, der diese Geweihe der Freiwilligen Feuerwehr gestiftet hatte. Das war schon ewig her, als die Gesetze rund um Ammerleiten noch anders ausgelegt wurden und manch einer vor Hunger, oder auch nicht, sich der Wilderei zugewandt hatte. Mehr musste man dazu nicht wissen. Zenzi grinste, machte sich mit ihrer schmächtigen Statur vor dem Holzofen breit und genoss die wohlige Wärme, die ihre müden Knochen erwärmte. Sie schloss die Augen und träumte von Sonne, Sand und Strand. Stellte sich vor, wie sie ihre Zehen in den heißen Sand buddelte, genussvoll an einer selbstgedrehten Zigarette zog und an einem Aperol Spritz nuckelte. Einfach nur schee!

»Servus Frau Reisacher«, hörte sie etwas aus ganz weiter Ferne.

»He, Zenz, pass auf, dass dein Kotelett net verbrennt!«

Zenzi riss erschrocken die Augen auf und erblickte ein neonpink-grünes Etwas, das in der Türe der Stube stand und vor Nässe nur so tropfte.

Sie rieb sich die Augen und...

»Servus Traudl! Fesch schaust aus! Heit übersieht man di bestimmt net!«

»Ah, geh! Du immer«, konterte Traudl schnippisch und zog ihre augenkrebsfördernden Regenklamotten aus.

Jedoch war die Farbkombination unter dem ultramodernen Regenoutfit auch nicht gerade etwas für Warmduscher. Traudl hatte sich, trotz ihrer eher traditionellen Einstellung, in eine pinkfarbene Leggings geworfen und sich für einen Longpulli entschieden, der schwarze und neongelbe Streifen hatte. Dazu trug sie neonorange Gummistiefel, die bei jedem Schritt, den sie machte, am Absatz leuchteten. Wäre es jetzt nicht gerade 20:00 Uhr, so würde man auf die Idee kommen, dass die Sonne aufginge. Oder war es doch eher die Landung der Außerirdischen? Zenzi war stumm vor Glück und musste schmunzeln. Frau Huber hatte mal wieder alle Register gezogen, um die Aufmerksamkeit auf sich zu ziehen.

»Und? Was macht dein verrückter Papagei? Wird das Wetter jetzt anders oder net?«, erkundigte sich Traudl bei Zenzi, die währenddessen die alkoholischen Bestände des Gemeinschaftsraumes inspizierte.

»Es wird anders. Rosa dreht am Rad und das nicht wenig«, erwiderte Zenzi, griff nach einer Flasche dunklem Weizen (Bier) und einem passenden Glas und machte es sich am Stammtisch gemütlich. Traudl nahm zielstrebig eine Flasche Prosecco, der immer im Kühlschrank vorrätig war, und gesellte sich zu Zenzi an den Stammtisch.

»Kuckuck«, ertönte es auf einmal an der Tür und ein roter Regenschirm betrat den Raum. Dahinter hatte sich Emmi versteckt, die Jüngste aus der Stammtischtruppe. Sie versuchte den Schirm vom Wasser zu befreien, aber es gelang ihr nicht wirklich. Immer wieder verhedderte sich das rote Monstrum in der noch geöffneten Tür und Emmi wurde nasser als zuvor. Das Wasser des Regenschirmes *pladderte* nur so auf sie herunter.

»Jetzt komm endlich rein Emmi. Das kann man ja nicht mit anschauen, was du da fabrizierst. Und außerdem wird's saukalt da herinnen.«

Traudl schwang sich von der Eckbank auf und versorgte den Holzofen mit neuem Nachschub. Endlich! Emmi hatte den Kampf mit ihrem Regenschirm gewonnen. Sie zog ihre Lodenjacke aus, entledigte sich ihrer Schuhe und Wollsocken und platzierte die Kleidungsstücke in der Nähe des Ofens.

»Schee«, schnaufte Emmi. »Endlich raus aus den Schuhen.«

»Wie man nur das ganze Jahr barfuß springen kann?«, entgegnete Traudl.

»Irgendwann wirst Rheuma haben. Wirst schon sehen.«

Emmi juckte es überhaupt nicht mehr, was Traudl da vor sich hinschwafelte. Sie kannte die Sprüche ihrer Nachbarin, die nie ein Blatt vor den Mund nahm. Sie musste einem immer reindrücken, dass sie sich für etwas Besseres hielt. Großbäuerin! 60 Milchkühe! Riesen Deutz! Ein Ehemann, der seine Holde machen ließ, wie sie gerade wollte. Hauptsache er hatte seine Ruhe vor seiner resoluten Frau. Eine Tochter, die den vielversprechenden Namen Sissi bekommen hatte. Man ist halt wer. Hier konnte Emmi natürlich nicht mithalten. So dachte Traudl zumindest.

»Was willst denn? Mit deinen 30 Kühen...«

So äußerte sich Traudl öfter in der Vergangenheit. In letzter Zeit hatte sie sich dann mit ihren Bemerkungen doch etwas zurückgehalten, als sie registrierte, dass 30 Kühe auf Biobasis und dem entsprechenden Hofladen doch rechten Anklang in der Bevölkerung fanden. Ganz ruhig wurde sie dann, als Emmis »Ammerleitner Liebe«, ihre eigene Käsekreation, zum Verkaufsschlager in der Region wurde.

Emmis rotblonde Haarpracht verschwand kurz hinter der selbstgezimmerten Theke auf der Suche nach dem passenden Getränk für den Abend. Sie war sich unschlüssig, wie so oft in ihrem Leben, wenn sie die Qual der Wahl hatte.

›Radler oder ein Helles? Oder doch ein Weizen? Und dann war da ja noch ein Rotwein! Oh mei o mei!‹

Plötzlich rumpelte es gar fürchterlich und Emmi erschrak sich dermaßen, dass sie sich sauber den Kopf beim Auftauchen aus den Niederungen der Theke anschlug. Sie hielt sich die Radlerhalbe an die lädierte Stelle und blickte benommen in Richtung der Geräuschquelle. Es war Walli, die es sich wieder nicht hatte nehmen lassen, mehr als geräuschvoll in die gute Stube hereinzupoltern und zu rufen: »Na Mädels! Alles fit im Schritt?«

Dabei grinste sie spitzbübisch, weil sie genau wusste, wie sehr das Traudl auf die Palme bringen würde. Aber heute kam keine Reaktion ihrerseits. Traudl erzählte nämlich Zenzi gerade ganz ausführlich, wo sie sich das neue Regenensemble gekauft hatte und lobte den Onlinehandel in den höchsten Tönen und wie toll das doch sei, dass man jetzt in Ammerleiten auch die Möglichkeit hatte, am Duft der großen weiten (Internet) Welt teilzuhaben.

Und eines musste man Traudl lassen: Traditionen hin oder her – es lebe der Trachtenverein und der katholische Frauenbund – aber wenn man etwas am PC zu machen hatte (zumal sonst keiner im Dorf so ein Gerät bis dato hatte), dann hieß es nur: »Geh zur Traudl, die macht's dir dann.«

Bestellungen, Emails, Adresssuche – kein Problem. Traudl war up to date und erledigte fast alles. Walli hatte es sich, während Traudls Vortrag über den Onlinehandel im Oberland schon auf der Eckbank bequem gemacht, knuddelte die Kissen zusammen und stopfte sie sich zwischen Lehne und ihren Rücken.

»Mei hab' ich heut wieder Rücken«, stöhnte sie kurz auf und rieb sich mit der rechten Hand ihre Wirbelsäule.

»Der Deutz von deinem Mann, Traudl, der *tut mir noch das letzte Kraut raus*! So eine Mistkarre! Immer muss dein Alter vorher schon am *Bulldogg'* rum schrauben, bloß damit er sich das Geld für eine g'scheite Reparatur sparen kann. Und was ist dann? Weil er einfach zu deppert ist, hab' ich jetzt das Geschiss und muss den Schmarrn, den er da fabriziert hat, ausbaden!«

Sie griff sich mit ihrer Hand an die Stirn und verdrehte die Augen. Traudl meinte nur, dass sie nicht so jammern und sie lieber froh sein solle, dass sie etwas verdiene.

Emmi und Zenzi schauten sich nur an, schmunzelten und prosteten sich zu. The same procedure as every Friday. Walli und Traudl! Es war einfach kein gescheiter Stammtisch, wenn sich Traudl und Walli nicht necken konnten.

Da saßen sie nun: die Emmi, die Traudl, die Walli und die Zenzi und sinnierten über die Ungerechtigkeiten der Welt, regten sich über ihre Männer und Kinder auf, erzählten, bis zu einem gewissen Punkt, ihre Sorgen und ihr Leid oder berichteten, was sie so Neues erfahren hatten. Meist handelte es sich hierbei um brandneue Ereignisse aus dem Gemeinderat oder dem neuesten Klatsch und Tratsch, den man beim hiesigen Metzger aus Ludwigswies gehört hatte. Wie gesagt: Die wirklich wichtigen Dinge wurden nur im Feuerwehrhaus besprochen.

Nach dem dritten Weizen oder der zweiten Flasche Prosecco kam es dann schon vor, dass die alte Stereoanlage aktiviert wurde und Helene Fischer ihre Lieder zum Besten gab. Dann wurde das *Stüble* in Ammerleiten kurz zur Disco umfunktioniert und vier Frauen im besten Alter standen auf den Stühlen und auf der Eckbank und grölten: Atemlos!

Heute war dem nicht so. Eine brisante Neuigkeit war Thema Nummer Eins am Weiberstammtisch.

»Jetzt scheint es ja amtlich zu sein, dass wir eine neue Nachbarin bekommen«, stellte Walli fest und nahm einen großen Schluck von ihrer Radlermass.

Sie wischte sich mit ihrer nicht gerade feingliedrigen Hand die Reste des Getränkes vom Mund und stellte die Mass mit voller Wucht auf den Stammtisch. Das goldene Nass schwappte über den Rand der Mass und sorgte für eine kleine Pfütze, die sich in Richtung Traudl bewegte.

»Du bist und bleibst ein grobmotorischer Saubär!«, meinte Traudl kurz angebunden und sprang vom Stuhl auf, um einen Lappen zu holen.

»Ich bin ja eher skeptisch, was die Neue angeht. Und wenn mich einer fragen würde, was ich davon halte, dann...«

»Aber dich fragt halt bei dieser Sache keiner. Und du kannst dich noch so aufregen. Ändern kannst eh nix. Also nimm's wie's kommt«, konterte Walli.

»Irgendwie ist es schon komisch, wenn auf einmal jemand fast Fremder im Haus der Hauserin wohnt«, sinnierte Zenzi, während sie sich eine Zigarette drehte.

»Auf der anderen Seite, ist es ja so, als ob die Rosi in jung da einzieht. Nur, dass wir halt nicht mehr so jung sind.«

»Du lässt ja heut' wieder Weisheiten von dir. Da zieht's mir ja fast die Gummistiefel aus. Hast was in deinen Tabak gemischt oder hast einfach deinen Melancholischen?«, fragte Traudl nach.

Zenzi sagte nichts, presste nur ihre Lippen aufeinander und durchbohrte Traudl fast mit ihrem Blick.

»Also ich freu mich schon ganz *narrisch*, dass ich die Josi wieder treff'«, gab Emmi zur Antwort, um schnell das Thema zu wechseln.

»Das muss jetzt schon an die sieben Jahre her sein, dass ich sie das letzte Mal getroffen habe. Ich glaub, sie war dazwischen schon noch in Ammerleiten, aber ich war entweder beim Kinderkriegen oder im Stall. Und so haben wir uns seitdem nicht mehr gesehen!«

Sie legte sich auf die Eckbank, wackelte mit den Zehen und schwelgte in ihren verbliebenen Erinnerungen.

»Zum 70. von der Rosi. Da hab' ich sie das letzte Mal mit ihrem Vater gesehen. Das ist ja jetzt auch schon wieder drei Jahre her«, stellte Walli fest.

»Auf Rosis Beerdigung war ja nur der Tom. Im Ausland war sie zu der Zeit. So hat's zumindest der Lechleitner erzählt. Wird schon alles so passen mit der neuen Hauserin.«

Traudl dagegen war sich wegen des Neuankömmlings immer noch nicht sicher was sie davon halten sollte.

Sie nahm immer wieder den Lappen in die Hand, um die nicht mehr vorhandene Bierlache vom Tisch zu entfernen. Und je mehr sie putzte und schrubbte und die geschichtsträchtige Patina der Tischoberfläche entfernte, umso aufgebrachter wurde sie.

»Eine aus der Stadt! Ich weiß ja net! Und dann auch noch aus Hamburg. Ihr wisst doch, was das für ein... ein Sündenpfuhl ist. So jemand bringt doch nur Unruhe ins Dorf. Wer weiß, wie die ist und was die so macht. Und lass das noch ein'n scharfen Has' geworden sein. Dann drehen unsere Mannsbilder gleich wieder durch«, zeterte Traudl. Sie schleuderte den Lappen Richtung Waschbecken und trank ihr volles Glas Prosecco in einem Zug aus.

»Also mein Mann dreht da nicht durch«, grübelte Walli.

»Der hat nur sein komisches Esoterikzeugs im Kopf und sonst nicht viel. Dein Sepp, liebe Emmi, wird halt wieder Stielaugen bekommen und anfangen zu sabbern. Tut mir leid, wenn ich das so sage, aber ein Kostverächter ist der ja auch nicht.«

Emmi wusste das und das war das Einzige, was sie richtig *narrisch* werden ließ. Da sie aber der sanfte und harmoniebedürftige Typ war, schluckte sie ihren Ärger runter und hoffte, dass er ihr doch treu bleiben würde.

Neuester Anlass für derartige Gedanken war die neue Helferin für Haus und Stall: Paulina, 25 Jahre, und aus Polen! Gut Holz vor der Hütt'n, lange, schwarze Haare und eigentlich nett, sehr nett sogar. Vor allem ihre vier Buben waren ganz vernarrt in sie, weil sie viele lustige Geschichten aus ihrer Heimat wusste, die sie mit ihrem polnischen Akzent so blumig erzählte, dass sich die Vier vor Lachen bogen. Und auch der Sepp war, so glaubte sie, vernarrt in sie. Aber nicht wegen ihres Dialektes, sondern eher wegen ihrer körperlichen Attribute. Paulina bemerkte es gar nicht, was für eine Schleimspur Sepp hinter sich zog, wenn er mit ihr redete. Männer halt!

»Was soll's«, meinte Zenzi und zog an ihrer Zigarette. »Ändern können wir es eh nicht. Und eigentlich wissen wir ja auch gar nix oder fast nix von ihr. Wir kennen sie ja nur, als sie noch als Kind die Ferien bei der Rosi verbracht hatte. Und so ohne kann sie gar nicht sein, sonst wär' sie ja auch später nicht nach

Ammerleiten gekommen, um die Hauserin zu besuchen. Vielleicht ist sie ja a ganz a Nette!«

»Vielleicht, vielleicht auch nicht«, erwiderte Traudl und schenkte den anderen und sich einen »Vitus Spezial« ein.

Dieses Gesöff war eine Kreation vom Burgmeier Vitus, Wallis Schwiegervater. Zur innerlichen und äußerlichen Anwendung sehr zu empfehlen. Der Weiberstammtisch zog allerdings die innere Nutzung vor.

»Hören wir auf mit der ganzen Kaffeesatzleserei. Wir beobachten das Ganze und dann sehen wir weiter«, entschied Walli, um all dem Diskutieren und Spekulieren ein Ende zu setzen. »Leicht wird sie es nicht haben, die Neue. Die muss sich schon erst mal bewähren, bevor ich der einen »Vitus Spezial« geb.«

»Wo du recht hast, hast du recht«, stimmte ihr der Rest des Stammtisches zu.

Der »Gemeinderat« von Ammerleiten hatte seinen Standpunkt bekräftigt. Fast alle Argumente waren gegeneinander abgewogen und man war zu einer durchaus qualitativ hochwertigen und sozialkritischen Lösung gekommen:

Kommst du als *Zuagroaster* nach Ammerleiten, auch wenn verwandtschaftliche Bande zu Einheimischen bestehen, dann musst du dich erst einmal bewähren und in die Gemeinschaft einbringen, bzw. richtiger wäre einfügen/unterordnen. Und zwar so, dass du am Ende nicht als oberg'scheiter Hergelaufener dastehst und bis zum Nimmerleinstag bei der Dorfgemeinschaft sozusagen verschissen hast. Eine Gratwanderung für jeden neuen Mitbürger, aber machbar.

Bis jetzt hatte sich die prozentuale Zuwanderung nach Ammerleiten, sehr zum Gefallen von Traudl, glücklicherweise bei null gehalten. Und wenn es nach ihr ginge, dann könnte das auch so bleiben. Neue Gemeindemitglieder bringen Unruhe ins Dorf. Xaver hätte gesagt: Das innere Gleichgewicht stimmt nicht mehr. Der »Flow« ist nicht mehr da. Und alles, was Traudl nicht kalkulieren konnte, war ihr ein Dorn im Auge. Schöne Aussichten für das neue Mitglied von Ammerleiten.

Ja dann »Prost« oder vielleicht besser »Gute Nacht!«

- 2 -

Kann jemand mal das *krummhaxige* Etwas entfernen? Ich wäre schon wieder fast auf die Schnauze gefallen! Andauernd springt der *narrische* Hund einem zwischen die Beine!« Josis Vater war schier am Verzweifeln.

»Josina Lechleitner!«, rief er nun etwas energischer.

»Wenn du jetzt den Waggi nicht gleich in irgendein Zimmer sperrst, dann packe ich ihn in einen der Umzugskartons!«

Josi krabbelte aus dem halb abgebauten Schlafzimmerschrank und hörte ihren Vater weiter fluchen. Sie gab Lukasz, einem polnischem Umzugshelfer, den Akkuschrauber und ging zu ihrem Vater, der gerade dabei war, die Lampen zu entfernen.

»Hast du mich gerufen, Papa?«, fragte sie scheinheilig und nahm die Lampe in Empfang.

»Wer ist auf die hirnvernagelte Idee gekommen, dir einen Dackel zu schenken?«, polterte er los.

»Ich glaube das warst du, nein, ich weiß es ganz sicher. Du hast mir Waggi mitgebracht, als du Oma letztes Jahr besucht hattest.«

Tom konnte sich noch ganz gut daran erinnern, dass er seiner Tochter diesen verrückten Hund mitgebracht hatte. Aus einer Bierlaune heraus, besser gesagt, nach einem kapitalen Rausch, den er nach einem Saufgelage mit Ignaz hatte, nahm er diesen kleinen Welpen mit.

Ein kleiner, verwaister Hund! Er konnte einfach nicht anders. Und nun hatte er den Salat! Der sehr agile Rauhaardackel raubte ihm den letzten Nerv.

»Ich weiß, mein Mädchen.«

Tom stieg die Trittleiter runter und machte sich ins nächste Zimmer auf, um dort die Deckenlampe zu entfernen. Mit einem lächelnden und einem weinenden Auge half er heute seiner Tochter beim Umzug nach Bayern. Auf der einen Seite freute er sich, dass seine Josi nun ihre bayrischen Wurzeln entdeckt hatte, auf der anderen Seite wusste er auch, dass er sie so schnell nicht mehr wiedersehen würde. Sie würde nicht mehr jeden Freitag zu ihm ins Restaurant kommen und sich den Bauch vollschlagen. Keine Vater-Tochter-Gespräche mehr auf längere Sicht. Er rieb sich kurz die Augen und stieg die Leiter hoch, um sich wieder ans Werk zu machen.

Josi krabbelte wieder in den Schlafzimmerschrank zurück und ging Lukasz zur Hand. Es war nicht so, dass es ihr leichtfiel, Hamburg den Rücken zu kehren. 32 Jahre waren kein Pappenstiel. Aber es war nun an der Zeit die Großstadt zu verlassen und in Ammerleiten neu anzufangen.

Der Umzug lief nach Plan und im Oktober konnte sie bei Dr. Marder als Tierärztin anfangen. Und außerdem hielt sie, außer ihrem Vater, nichts mehr in Hamburg.

›Na ja, fast nicht mehr. Mutter ist ja auch noch da‹, dachte sich Josi und ihr wurde bewusst, dass sie ihre Mutter mit großer Wahrscheinlichkeit nicht vermissen würde. Papa ja, aber Mutter eher nicht. Zu groß waren die Unterschiede zwischen Mutter und Tochter. Bei Josina schlugen einfach Vaters Gene mehr durch. Wenn Intellekt und Flusigkeit aufeinandertreffen, dann klappt das vielleicht mit dem Nachbarn, aber definitiv nicht mit Josis Mutter.

Josi half Lukasz den Schrank die Treppe herunterzutragen und in den Transporter zu hieven.

›Es ist schon erstaunlich, dass man alles Hab' und Gut, das sich über Jahre lang angesammelt hatte, in einen Transporter bekommt‹, überlegte Josi. Und mit jedem Karton, der in den Transporter geladen wurde, kam sie ihrem Ziel näher.

Zwei Stunden später war es dann soweit. Es war alles verstaut. Der Transporter war bis oben hin voll und ihr alter VW-Bus ächzte unter dem Sammelsurium von Pflanzen und anderem losen Krimskrams, der keinen Platz mehr im LKW gefunden hatte. Die Wohnung war jetzt besenrein und die Schlüssel waren übergeben worden. Es konnte also losgehen. Noch nicht ganz, denn jetzt kam der schwerste Teil des Abschiedes.

Der Abschied von ihrem Papa. Tom stand verloren vor der Haustüre und beobachtete das letzte emsige Treiben der Umzugsmannschaft.

›Mach dich jetzt nicht zum Affen und fang an zu heulen‹, konzentrierte er sich. ›Sei stark, sei tapfer! Ach verdammt, was soll's.‹

Er lief auf Josi zu, die gerade verzweifelt versuchte, Waggi auf dem Vordersitz des Busses in seine Transportkiste zu bekommen. Er umarmte sie so fest, dass Josi fast keine Luft mehr bekam. Da hing sie nun in den Armen ihres Papas und drückte ihren Kopf an seine Brust.

»Pass auf dich auf mein Mädchen«, schluchzte er und nahm einen weiteren Anlauf seine Stimme wieder in den Griff zu bekommen.

»Sowieso Papa!«

Josi versuchte nun die Starke zu sein und ihrem Papa in dieser Abschiedszeremonie Halt zu geben. Es misslang ihr gänzlich. Beide hingen nun aneinander und heulten wie die Schlosshunde.

»Ich komme Weihnachten zu Dir. Wie versprochen. Vielleicht auch schon vorher, wenn ich es nicht mehr aushalte. Aber spätestens, allerspätestens Weihnachten.«

»Das will ich wohl hoffen«, seufzte Josi und die Tränen liefen ihr über die Wangen. Sie holte sich ihr Taschentuch aus der Hosentasche und schnäuzte sich kräftig.

Abermals zog Tom seine Tochter an sich und wollte sie einfach nicht loslassen.

»Aber jetzt muss ich los!«

Sie versuchte sich aus der Umarmung zu lösen, nahm das Gesicht ihres Vaters zwischen ihre beiden Hände und drückte ihm einen dicken Kuss auf die Wange.

»Ich hab' dich ganz doll lieb, Papa!«

»Das habe ich dich auch und wie.«

Tom hatte sich ein wenig beruhigt, schnaufte tief durch, umarmte seine einzige Tochter nochmals kurz und heftig.

»Und jetzt fahr los. Grüß' mir die Berge und sag dem Ignaz einen schönen Gruß, solltest du ihn in nächster Zeit mal treffen.«

»Mach ich!«

Josi zog den Autoschlüssel aus ihrer Jeanslatzhose und ging zum Bus. Dort wurde sie schon mit lautem Gekläffe von Waggi begrüßt.

»Dann packen wir es mal, was Waggi?«

Sie startete den alten T2, der beim dritten Mal auf Anhieb mit der obligatorischen schwarzen Rauchwolke ansprang. Ihr Vater stand in der Straße und winkte ihr hinterher, was das Zeug hielt. Josi machte dasselbe und hupte wie wild dazu. Die Karawane hatte sich Richtung Süden in Bewegung gesetzt.

Deutschland: Unendliche Weiten. Wir schreiben das Jahr 2020. Dies sind die Abenteuer von Josina Lechleitner, die mit ihrem Rauhaardackel Waggi nach Bayern unterwegs ist, um die endlosen Weiten Bayerns zu erforschen, neues Leben zu entdecken und landestypische Bräuche zu leben. Viele Lichtjahre von Hamburg entfernt, dringt Josi Lechleitner in die bayrische

Galaxie vor, die mancher schon gesehen, aber nie einer verstanden hat.

Gute 800 Kilometer lagen nun vor ihr. Der Kleintransporter mit ihrem ganzen Besitztum war ein gutes Stück vor ihr und rauschte auf der A7 in Richtung Bayern. Josi nahm sich für die Strecke etwas mehr Zeit. Erstens, weil sie es wollte und zweitens, weil sie nicht anders konnte.

Ihr guter, alter fahrbarer Untersatz hatte doch schon satte 40 Jahre auf dem Buckel und war nicht der schnellste, dafür aber ein treuer und zuverlässiger Begleiter und das schon seit 14 Jahren. Sie bekam den Oldtimer von ihrem Vater zum 18. Geburtstag geschenkt und Josi hatte schon manches wilde Abenteuer mit ihm bestanden. Griechenland, Nordkap, Süditalien waren für den Bulli kein Neuland mehr. Sie blickte kurz aufs Navi, das ihr mitteilte, dass sie in 775 Kilometern rechts abbiegen musste. Sie musste laut lachen.

»Hast du das mitgekriegt, Waggi? 775 Kilometer geradeaus. Voll krass!«

Waggi rührte sich nicht. Nach den ersten 10 Kilometern Dauerkläffen und Protestieren, weil er in der Hundebox den Weg nach Ammerleiten antreten musste, war er nun endlich eingeschlafen und schnarchte vor sich hin. Josi machte das Radio an und drückte die Musikkassette in das Kassettendeck.

›It´s my life...‹ John Bon Jovi dröhnte durch die alten scheppernden Boxen. Josi kurbelte das Seitenfenster herunter und ließ sich den Wind durch die langen schwarzen Haare wehen. Sie sang aus vollem Halse mit und schlug mit der rechten Hand den Takt auf dem Lenkrad dazu. It´s my life! Wie passend in dieser Situation. Ihr Leben! Ihre Entscheidung! Endlich! Frei, frei, frei!

Sie konnte es noch gar nicht glauben, dass sie just in diesem Moment auf dem Weg in ihr neues Leben war. Ein Neuanfang nach diesem anstrengenden, aufreibenden letzten Jahr. Sie hatte sich endlich aus den Ketten ihrer Mutter gelöst und das gemacht, was sie schon viel früher hätte machen sollen. Auf den Tisch hauen. Ihrer Mutter Paroli bieten und nicht immer ducken und alles runterschlucken, nur um ihre Ruhe zu haben. Wie befreiend doch die Wochenenden für sie als Kind immer waren, als sie zu ihrem Vater ging. Dort durfte sie so sein, wie sie war.

Sie konnte sich noch sehr gut daran erinnern, als sich ihre Eltern trennten. Zwölf Jahre war sie damals. Sie hatte heimlich so bitterlich geweint und wollte mit ihrem Papa mit. Gesagt hatte sie aber nichts. Hätte sie doch nur, dann wäre sie mit Sicherheit bei ihrem Vater aufgewachsen und nicht bei ihrer doch sehr unterkühlten Mutter.

»Disziplin und Anstand sind alles!« Das war ihr Leitspruch.

›Als ob das alles wäre. Wie wäre es mal mit Nestwärme und Kuscheleinheiten gewesen, liebes Mütterlein?‹

Josi musste aufpassen. Ihre Gedanken kreisten in der Vergangenheit und nicht dort wo sie hingehörten: auf die A7.

Und dann dieses dumme letzte Jahr. Die vielen Auseinandersetzungen mit ihrer Mutter bezüglich ihres Umzuges nach Bayern. Die Trennung von ihrem langjährigen Freund Jens. Gut, das war auch nicht mehr das Gelbe vom Ei. Besser, es war wie ein Ei ohne Dotter. Warum sie überhaupt mit Jens vier Jahre zusammen war, das konnte sie beim besten Willen nicht mehr nachvollziehen. Phlegmatismus? Gewohnheit? Egal. Es war vorbei. Der Schlussstrich war gezogen, der Kompass genordet. Das allein zählte. Sie kam peu à peu ihrer neuen Heimat entgegen. Von Hamburg bis ins tiefste Bayern. Und nur das zählte in diesem Moment. Nach vorne schauen, nicht zurück. Jetzt und hier. Das allein zählte. Ein Selbstfindungstrip der besonderen Art und das ohne Therapie und Sitzungen.

Nach gefühlten 25 Stunden Autofahrt und einigen Pinkelpausen für Waggi machte sie kurz vor Würzburg Rast und versuchte auf dem Fahrersitz zu schlafen. Waggi hatte sich indes durchgesetzt und saß ohne Hundebox neben ihr. Es war einfach nicht mehr auszuhalten gewesen. Er heulte und randalierte so in der Kiste, dass Josi sich gezwungen sah, ihrem selbstbewussten Rauhaardackel den Freiraum zu gewähren, den er gewohnt war.

Sie versuchte die Augen zu schließen, um wenigstens ein wenig zu schlafen. Der Erfolg hielt sich in Grenzen. Entweder schnarchte ihr Beifahrer dermaßen penetrant, dass sie kein Auge zutun konnte oder die Lichter der vorbeifahrenden Autos störten sie bei der Nachtruhe. Hundemüde gab sie um 4:00 Uhr in der Früh auf.

Sie ging mit Waggi nochmals Gassi, nahm einen letzten Schluck lauwarmen Kaffee aus der Thermoskanne und setzte sich etwas erschlafft, aber glücklich hinter das Steuer.

»Noch 300 Kilometer Waggi, dann bist du wieder in deiner Heimat. Kannst laufen bis zum Abwinken, frische Luft einatmen und dich im hohen Gras wälzen.«

Waggi musste niesen. Passt! Er war damit einverstanden.

Die folgenden gut 250 km verliefen einschläfernd ereignislos. Dann, am Rastplatz Allgäuer Tor...

»Waggi, Waggi! Schau doch mal! Da sind sie endlich! Die Berge!«

Da waren sie. Die langersehnten Berge. Imposant und majestätisch erhob sich die Gebirgskette am Horizont. Strahlender Sonnenschein, dazu ein blauer Himmel, der mit ein paar Schäfchenwolken verziert war. Der reine Wahnsinn! Schon fast kitschig! Die neue Heimat war nun nicht mehr weit entfernt.

Klack, klack! Klack, klack, Klack! Klack, klack, klack...

›Was ist das denn jetzt für ein Geräusch?‹, rätselte Josi. ›Mach jetzt bloß nicht schlapp, du gutes, allerbestes Auto!‹

Josi versuchte es mit Gutzureden, aber das Klackern blieb. Gleichzeitig verringerte sich die die Höchstgeschwindigkeit von 90 km/h auf knappe 70.

›Oh nein, bitte, bitte nicht!‹ Josi flehte ihr Auto an, nicht den Geist aufzugeben und durchzuhalten, kramte in ihrem Gedächtnis nach sämtlichen Bittrufen und Gebeten, die ihr einfielen und hoffte, die letzten 80 Kilometer noch zu schaffen.

Bei Nesselwang verließ sie die Autobahn und blieb bei der nächsten Gelegenheit, die sich ihr bot, am Straßenrand kurz stehen. Der Bulli klackerte weiter. Sie stieg aus, um die Geräusche zu lokalisieren, doch sie fand auf den ersten Blick nichts und auch nicht auf den zweiten.

Sie überprüfte die Reifen, legte sich unter den Wagen, um den Auspuff zu inspizieren. Nichts! Es schien alles noch an Ort und Stelle zu sein. Auch die Kühlwassertemperatur passte. Josi setzte sich wieder hinter das Steuer und schnallte sich an.

»Kann nichts Weltbewegendes sein. Der Motor ist noch nicht abgefallen, also weiter geht's«, redete sie sich ein, legte den ersten Gang ein und fuhr weiter. Vor lauter Aufregung um das Auto hatte sie die Landschaft, die sich vor ihr erstreckte, noch gar nicht richtig wahrgenommen.

Die Berge waren nun zum Greifen nah. Es duftete nach frisch gemähtem Gras und überall sah man die Bauern mit ihren Traktoren, die emsig die hügeligen Wiesen auf- und abfuhren und ihr Tagwerk vollbrachten. Endlich erblickte sie auch die ersten Kühe, die auf den Wiesen waren und wiederkäuend die Sonne genossen.

›Das sind die richtigen Kühe mit der richtigen Farbe‹, schoss es Josi durch den Kopf. ›Nicht schwarz-weiß gefleckt, sondern hellbraun, fast schon grau.‹ Waggi war auch ganz begeistert und streckte seine Nase durch das offene Seitenfenster. Seine langen Ohren schlabberten im Fahrtwind und vor lauter Aufregung musste er die ganze Zeit niesen.

Er genoss die würzige Luft sichtlich. Er bellte die Kühe im Vorbeifahren an und tapste ganz aufgeregt auf dem Beifahrersitz, so als würde er bemerken, dass das seine Heimat war.

Josi hatte nun die letzten fünf Kilometer vor sich. Sie bog von der Bundesstraße links ab und nun ging es steil bergauf. Der Weg war zwar geteert, aber ziemlich schmal. Bei jedem Auto, das ihr entgegenkam, musste sie mit ihrem VW-Bus auf die Seite fahren, damit es nicht zu einer Kollision kam.

›Gott sei Dank fahren hier nicht so viele Autos‹, vermutete sie. An die Winter mochte sie im Moment gar nicht denken. Das würde noch spannend werden.

Nur noch einen ganzen Kilometer, dann hatte sie es geschafft. Von Weitem sah sie schon das Ortsschild in der Sonne glänzen, erblickte die Dächer der Bauernhöfe, die großen Bäume, die am Ortsrand standen. Kühe, die neugierig ihre Köpfe nach diesem komischen Geräusch reckten.

Und dann konnte sie endlich das Ortsschild lesen: Ammerleiten! Sie bremste stark ab. Jeden Zentimeter wollte sie genießen, wenn sie durch ihr neues Heimatdorf fuhr. Rechts von ihr erblickte sie den ersten Hof.

Die Landwirtschaft der Familie Gschwend. Emmis Zuhause. Und da erblickte sie auch schon eine Frau in ihrem Alter, hellrote lange Haare, dralle Figur, die gerade versuchte zwei kleine Jungs, die sich rauften, auseinanderzubringen. Emmi drehte ihren Kopf zu dem ungewohnten Geräusch, sah das Auto, sah das Kennzeichen und hob langsam die Hand und winkte Josi zu. Josi winkte zurück, Waggi bellte.

Links auf einer kleinen Anhöhe war ein weiterer, sehr stattlicher Hof zu sehen. Der Huberhof von Traudl und Ignaz! Sie fuhr weiter und bog rechts ab. Zu beiden Seiten standen weitere Bauernhöfe, rechts sogar mit einer Werkstatt für Landmaschinen. An eine Werkstatt konnte sie sich gar nicht mehr so erinnern. Wie denn auch? Als junges Mädchen stand sie eher auf Barbiepuppen, als auf schwere Maschinen. Auch später war ihr die Werkstatt nie bewusst aufgefallen. Josi sah einen zerlegten *Bulldogg* vor dem Garagentor stehen. Darunter lag jemand, der sich ebenfalls nach dem Geräusch umdrehte. Sie bremste etwas ab, um sich zu vergewissern, wer da wohl unter dem landwirtschaftlichen Gefährt lag. Sie sah nur einen Kopf mit kurzen, blonden Haaren, der sich sofort wieder der Arbeit zuwandte, als klar war, dass er begutachtet wurde.

›Jetzt ist sie also da, die neue Hauserin‹, dachte sich Walli und widmete sich wieder ihrer Arbeit.

Josi fuhr ein kleines Stück weiter und da war es nun - ihr neues Zuhause. Ein kleines Bauernhaus, mit Sprossenfenstern und grünen Fensterläden. Gemüse- und Obstgarten und einer Scheune dazu. Was brauchte man mehr?

Sie fuhr auf die Seite vor ihrem neuen Haus und stellte den nun doch sehr lauten VW-Bus ab. Waggi bellte ganz aufgeregt und wollte unbedingt ins Freie.

›Ich danke dir Universum, dass ich heil angekommen bin und so ein großes Glück habe.‹

Sie blickte zum Himmel, nickte kurz und stieg aus und musste sich erst einmal richtig recken und strecken. Dabei nahm sie einen tiefen Atemzug und ließ ihren leicht hysterischen Dackel aus dem Wagen. Der sprang sofort in die Wiese und wälzte sich im hohen Gras.

Josi drehte sich einmal um die eigene Achse und sog den Blick, der sich ihr bot, auf. Da drüben stand das Haus von Zenzi, erinnerte sich Josi. Bei ihren Besuchen in den Sommerferien waren Korbinian, Emmi, Hubert und sie oft im Gemüsegarten von Zenzi und haben sich mit Erdbeeren die Bäuche vollgeschlagen.

›Und der Hof dort, vis à vis von mir – da müsste noch der Korbinian wohnen, falls er nicht schon die Flucht ergriffen hatte und so wie Hubert ausgewandert war.‹

Sie hatte Glück. Ihr zukünftiger Nachbar war noch da. Inmitten einer Ziegenherde, die direkt am Haus ihr Unwesen trieb, stand ein durchtrainierter junger Mann mit halblangen blonden Haaren, der den Zaun reparierte.

Josi war sich etwas unsicher, ob sie auf ihn zugehen sollte. Sie hatte ihn das letzte Mal gesehen, als sie 16 Jahre war. Danach gab es keine Gelegenheit mehr dazu. Die Entscheidung wurde ihr abgenommen. Korbinian schwang sich mit einem eleganten Satz über den Zaun und kam direkt auf sie zu.

»Servus Josi! Schön, dass do bisch.« Korbinian begrüßte sie mit einem festen Händedruck. Josi errötete leicht und war etwas perplex.

›Mann, schaut der gut aus‹, ging ihr spontan durch den Kopf.

»Hallo Korbinian«, erwiderte sie. »Ich hätte dich fast nicht erkannt!«

»Ja mei, ist halt doch schon lange her.«

»Ja, das stimmt!«

›Oh je das waren Dialoge, da gewinnst aber keinen Pulitzerpreis‹. Josi verdrehte die Augen. Beide standen sie, wie begossene Pudel da und wussten mit sich und der ungewohnten Situation nichts anzufangen.

»Ich muss dann wieder. Die Viecher rufen. Man sieht sich!« Korbinian drehte sich um und verschwand inmitten der Ziegenherde.

Es hatte sich ziemlich schnell im Dorf herumgesprochen,

dass die Neue nun da war. War ja auch kein Wunder. Das Dorf war nun mal nicht sehr groß und außerdem war es auch nicht zu überhören, dass jemand Fremdes durchs Dorf fuhr.

Als Traudl registriert hatte, dass die neue Hauserin nun da war, ließ sie alles stehen und liegen und lief schnurstracks zu Emmi. Die war gerade damit beschäftigt die Wäsche draußen aufzuhängen.

»Und? Was hast gesehen? Ich hab's auch gehört, konnte aber gerade nicht. War gerade beim Bieten bei Ebay. Ich habe ein tolles Trachtenmieder von... egal. Erzähl Emmi!«

Traudl war ganz aufgeregt. Geschah ja auch nicht alle Tage, dass es neue Mitglieder in der kleinen Gemeinschaft gab. Eigentlich nie, außer es gab Nachwuchs bei den Gschwends.

»Ja mei«, meinte Emmi langsam. »Da kannst nicht viel dazu sagen.«

Sie nahm einen Schwung Unterhosen aus dem Wäschekorb und hängte sie an die Leine.

»Jetzt lass dir doch nicht jedes einzelne Wort aus der Nase ziehen! Wie schaut sie aus? Was für ein Auto? Was sonst noch?« Traudl reagierte sichtlich unentspannt.

Emmi drehte sich zu Traudl um und meinte: »Also, was ich so gesehen habe, schaut sie immer noch so aus wie früher. Die Haar' hat sie noch lang und schwarz. Das Auto war immer noch dasselbe. Ihr alter VW-Bus! Und sonst... Ach ja! Einen Hund hatte sie dabei!«

»Klar hat sie einen Hund! Den hat der Ignaz dem Tom doch letzt' Joahr im Vollrausch vermacht. Ja und sonst. Das war alles?«

»Ja, das war alles. Gewunken hab' ich noch! Und das war's!«

Traudl zog die Augenbrauen hoch. »Gut. Dann muss ich zur

Walli gehen. Die wohnt ja daneben. Vielleicht weiß die a *weng* mehr. Pfiat' di Emmi!«

Im Stechschritt machte sich Traudl zu Walli auf.

»Neugierige *Urschl*«, murmelte Emmi vor sich hin und machte sich wieder an die Arbeit.

Beim Durchqueren des Dorfes, nennen wir es eher eine Inspizierung der Nachbarn, machte sich Traudl so ihre Gedanken. ›Schau an, »die Münchner« sind wieder da, sitzen im Garten und lesen und tun so g'scheit, dass einem ganz schlecht wird.‹

»Ja Grüß Gott, Frau von Helmenstein. Herr von Helmenstein, habe die Ehre«, flötete Traudl dem Ehepaar im Vorbeigehen zu, die die Sommerfrische in ihrem Wochenendparadies offenbar genossen.

»Tun's schön die Sonne genießen? Mei, des is halt doch scho' schee bei uns, gell?«

Traudl hob noch kurz die Hand zum Gruße und ging schnellen Schrittes weiter.

»So eine eingebildete, aufgetakelte Henne«, brummelte Traudl vor sich hin. »Sitzt mit einem riesen Deckel auf dem Kopf in der Sonne, damit ihre Furchen im G'sicht nicht noch tiefer werden. Depperten Städter.«

Auf ihrem Weg durch das Dorf kam sie an dem leerstehenden Gasthof vorbei, der immer mehr zerfiel. Der Name des ehemaligen Gasthofes machte seinem Ruf alle Ehre: »Zum Wilderer« stand in verblichenen Buchstaben über der zweiflügligen Eingangstür. Das ganze Gelände, inklusive Gemäuer war nur noch *vogelwild*. Die Natur hatte sich die Fläche Stück für Stück zurückerobert. Überall wucherten Eschen, Ahorn und Buchen auf dem Grundstück. Man brauchte schon eine Machete, um sich durch diesen voralpenländischen Dschungel durchzukämpfen.

›So traurig, dass kein Leben mehr in diesen Gemäuern war‹, fand Traudl. Es ging zwar das Gerücht in Ludwigswies und Ammerleiten um, dass die Wirtschaft an irgendwen aus dem Ausland verkauft worden war, aber Traudl konnte das nicht so richtig glauben. Sie hoffte inständig, dass dem nicht so war. Wieder ein Fremder im Dorf. Es wurde langsam eng in Ammerleiten.

Sie dachte an ihre Hochzeit, als man sie beim Brauch des Brautstehlens in den »Wilderer« brachte. Sie erinnerte sich an die zünftige Musik, an die Unmengen von Alkohol. Sogar auf dem Tischen haben die Männer am Schluss einen Schuhplattler vollführt. An ihre Kopfschmerzen und ihre Hochsteckfrisur am nächsten Tag mochte sie gar nicht mehr denken. Wären Schwalben in der Nähe gewesen – sie hätten einen idealen Brutplatz auf ihrem Kopf gefunden. Und die Hochzeitsnacht? Na ja! Ignaz und sie haben am Rande der Bewusstlosigkeit mitsamt ihrem Hochzeitsgewand in den Federn gelegen.

Traudl grinste und entschloss sich, noch einen Zwischenstopp bei Zenzi einzulegen. Wer weiß – vielleicht wusste sie ja auch was, was ihr noch nicht bekannt war.

Sie öffnete das kleine, hölzerne Gartentor, das zum größten Teil mit Efeu umrankt war. ›Neidisch könnte man werden auf die Blumenpracht‹, dachte sich Traudl. ›Keine Ahnung mit was sie die Pflanzen düngt.‹

»Griaß di, Zenzi«, rief Traudl ihrer Stammtischgenossin zu. Diese saß gemütlich auf ihrer Sonnenbank inmitten von Rosen, Sonnenblumen, Dahlien und Margeriten. Zuerst hätte Traudl sie komplett übersehen. Nur die Rauchschwaden ihrer täglichen Mittagszigarette hatten sie verraten.

»Servus Traudl! Du auf dem Weg? Wo willst denn hin? Möchtest der Hauserin beim Auspacken helfen?« Zenzi grinste und nahm einen Zug von ihrer Zigarette.

»Ja ganz gewiss werde ich das machen! Ich schau zwar blöd aus, bin i aber net«, erwiderte Traudl und setzte sich neben Zenzi auf die Bank.

»Treibt dich eventuell die Neugier her?«

Traudl murrte und verjagte eine lästige Fliege. »Ja du, ich wollt halt fragen, ob du was mitbekommen hast. Und ja! Ich will wissen, was los ist. Interessiert ja anscheinend sonst keinen!«

Zenzi ließ ihren Glimmstängel in einem umgedrehten Blumentopf verschwinden und nahm einen Schluck von ihrem Kaffee.

»Viel hab' ich nicht mitbekommen. Nur, dass der Bus ziemlich laut war und dass der Korbinian wie a junger Geißbock über den Zaun zu ihr gesprungen ist.«

»Hab' ich es nicht gesagt? Kaum ist a junge Geiß im Revier, drehen die ganzen Hirsche durch.«

Traudl konnte sich gar nicht mehr beruhigen. Aufgeregt sprang sie auf und lief vor Zenzi hin und her.

»Frisches Blut kommt ins Dorf. Da hättest du auch gejodelt und wärst ganz narrisch im Dreieck gehupft.«

»Des glaub i net. Ich weiß, was sich gehört!«

»Wenn du meinst, Traudl.«

Zenzi dachte sich ihren Teil und fragte: »Magst a Haferl Kaffee?«

»Dank dir recht schön, Zenzi aber ich muss weiter zur Walli. War ja eh mein Ansinnen. Pfiat' di bis *heit' abends* dann zum Stammtisch.«

Sie drehte sich um und marschierte zum Haus gegenüber.

»Walli, wo bist denn?«, rief Traudl.

»Da bin ich, wo denn sonst.«

Die Stimme war schlecht zu orten, aber wo sollte Walli sonst sein. Natürlich in der Werkstatt. Natürlich unter einem *Bulldog* oder mit dem Kopf in einem Ladewagen.

Traudl stellte sich breitbeinig vor den Fendt, der in der Werkstatt über der Grube stand. Unter ihr werkelte Walli und versuchte eine Schraube zu lockern.

»Herrschaftzeiten«, schimpfte sie aus der Tiefe. »Das *des Gelump'* immer so *heben* muss. *Zefix* noch einmal.«

Walli versuchte mit aller Kraft, die sie hatte, die Schraube zu lockern. Und hätte man es nicht gewusst, dann hätte einer im Vorbeigehen annehmen können, dass ein brummender Bär mit Verdauungsproblemen in der Grube saß.

»Ja, ja, ja!«, schrie Walli auf einmal. »Gewonnen! Mensch gegen Schraube!«

Sie steckte sich den Schraubenzieher in ihre Arbeitshose und kletterte aus der Werkstattgrube. Mit Schmiere im Gesicht und kleinen Metallspänen in ihren Haaren stellte sie sich vor Traudl. Man konnte fast glauben, dass es ein wenig dunkel wurde.

Ja, Walli war ein gestandenes Weibsbild. Wären die Macher von GoT nach Ammerleiten gekommen, dann hätte Lady Brianne keine Chance gehabt.

»Servus Traudl! Brauchst was zum Schmieren?«

»Dass du immer nur an das eine denken musst. Dass du dich net schämst!«

Traudl merkte, dass es ihr die Röte ins Gesicht trieb, hoffte aber, dass es Walli nicht mitbekam.

»Kann ja nicht jeder so fromm wie du sein, Traudl!«

Walli ging zur Werkbank putzte sich die Hände an einem Lappen, der eher dreckig als sauber machte und bewegte ihre sexuelle Schwungmasse wieder in Traudls Nähe. Dabei stellte sie sich sehr demonstrativ vor Traudl hin und grinste.

»Ich sollte gleich wieder gehen. Immer bist so schnappig.«

Traudl nahm tief Luft, blähte ihren Brustkorb auf und versuchte mit Wallis ausladender Oberweite zu konkurrieren, die ihr buchstäblich ins Auge stach.

»Jetzt komm aber Traudl, du bist doch auch nicht besser. Wenn du austeilst ist immer alles gut, aber andersherum, dann bist immer gleich mi mi mi. Jetzt sag, was treibt dich hierher.«

Walli kratzte sich an ihrer Denkerstirn und meinte dann: »Nein! Sag nichts!«

Walli überlegt nochmal kurz und plapperte los.

»Es ist die neue Hauserin, die dich interessiert. Ich kann dir gleich sagen, dass ich nicht viel mitbekommen habe. Sie fährt einen VW-Bus T2, Baujahr 1979, letzte Baureihe. Ich würde sagen mit den Ventilen stimmt irgendwas nicht und einen Ölwechsel braucht er auch, wenn ich an die Rauchwolke denke, die er hinten rausgehauen hat. Einen Dackel hat sie, der hat gleich die Hühner von der Zenzi rebellisch gemacht und dass der Korbinian sie gleich begrüßt hat. Ist das genug der Information?«

»Das mit dem Dackel und dem Korbinian wusste ich schon und das mit dem Bus, das ist mir wurscht.«

Traudl ließ ihre Augen in der Garage herumwandern und konnte sich beim besten Willen nicht vorstellen, wie man in solch einem Chaos vernünftige Arbeit leisten konnte – aber Walli bekam das hin. Sie war im Umkreis die Beste, wenn etwas an den Landmaschinen zu reparieren war.

›Auch eine sonderbare Aufteilung‹, dachte sich Traudl. ›Der Mann macht Haushalt und die kleine Landwirtschaft, die sie im Nebenerwerb hatten, und das Geld bringt die Walli nach Haus.‹

»Ja dann Traudl, bis heute Abend. Ich muss weitermachen. Der Fendt wird dringendst gebraucht. Pfiat' di!«

Walli hüpfte in die Grube und Traudl machte sich ziemlich unbefriedigt auf den Weg nach Hause.

›Vielleicht erfahre ich ja heute Abend beim Stammtisch noch ein wenig mehr‹. Dieser Gedanke stimmte Traudl ein wenig fröhlich und sie beeilte sich nach Hause zu kommen. Die nächste Auktion bei Ebay lief in einer halben Stunde ab. Kuhfellschonbezüge für Sissis Auto. Die musste ihr Töchterlein unbedingt haben.

›Was macht man nicht alles für sein Kind?‹

Als sie auf dem Hof ankam, lief ihr schon Ignaz aufgeregt entgegen.

»Wo bleibst du denn Traudl! Ich brauch dich! Bei der Augusta ist es so weit und ich hab' jetzt keine Zeit. Ich muss noch den letzten Rest Heu in die Tenne bringen. *Der Radio* meldet heute Gewitter.«

Traudl ließ ihren Mann stehen und sagte nur im Vorbeigehen: »Ich habe aber jetzt überhaupt keine Zeit. Ich muss für Sissi die Schonbezüge in Kuhfelloptik bei Ebay ersteigern. Beim besten Willen nicht, Ignaz. Ich hab' jetzt keine Sprechstunde!«

Ignaz, der sich, was die Aktivitäten seiner Frau anbelangte, sehr zurückhielt, um den Familienfrieden zu wahren, war jetzt kurz davor, aus der Haut zu fahren. Er lief Traudl hinterher, erwischte sie noch am Arm und brachte sie zum Stehen. Er blieb hinter ihr stehen, den Kopf ganz nah an ihrem Nacken und meinte in einem ruhigen, aber sehr scharfen Ton: »Frau Huber, wenn du jetzt nicht sofort deine grazilen Hinterläufe in die Hand nimmst und zum Stall springst, dann lösch ich dir das Internet und verkauf das ganze Elektronikg*elump'*, das du hast. Hast mich?«

Seine dunklen Augen blitzten dabei und seine Halsschlagader schwoll gefährlich an.

›Öha‹, wunderte sich Traudl, ›er kann ja doch manchmal ganz Mann sein. Schade, dass er es nicht öfter ist.‹

Sie drehte sich um, blinzelte ihn an und meinte: »Bin schon unterwegs, mein Schatz. Ich muss mich nur noch umziehen. Bin gleich soweit.«

Sie lief ins Haus, warf sich in die Stallklamotten, band sich ein Kopftuch um und war schon auf dem Weg in den Stall. Da blieb sie abrupt stehen. Sie drehte sich um und rannte nochmals zum Haus zurück. Vor der Haustüre entledigte sie sich ihrer lila Stallstiefel und sprang schnell ins Wohnzimmer. Sie schnappte sich ihren Laptop, stieg in die Stallstiefel und machte sich nun endgültig auf den Weg in den Laufstall.

›Wie gut, dass ich darauf bestanden habe, dass wir beim Stallneubau auch WLAN im Kuhstall haben.‹ Sie machte sich auf die Suche nach der werdenden Mutter, klappte ihren Laptop auf und sagte zu Augusta: »Untersteh dich, dass du in den nächsten 20 Minuten kalbst. Sonst landest du als Schonbezug in Sissis Auto!«

- 3 -

Da stand sie nun mit ihrem angenähten Hals als Mensch verkleidet, blickte auf das Haus ihrer verstorbenen Großmutter, sah das Gewusel der beiden Umzugshelfer und ihr wurde auf einmal bewusst, dass dies kein Traum war. Sie war in Bayern, sie war in Ammerleiten, sie stand vor ihrem Haus. Aus, Amen, Basta.

»He Josina, wie schaut es aus? Willst du dort anwachsen oder was willst du? Wir brauchen deine Hilfe!«

Sie grinste. »Ist gut, Lukasz, bin gleich bei euch!«, rief sie ihm zu.

Sie öffnete die Schiebetür ihres Busses und schnappte sich als erstes die Yucca Palme. Als sie näher ans Haus kam, sah sie, dass ihre zwei Umzugshelfer schon ganze Arbeit geleistet hatten. Die Ladefläche des Transporters war bereits geleert. Im Haus war es dafür doppelt so voll. Überall standen Umzugskartons und kleinere Möbelstücke. Sie hatte große Mühe durch den engen Hausgang zu kommen.

»Kannst du mir sagen, wo das alles hinsoll? Das Haus ist ja noch voll von Omas Sachen«, meinte Lukasz zu ihr.

Oh je, darüber hatte sie sich noch gar keine Gedanken gemacht. Omas Haus war natürlich noch nicht ausgeräumt. Wie denn auch. Darum hatte sich keiner gekümmert.

»Gib mir fünf Minuten.«

Josi kämpfte sich weiter durch das Chaos, ging durch die Küche, betrat die Stube, schaute in das alte Bad. Sie überlegte. Dann stieg sie die alte, durchgetretene Stiege in das obere

Stockwerk hinauf und begutachtete die zwei Schlafzimmer. Sie ließ ihren Blick über Omas Doppelbett schweifen, das noch mit dem dicken Winterbett bestückt war, ging zum Fenster und öffnete beide Flügel.

Warme, fast schon schwüle Luft schlug ihr entgegen.

›Riecht nach Gewitterluft‹, stellte sie fest. Sie drehte sich um und lief die Treppe hinunter. Fast wäre sie auf dem Hosenboden gelandet, denn die Trittstufen der Treppe waren durch die jahrzehntelange Benutzung ziemlich glatt geworden.

»Lukasz!«, rief sie. »Wir stellen meine Möbel in den Stadel und nur die Umzugskartons bleiben da. Die Blumen kommen noch ins Haus uns alles andere bleibt vorab so, wie es ist. Die Kleinigkeiten mache ich dann im Laufe der Zeit.«

»Braves Mädchen«, antwortete Lukasz ihr. »Wäre zu schade, Oma rauszuschmeißen.«

Josi stimmte ihm zu und fing an, alle Fenster im Haus aufzureißen. Der warme Sommerwind vertrieb die kühle und stickige Luft im Haus immer mehr.

»Ich fange mal in der Küche an«, ließ sie die Jungs wissen. »Mal schauen, was ich von Omas Geschirr noch gebrauchen kann und was nicht.«

»Mach das. Wir verstauen deine Möbel im Stadel.«

Josi fing an, das Küchenbuffet zu durchforsten. Wahre Schätze taten sich hier auf: Emailleschüsseln, Messer mit Hirschhorngriffen, Sammeltassen und diverse Haushaltsgeräte, bei denen sie sich fragte, ob die auch wirklich jugendfrei waren. Sie nahm sämtliche Gardinen ab, füllte gleich eine Ladung in die bereits angeschlossene Waschmaschine und putzte die angestaubten Fenster.

Dann machte sie sich über den Wamsler her, wienerte die Kochplatte auf Hochglanz und brachte die Asche auf den Kompost. Anschließend bewaffnete sich mit einem Weidenkorb, um ein wenig Feuerholz zu holen. Im Stadel rumpelte und polterte es gewaltig. Ihre zwei Umzugshelfer verstauten sehr geräuschvoll das restliche Mobiliar.

»Ihr sollt es nicht kurz und klein hauen!«, rief Josi den beiden mit einem Grinsen im Gesicht zu. »Nur verstauen, verstanden?«

»Ja, ja Chefin«, antworteten sie im Chor.

»Ich weiß, was das heißt: ja, ja! Das heißt soviel wie: leckt's mich am Arsch!«

»Nie, Chefin!«, gaben sie als Antwort zurück und lachten laut.

Josi musste schmunzeln. Sie war so froh, dass ihr die beiden halfen und wusste, dass sie es nicht ernst meinten.

Hinter dem Stadl wurde sie dann fündig. Dort lag noch ein großer Haufen gespaltenes Holz, der ihr bis zum Herbst reichen sollte. Sie erkundete noch den Rest des Gartens, der sich hinter dem Haus befand. Eine alte Mistkarre stand da herum, diverse Blumentöpfe lagen kunterbunt im hohen Gras verteilt und ganz hinten stand sogar noch ein alter, hölzerner Liegestuhl. Die Art Liegestuhl, bei dem man nie wusste, wie er zum Aufstellen war. Sie blieb kurz stehen. Was war das denn im Liegestuhl? Sie konnte es nicht so recht erkennen. Sie schlich skeptisch in Richtung Gartenliege und erschrak fürchterlich.

Da lag ein etwa 70-jähriger Mann im Stuhl, den Hut über die Augen gezogen und schnarchte fürchterlich. Josi überlegte, was sie nun tun sollte. Aufwecken oder schlafen lassen? Sie entschied sich fürs Aufwecken. Sie wollte unbedingt wissen wer das war. Sie stellte den Korb ins Gras, trat einen Schritt näher und stupste den älteren, grunzenden Herrn vorsichtig an.

Nichts!

Sie versuchte es ein weiteres Mal, dieses Mal ein bisschen fester.

Wieder nichts.

›Dann schaue ich mal, was sich unter dem Hut befindet‹, überlegte sich Josi. Sie beugte sich behutsam über den betagten Sonnenanbeter und lupfte langsam den Strohhut. Die Augendeckel hoben sich sofort und zwei glasklare, blaue Augen starrten sie an.

»Bist' *narrisch*?«, meinte der bis dahin noch friedliche, alte Mann.

»Willst, dass i an Herzkasperl kriag? Und außerdem – was tust du in meinem Garten?«

Er versuchte, sich aus dem Liegestuhl hochzuhieven, was ihm aber nicht gelang. Schwerfällig fiel er in den brüchigen Segeltuchstoff zurück, der beängstigend krachte.

»Warten Sie, ich helfe Ihnen.« Sie streckte ihm ihre beiden Arme entgegen. Er schaute sie grummelig an, nahm aber das Angebot dankend an.

Als er sich dann endlich in der Senkrechten befand, wollte er gleich wieder lospoltern, doch Josi schnitt ihm gleich den befürchteten Redeschwall ab.

»Ich bin die Josina Lechleitner. Rosis Enkelin aus Hamburg. Ich wohne seit heute im Haus meiner Oma. Und sie? Wer sind Sie, wenn ich fragen darf?«

Der Unbekannte begutachtete sie von Kopf bis Fuß, dann meinte er: »Bist deiner Oma wie aus dem Gesicht geschnitten. Hätte mir auch gleich auffallen können. Vitus Burgmeier bin ich. Kannst Vitus zu mir sagen. Ich wohn gleich daneben.«

Josi freute sich, dass sie schon an ihrem Ankunftstag Bekanntschaft mit einem ihrer Nachbarn machen durfte. Sie streckte ihm ihre Hand entgegen, die er gerne annahm und mehr als fest zudrückte. Er freute sich sehr, dass wieder Leben ins Hauser Anwesen kam.

»Und du willst dir das hier wirklich antun? Ich mein', eine

junge Frau aus der Stadt, fesch und mit Sicherheit auch g'scheit... Hier in Ammerleiten?« Vitus steckte seine Hände in die Hosentaschen und begutachtete seine neue Nachbarin wohlwollend.

»Ja, warum denn nicht?«

Josi blickte Vitus ungläubig an und konnte im ersten Moment nicht verstehen, was er damit meinte.

»Irgendwie wollte ich schon immer hierher. Und als dann noch die Stelle bei eurem Tierarzt frei wurde, da gab es für mich kein Vertun die Sachen zu packen und zu meiner Oma zu ziehen.« Sie seufzte. »Hat ja dann leider nicht so geklappt.«

»Ja, die Rosi. Ganz stolz hat sie mir erzählt, dass du jetzt zu ihr kommst und wie ihr das gefällt, nicht mehr allein im Haus zu wohnen. War ihr leider Gottes nicht mehr vergönnt.«

Ein wenig bedrückt sah er seine junge Nachbarin an.

»Ist halt so. Aber jetzt solls gut sein mit der Jammerei. Du bist also Tierärztin? Und fängst beim Marder an. Des ist guat. Der hat soviel Arbeit, dass er schon fast im Kuhstall wohnt.«

Josi musste über die Wortwahl lachen.

Er drehte sich um, um seine verlorengegangenen Holzklogs mit Kuhfell zu suchen. Er hatte sie irgendwo ins hohe Gras katapultiert, als er schon im Liegestuhl lag und sich dem Schnitzelkoma ergab.

Kopfschüttelnd machte er sich auf die Suche nach seinen Pantinen.

»Was suchst du denn, Vitus?«

Josi schaute ihren Nachbarn fragend an und machte es Vitus gleich. Sie durchwühlte mit ihren Füßen das Buschgras.

»Meine Schuh' such ich! *Sackelzement*! Des gibt's doch gar net, dass ich jetzt die dummen Schlapper nimmer find. Und des bei meine Quadratlatschen.«

Knurrend kämpfte er sich durch die Botanik des Gartens

seiner Nachbarin. Endlich war er fündig geworden. Steif vom vielen Bücken ließ er sich abermals in den Liegestuhl fallen und zog sich seine Klogs über.

»Ich glaub, du musst mir nochmal aus diesem Monstrum raushelfen«, stellte er grinsend fest.

Josi nahm seine schwieligen, großen Hände und befreite ihn mit einem Ruck aus seiner misslichen Lage.

»Dankschön, Nachbarin.«

Er ging schlurfend mit Josi Richtung Gartentür.

»So, so, also beim Marder fängst an«, grübelte er. »Dem alten, krummen Hund.«

Verstört blieb Josi stehen.

»Keine Angst, Mädel. Der Hans ist in Ordnung. Alt ist er halt schon. Aber sonst ein guter Tierarzt und ein guter Chef. Da wird's dir bestimmt nicht langweilig. Und dann kommst auch im Ort rum und lernst Leute kennen, was ja auch nicht verkehrt ist für so eine junge Frau.«

»Da kannst schon recht haben. Aber zuerst will ich mal die Leute in Ammerleiten kennenlernen. Das wäre mir schon wichtig.«

»Dann kannst ja gleich heute zum Weiberstammtisch im Feuerwehrhaus gehen. Da treffen sich dann die Hennen von Ammerleiten. Die Emmi, Frau Traudl Huber, meine Walli und die alte Zenz'.«

»Hier gibt es einen Stammtisch? Nur für Frauen?«

Josi war sichtlich überrascht.

»Freilich«, antwortete Vitus voller Stolz.

»Meinst wir leben hinterm Mond und unsere Damen sind an die Kette gelegt?«

Vitus lachte laut auf und schob sich seinen Hut in den Nacken.

»Da kannst noch was von denen lernen. Deine Oma, Gott hab' sie selig, war auch immer dabei.«

»Find ich *saugut*, Vitus. Da geh ich heute hin. Wann ist das Treffen?«

»Um acht Uhr abends. Jeden Freitag trifft sich die Bande.«

»Ausgezeichnet. Zwanzig Uhr. Danke Vitus.«

»Passt schon. Aber jetzt, ich muss weiter. Die Walli braucht mich noch in der Werkstatt. Also bis demnächst Hauserin.«

Er hob seinen Hut zum Gruße und machte das Gartentor hinter sich zu.

›Ein Frauenstammtisch‹, sinnierte Josi und befüllte den Korb mit Brennholz. ›Dann bin ich ja mal gespannt, wie die Frauen vom Stammtisch so ticken.‹

Sie ging Richtung Haustür und erblickte Lukasz und Otto. Beide saßen auf der Sonnenbank und genossen den Feierabend. Eine halbe Bier in der Hand und eine Zigarette.

›Ähm‹, Josi traute ihren Augen nicht. ›Das war doch wohl nicht...? Doch! Es war...‹

Ein Joint!

Es war jetzt nicht so, dass Josi was gegen einen Joint im Allgemeinen gehabt hätte, denn manchmal gönnte sie sich auch so einen Hirndurchblaser. Aber am Tag ihrer Ankunft? Was sollten denn die Nachbarn denken. Sie wollte doch nicht gleich das schwarze Schaf der Gemeinde werden. Die Worte ihres Vaters, der ihr beigebracht hatte, zumindest manchmal auf die Konventionen zu pfeifen schossen ihr durch den Kopf.

Und deswegen grübelte sie nur kurz, nahm auch ein Helles aus dem Bierkasten, setzte sich zwischen die zwei jungen Männer, ergriff die Wundertüte und nahm einen tiefen, tiefen Zug von diesem ach so köstlichen Glimmstängel.

Zur gleichen Zeit betätigte sich Emmi in ihrer Königsdisziplin »Geschlechterkampf«, besser bekannt unter dem Motto: Wie bringe ich meinen vier Jungs Manieren bei der Brotzeit bei, damit ich danach nicht immer die Hühner reinlassen muss?

Dabei wollte sie doch nur mit ihren Kindern vor der Stallzeit noch zusammen essen. Das war ihr wichtig. Sie wollte nicht, dass ihre Bande zum Selbstversorger wurde und sich am Kühlschrank bediente, wann immer der Hunger sich meldete. Sie wollte geregelte Mahlzeiten! Es war schon schlimm genug, wenn sich Sepp nicht dazusetzen konnte. Aber er war zu dieser Zeit schon damit beschäftigt das Grünfutter für die Kühe herzurichten.

Manchmal war sie schier am Verzweifeln. Sie versuchte es mit Engelszungen, mit Fernsehverbot, sie wurde sogar zwischendurch laut. Es half nichts: Benno, Andres, Friedl und Ferdl benahmen sich wie die Schweine.

»Benno, du bist doch der Älteste und solltest der Vernünftigste sein. Hat das jetzt wieder sein müssen, dass du deinem Bruder die Wurst vom Brot nimmst, abschleckst und wieder zurücklegst?«

»Friedl, Ferdl!!! Hört endlich auf euch mit Senf zu beschmieren!«

Emmi war fix und fertig. ›Jeden Tag dasselbe und keine Besserung! Sie haben einfach keinen Respekt vor mir‹, dachte sich Emmi, während sie Friedl den Senf aus den Haaren zu entfernen versuchte.

Und Sepp wollte noch mehr Kinder. Er wollte unbedingt noch eine Tochter haben. Emmi und Sepp waren sich bei diesem Thema ziemlich uneins. Als ob vier Buben im Alter von vier bis acht Jahren nicht reichen würden. Zumal Friedl und Ferdl noch Zwillinge waren. Gott sei Dank kam in diesem Moment Paulina in die Küche.

»Paulina, kannst du übernehmen? Ich muss in den Stall und danach noch zum Stammtisch.«

»Freilich werde ich das machen. Geh du nur. Ich werde sie dann noch baden.«

Sie strahlte und ging zum Küchentisch.

»Wo sind denn meine kleinen Schweinchen?«, flötete sie der Rasselbande zu. »Darf ich mich zu euch setzen?«

Die Jungs grinsten sie an wie eine Horde Honigkuchenpferde. ›Wie der Vater‹, stellte Emmi fest und ging aus der Küche, um sich umzuziehen.

Während Emmi und Traudl sich im Stall befanden, Walli unter dem zu reparierenden *Bulldog* lag und Zenzi Blumen im Garten abschnitt, gaben sich Josi, Lukasz und Otto der Lust hin, ihre Sinne zu erweitern. Sie versuchten es zumindest.

Otto lag schnarchend auf der Gartenbank, derweil Lukasz und Josi auf allen Vieren durch den Garten krauchten, um Gänseblümchen zu zählen. Sie kicherten albern, weil sie beim Zählen immer wieder durcheinanderkamen und feststellten, dass Gänseblümchen eine Aura besaßen. Dann versuchten sie wieder weiterzukrabbeln, verwechselten aber Arme und Beine und landeten wieder im Gras.

Da lagen sie nun, wie Käfer auf ihren Panzern. Die Beine nach oben gestreckt, lachten lauthals und waren schon ganz außer Atem vor lauter Kichern.

»Ein Sittenverfall größten Ausmaßes!«, würde Traudl behaupten. Aber Traudl war zum Glück ja nicht da.

Josi hatte sich nun langsam von ihrer Lachattacke erholt und streckte alle Viere von sich. Sie richtete ihren Blick in den Abendhimmel und sah den dunklen Wolken zu, die den Eindruck machten, als ob sie immer schneller wurden. Bei dem Anblick wurde ihr ganz schwummerig im Kopf.

»Ich hab' Hunger!«, meinte Josi zu Lukasz. Doch sie bekam

keine Antwort. Lukasz hatte die Flügel von sich gestreckt und schlief im hohen Gras.

›Männer‹, dachte sich Josi, ›kein Durchhaltevermögen!‹ Sie stand mit wackeligen Beinen auf und machte sich Richtung Küche auf. Wenn sie sich nicht täuschte, dann hatte Lukasz den Kühlschrank mit leckeren Schweinereien vom hiesigen Metzger aufgefüllt. Und ja! Als sie die Kühlschranktür öffnete, lachten sie Leberkäse, Kochsalami und feiner Käse an. Sie schnappte sich ein Holzbrett und ein großes Messer und machte sich über den Leberkäse her. Dazu noch Brez'n und ein Rettich. Lecker!

Da die Brotzeit eine staubige Angelegenheit war, nahm sie sich noch ein Bier dazu. Als sie so mampfend am Küchentisch saß, ging ihr noch einmal das Gespräch mit Vitus durch den Kopf. Sie fand es echt klasse, dass sich die Frauen von Ammerleiten regelmäßig trafen und freute sich schon auf später, wenn sie endlich die Stammtischtruppe kennenlernen durfte.

Josi sinnierte weiter und nahm ein großes Stück Leberkäse. Sie merkte, als sie an die heutige Begegnung mit der Stammtischtruppe dachte, dass sie ein wenig aufgeregt war. Warum wusste sie nicht, denn eigentlich gab es überhaupt keinen Grund dafür. Wahrscheinlich lag es daran, dass sie bei den Damen einfach nichts falsch machen wollte. Es ist halt einfach ein kleines Dorf, in dem jeder jeden kennt. Nicht so anonym wie in Hamburg, zum Beispiel, wo es sich etwas einfacher gestaltete, seinen Nachbarn aus dem Weg zu gehen. Und sei es nur darum die Straßenseite zu wechseln, um eine Konfrontation zu vermeiden.

›Wird schon schiefgehen.‹

Josi gähnte und merkte erst jetzt, dass sie doch recht erledigt war. Sie legte das Messer hin, ließ sich auf die Seite kippen und noch im Fallen fielen ihr schon die Augen zu. Rumms! Da lag sie nun auf der Eckbank und grunzte vor sich hin.

Ein unaufhörliches Schmatzen ließ sie nach geraumer Zeit wach werden. Sie versuchte sich von der Eckbank aufzuraffen und merkte, wie verdreht sie darauf gelegen haben musste. Der Rücken tat ihr dementsprechend weh. Sie stützte sich am Tisch auf und blickte in zwei rehbraune Augen. Oder waren es eher dackelbraune Augen?

Waggi, der auch wusste, was gut war, hatte die Gelegenheit genutzt und war irgendwie auf den Küchentisch gekommen. Dort saß er nun mit fettiger Schnauze und voller Wampe und schluckte gerade schuldbewusst das letzte Stück Leberkäse runter.

»Ja spinnst denn du? Mir den guten Leberkäse aufzufressen!«

Josi konnte es im ersten Moment gar nicht fassen. Im zweiten Moment wurde sie sich dann bewusst, dass auch Dackel irgendwann einmal Hunger hatten. Und im dritten Moment wurde ihr klar, dass Waggi als bayrischer Dackel ja schließlich gar nichts dafür konnte: Es lag halt einfach in den Genen eines bajuwarischen Jagdhundes, dass seine Leibspeise Leberkäse war. Sie verscheuchte ihn trotzdem vom Tisch und blickte auf die alte Küchenuhr.

›Uihh! Schon 22:00 Uhr! Da war ich aber weggetreten. Ich wollte doch noch zum Feuerwehrhaus runter!‹

Sie ging schnurstracks ins Bad, machte sich noch ein wenig ausgehfertig und blieb kurz vor der Haustüre stehen. Sie sog die kühle Luft tief in ihre Lungen.

Es musste geregnet haben, registrierte Josi. Kleine Pfützen standen auf dem Weg zum Gartentor. Sie bog nach rechts ab, kam an Korbinians Haus vorbei und folgte dem kleinen Dorfbach. Am Löschteich angekommen, sah sie schon das hell erleuchtete Feuerwehrhaus.

Aufgeregte Stimmen waren zu hören, dazwischen Gekicher, das sich eher wie Geschnatter anhörte. Sie stand vor der verschlossenen Eingangstür und hatte schon die Hand auf dem Türgriff. Dann hielt sie kurz inne. Sie war etwas aufgeregt, warum auch immer.

»Ich bin ruhig und entspannt!«, betete Josi laut vor sich hin. »Ich bin ruhig und entspannt!« Sie schnaufte noch einmal tief durch und bewegte die Türklinke nach unten. Dann drückte sie langsam die Tür einen Spalt auf und steckte ihren immer noch ein wenig vernebelten Kopf in den Raum.

Sofort hörte das Geschnatter auf, vier Köpfe ruckten zeitgleich in Richtung Tür und acht Augen sahen sie erstaunt an. Spontan schoss ihr der Satz ihres Vaters durch den Kopf, wenn jemand mehr als erstaunt aufblickte: ›Der schaut ja wie eine Kuh beim Sch...! Wie wahr!‹

»Hallo?«, hauchte Josi in den Gemeinschaftsraum der freiwilligen Feuerwehr Ammerleiten. Sie schob nun den Rest ihres Körpers in das Zimmer und trat etwas näher an den Tisch. Wie bei der Inquisition. Da saßen sie nun die heimlichen Oberhäupter von Ammerleiten und brachten ihre Münder nicht mehr zu. Sekundenlang! Josi kam es wie Stunden vor.

»Servus Josi.« Emmi sprang von ihrem Stuhl auf und erlöste Josi von ihrem Leiden. Sie lief auf Josi zu und umarmte sie heftig. Josi war für einen kurzen Moment ganz baff, fing sich aber schnell und erwiderte die herzliche Begrüßung.

»Mein Gott, ist des schön, dass du wieder da bist. Ich kann's noch gar nicht glauben, dass du jetzt bei uns wohnst!«

»Ich auch nicht«, raunte Traudl vor sich hin und zog die linke Augenbraue hoch.

»Mir geht's auch nicht anders. Ist alles ziemlich aufregend!«

»Kann ich mir vorstellen. Ist halt doch was anderes als hier

Urlaub zu machen«, sagte Emmi, nahm Josis Hand und zog sie an den Tisch.

»Kennst du denn noch alle? Oder muss ich euch jetzt vorstellen?«

»Musst du nicht, ich kenne noch alle ganz genau. Hallo Zenzi. Auf gute Nachbarschaft!« Sie drückte Zenzis Hand, was von Zenzi ebenso erwidert wurde.

»Servus Walli. Auch auf gute Nachbarschaft! Deinen Schwiegervater habe ich ja schon getroffen. Freue mich, dich wiederzusehen.«

»Ist schon recht, Hauserin. Ja, er hat's mir gleich erzählt«, antwortete Walli lächelnd.

Traudl sah das und warf Walli einen scharfen Blick zu.

»Dein Auto hört sich fei net guat an! Wenn du magst, werfe ich mal einen Blick rein. Aber nur, wenn's recht ist.«

Traudl traute ihren Ohren nicht. Was war denn mit der los? Erst redet sie was von: Die Neue muss sich bewähren! Und dann so was. Traudl war fassungslos.

»Das wäre super, Walli«, meinte Josi zu ihr. »Ich trau mich fast nicht mehr mit der alten Kiste fahren. Danke dir.«

Walli winkte nur ab und setzte sich wieder hin.

»Hallo Traudl! Auch auf gute Nachbarschaft.« Josi hielt Traudl ihre Hand hin.

Diese zögerte einen Moment, schaut kurz auf und sagte: »Direkt Nachbarschaft ist das ja nicht, aber passt schon.«

Josi zuckte zusammen, dachte sich aber gleichzeitig: ›Ok Frau Huber. Ich lass das jetzt mal so durchgehen. Du kennst mich nicht, siehst mich wahrscheinlich als eingebildete Stadttussi. Gut. Kann ich sogar ein wenig nachvollziehen. Aber die Butter lass ich mir von dir, du *Bissgurk'n* auch nicht vom Brot nehmen.‹

Sie holte einmal tief Luft, ging einen Schritt auf Traudl zu und sprach mit lauter und deutlicher Stimme: »Du hast schon recht Traudl. Hat schon alles seine Bewandtnis, dass wir nicht direkte Nachbarn sind. Du tät'st dich ja so manches Mal so aufregen. Und das wollen wir doch alle nicht. Ist schlecht für die Gesundheit und für den Teint. Und wir wollen doch alle, dass es dir so lange wie möglich gut geht und du nicht noch mehr Falten kriegst.«

Traudl schnappte nach Luft, setzte sich abrupt aufrecht und trank ihr volles Prosecco Glas mit einem Zug leer.

Das hatte gesessen! Zenzi, Walli und Emmi schauten sich kurz an und konnten sich ein kleines, ganz klitzekleines Lächeln nicht verkneifen.

Emmi versuchte abzulenken und meinte zu Josi: »Komm setz dich zu uns und stoß mit uns auf deinen Einzug an.«

»Ein anderes Mal, gerne. Aber ich fühle mich nach diesem Tag doch ziemlich kaputt. Erst die lange Fahrt, dann das Ein- und Ausräumen von meinen Sachen. Die neuen Eindrücke. Alles etwas viel.«

»Kann ich verstehen«, stimmte ihr Walli zu.

»Wir sind ja nicht aus der Welt und laufen uns bestimmt bald über den Weg.«

»Lässt sich ja nicht vermeiden!«, grummelte Traudl vor sich hin, was von den Anderen zum Glück nicht gehört wurde.

»Ja, dann werde ich mich auf den Weg machen und in die Federn hauen. Gute Nacht zusammen.«

Alle, mit Ausnahme von Traudl, wünschten ihr eine gute Nacht.

Josi schloss die Tür hinter sich und war jetzt doch froh, dass sie dieses – quasi – Vorstellungsgespräch hinter sich hatte und jetzt endlich ins Bett gehen konnte. Ein ereignisreicher Tag ging zu Ende und das nicht nur für Josi.

- 4 -

Die erste Tasse Kaffee am Morgen konnte so gut tun. Zumal, wenn man bedachte, mit welchem Einsatz diese Koffeindosis gebraut wurde. Nix mit »aufs Knöpfchen drücken« – Tasse unter den Auslauf eines High-Tech-Kaffeevollautomaten stellen und die wohltuende, braune Flüssigkeit schnell und fast schon achtlos, in sich hineinschütten. Im Anwesen »Hauser« wurde, zumindest bei dieser Tätigkeit, auf Achtsamkeit und Entschleunigung Wert gelegt. Zugegeben: gezwungenermaßen.

Josi hatte weder eine Kaffeemaschine, noch einen Wasserkocher, die ihr geholfen hätten, schneller den Kaffee in der Früh genießen zu können. Der einzige Luxus, den sie in der alten Küche hatte, war neben dem Kühlschrank ein in die Jahre gekommener Elektroherd. Somit konnte sie wenigstens damit Wasser kochen und sich einen Kaffee aufbrühen. Nicht auszudenken, wenn sie dafür noch den Wamsler hätte anschüren müssen. Im Norden hatte sie keines der beiden Geräte gebraucht. Als sie noch in Hamburg gelebt hatte, da war es ganz normal auf dem Weg in die Arbeit einen »Coffee-to-go« zu holen. Und in der Praxis gab es sowieso Kaffee in Hülle und Fülle. Genauso, wenn sie aufs Land fuhr, um ihre Besuche bei den Landwirten zu machen. Ohne Kaffee und einem leckeren Butterkuchen kam sie nicht vom Hof.

›Ob das hier in Bayern auch so ist?‹, überlegte Josi, während sie das heiße Wasser in den Porzellanfilter goss. Sofort verströmte das heiße, nasse Kaffeepulver einen betörenden Duft, der direkt den Teil im Gehirn ansprach, der die Müdigkeit vertrieb.

›Gibt es hier auch Kaffee und Kuchen, nach getaner Arbeit oder eher nicht? Sind die Bauern in Bayern auch so stur, wie die Bauern im Norden? Wird es auch viele Kälbchen geben, die nach ihr benannt werden?‹

Fragen über Fragen schossen ihr durch den Kopf, während sie nun endlich den ersten Schluck des frisch gebrühten Kaffees genießen konnte.

Sie würde es erfahren, wenn es dann im Oktober endlich losgehen sollte und sie ihren neuen Chef bei seiner Arbeit unterstützen konnte.

Sie zog sich ihre alte Strickjacke über das Nachthemd, nahm ihre Tasse und setzte sich auf die Bank vor dem Haus. Die Luft war feucht. Leichte Nebelschwaden stiegen aus den Wiesen auf. Die Wolkenfetzen, die langsam Richtung Westen zogen, wurden immer weniger. Die Morgensonne hatte schon so viel Kraft, dass auch die letzten Wolken am Himmel schnell dahinschmolzen.

Waggi, der im Haus immer der Erste war, der wach wurde, kam von seiner morgendlichen Dorfrunde zurück und setzte sich zu Josis Füßen.

»Und, was gibt's Neues im Staate Ammerleiten?« Sie streichelte ihn und stellte fest, dass »nasser Hund« nicht der Duft war, den sie in aller Früh gebraucht hätte.

»Hund, du stinkst! Heute kommst du in die Wanne.« Als hätte er es verstanden, erhob er sich von Josis Füßen und machte sich Richtung Gartentor auf, ohne sie auch nur noch eines weiteren Blickes zu würdigen. Er hatte jetzt wichtigeres zu tun, denn Xaver trieb seine kleine, feine Kuhherde auf die naheliegende Wiese.

»Du entkommst mir nicht!« Josi lachte und schaute ihrem Dackel zu, wie er versuchte, die Kühe auf die Weide zu bringen. Er kläffte wie wild und sprang zwischen die Tiere, unter den Kühen durch und irgendwie hatte er es dann mit Xavers Hilfe geschafft, dass die Rindviecher von Burgmeiers endlich grasen konnten.

»Morgen Nachbarin!«

»Morgen Xaver! Hast deine Mädels wieder an die frische Luft gebracht?«

»Mei, die wissen auch was gut ist.« Xaver öffnete die Gartentür und setzte sich neben Josi.

Nichtsahnend holte sie tief Luft, um Xaver zu antworten. Sie bekam fast Schnappatmung. Ihr Nachbar versprühte jetzt auch nicht gerade den Duft der großen, weiten Welt. Nasser Hund wäre Josi in diesem Moment lieber gewesen. Xaver störte es nicht, dass diese spezielle Duftnote »Stallodeur Nr. 9«, ihn wie eine Wolke umhüllte. Er stank so sehr in seinen alten Stallklamotten, als hätte er ein Bad in seiner *Odelgrube* genommen. Wahrscheinlich bemerkte er gar nicht mehr, welch penetranten Geruch er verströmte. Josi wurde es ganz anders und sie rückte unbemerkt ein Stück von ihm weg.

»Und hast dich schon eingelebt?«

»Wie man sich halt nach einer guten Woche einleben kann. Einiges ist noch neu, manches schon vertraut.«

Josi versuchte, so gut, wie es ging, durch den Mund zu atmen. Der Gestank war echt brutal. Dementsprechend hörte sie sich nasal an.

»Bist erkältet? Hörst dich echt *verrotzelt* an.«

»Ein bissle, Xaver. Nix schlimmes.«

›Jetzt muss ich auch noch lügen, bloß weil er nicht merkt wie er stinkt.‹ Sie nahm einen großen Schluck Kaffee, um den *Odel*-Gülle-Belag, der sich in ihrem Mund breit gemacht hatte, runterzuspülen. Eine komische Mischung war das, was da die Speiseröhre herunterlief. Allemal besser als vorher.

»Hast auch a *Haferl* für mich?« Xaver zog sich jetzt auch noch seine Stallschuhe aus und gab Josi freien Blick auf seine komischen, krummen, etwas schwarzgrünen Füße.

Josi musste sich echt zusammenreißen, dass ihr jetzt nicht der Kaffee hochkam.

»Sorry, Xaver. Ich hab' mir nur 'ne Tasse aufgebrüht. Ich hab' noch keine Kaffeemaschine. Beim nächsten Mal gerne.«

»Du, des macht nix. Dann bleib ich halt noch so bei dir sitzen. Weißt, ich glaube, dass du auch so einen Draht hast, zum Spirituellen und so. Du schaust mir sehr ausgeglichen aus und wenn du dich bewegst, dann mein ich immer, dass du gar net den Boden berührst.«

Josi schaute ihren Nachbarn verwundert an. Sie wollte wirklich nicht unfreundlich sein, zumal er ja ein gutmütiger, wenngleich etwas durchleuchteter Kerl war. Sie brachte nur ein kurzes: »Echt jetzt?«, hervor.

»Ja!«, antwortete Xaver inbrünstig und aus tiefster Überzeugung. »Engelsgleich. Ich muss es wissen. Ich war vor einem Jahr auf einem Vortrag über Engel, Engelerscheinungen und alles, was so dazu gehört. Glaub's mir, du bist wie ein Engel.«

Er hob seine Arme und seine Beine, als würde er wie ein Engel fliegen und... es fehlte nur noch das »Hosianna«, um diese Darbietung zu perfektionieren. Bei jeder Bewegung verteilte er seinen ekelhaften Geruch. Josi war schier am Umkippen. Sie stand von der Bank auf und stellte sich in zwei Meter Sicherheitsabstand vor Xaver hin.

»Du Xaver, ich muss jetzt leider rein. Ich muss heut' noch nach Ludwigswies – hab' einiges zu erledigen. Termin hab' ich auch noch... äh... bei meinem zukünftigen Chef und...«

Xaver sprang auf.

»Sag's doch gleich, dass keine Zeit hast. Ist doch net schlimm. Dann komm ich morgen früh wieder vorbei, gell?«

Er ging auf Josi zu und umarmte sie.

›Ich glaub ich werd' ohnmächtig‹. Josi wurde es ganz schwummerig vor Augen.

»Ist schon gut.« Sie drückte Xaver vorsichtig weg. »Dann eventuell bis morgen.«

»Pfiat' di, bis morgen dann!« Endlich schloss er das Gartentor hinter sich, winkte ihr zu und glücklicherweise stand der Wind günstig.

Josi beeilte sich ins Haus zu kommen, um sich schnell ihrer landluftverseuchten Bekleidung zu entledigen. Im Laufen zog sie ein Teil nach dem anderen aus und sprang, so schnell sie konnte, unter die Dusche. Eine doppelte Portion Seife und viel Shampoo später roch sie jetzt zwar wie ein Parfumladen, aber immer noch besser, als diese Mischung aus altem Mist und abgestandenem *Odel*. Sie machte sich die Haare zu einem Dutt zusammen, zog sich Jeans und ein weißes T-Shirt über und schnappte sich ihre Turnschuhe. Terminstress hin oder her, was ja jetzt so auch nicht stimmte – ein paar Sachen hatte sie dann doch zu erledigen. Sie schnappte sich den Schlüssel ihres Busses und ging zu Walli hinüber.

Ihre ganze Hoffnung war nur, Xaver nicht zu begegnen. Sonst wäre ihre Duscharie voll für die Katz' gewesen.

Josi öffnete das Tor von Wallis Werkstatt und sah ihre Nachbarin, wie sie auf einem alten landwirtschaftlichen Gefährt saß und versuchte den Motor zu starten. Kleine, schwarze Rußwolken pufften immer wieder aus dem Auspuff, während Walli den Anlasser orgeln ließ. Endlich sprang das alte Dieselross an. Der Boden vibrierte von den lauten Motorengeräuschen.

»Der klingt fast wie dein Bus!«, schrie Walli herunter.

»Ja, drum bin ich auch hier!«, brüllte ihr Josi entgegen. »Ich wollte fragen, ob du mal bei Gelegenheit in die Karre reinschauen kannst.«

»Ja, leg mir den Schlüssel auf die Werkbank. Ich hol ihn dann ab.«

»Saugut. Danke Walli!«

Josi winkte ihr zu, legte den Schlüssel auf die vollgepackte Werkbank und verließ die Garage.

Sie ging weiter Richtung Ortsausgang, um Emmi in ihrem Käseladen einen Besuch abzustatten. Auf halber Strecke kamen ihr schon Friedl und Ferdl entgegen, die mit ihren Spielzeugbulldogs um die Wette fuhren. Sie glichen sich wie ein Ei dem anderen. Mit ihren hellroten Locken sahen sie, im Gegensatz zu ihr selbst, wie kleine Engelchen aus. Aber sie sahen mit großer Wahrscheinlichkeit nur so aus.

»Griaß di!«, riefen sie Josi schon von Weitem zu.

»Bisch du die Neue?« Mittlerweile fuhren sie im Kreis um sie herum. Josi fühlte sich umzingelt.

»Ja, ich bin die Neue.« Sie versuchte ein Stück weiter Richtung Emmis Laden zu kommen.

»Und wo gehst jetzt hin?«, fragte Friedl oder Ferdl. Keine Chance die beiden auseinanderzuhalten.

»Wenn ihr mich endlich lassen würdet, dann möchte ich eure Mama besuchen. Ich brauche Käse und Butter.«

»Ach so!« Gelangweilt hörten sie auf ihre Kreise um Josi zu drehen und fuhren Richtung Feuerwehrhaus weiter.

›Das sind ja zwei so Lausbuben. Und davon hat Emmi noch zwei mehr daheim.‹ Josi empfand großen Respekt vor Emmi, die ja fast genauso alt wie sie war. Und dann schon vier Kinder.

Sie stand vor der Eingangstür des Hofladens, der sich gleich neben der Haustür befand, und hörte vertraute Stimmen. Emmi hatte Kundschaft aus der Nachbarschaft.

›Brauch ich das jetzt?‹ Josi öffnete die Türe des kleinen

Ladens und erblickte Frau Huber und Emmi im angeregten Gespräch.

»Dann gibst mir von dem würzigen Käs' noch a Stück. Ich hoff', der schmeckt dann auch würzig. Der letzte war mir zu fad. Was weiß ich, was du da gemacht hast.«

Emmi ignorierte Traudls Kommentar komplett.

»Passt des so?« Sie legte das große Wiegemesser auf den Käselaib, um Traudl die Menge zu zeigen, die sie abschneiden wollte.

»A biss'l weniger.«

Emmi gehorchte.

»Ja, so passt es.«

Sie wog den Käse ab, packte ihn in Papier und legte den Käse in Traudls Korb.

»Magst noch was?«

Sie drehte ihren Kopf Richtung Eingang.

»Griaß di, Josi.«

»Servus ihr zwei.«

Jetzt erst merkte Frau Huber, dass das neue Gemeindemitglied hinter ihr stand. Sie drehte sich abrupt zu Josi um, verharrte kurz und wandte sich wieder Emmi zu.

»Des ist alles, Emmi. Ich schick die Sissi dann zum Zahlen rüber. Hab' mein Geld vergessen.«

»Is scho' recht.«

Traudl packte ihren Weidenkorb, nickte Josi beim Vorbeigehen wenigstens zu und verließ den Laden.

»Die Huberin!« Emmi schüttelte den Kopf. »Denk dir nix dabei, Josi. Bei der dauert es immer etwas länger, dass sie einen in ihr Herz schließt. Wenn sie überhaupt eins hat. Schmarrn! Wenn's drauf ankommt, bekommst du von der Traudl alles. Aber leichter macht es das auch nicht. Sie hat schon eine komische Art.«

»Irgendwann wird sie mich schon akzeptieren, wenn sie mich mal näher kennt.«

Josi machte eine kurze Pause.

»Aber wie soll sie mich näher kennenlernen. Ich weiß echt nicht, was ich mit ihr so reden soll. Über Kühe könnte ich mich mit ihr austauschen, aber ich glaube nicht, dass das etwas bringt.«

»Wenn sie ihre Ration Prosecco hat, dann ist sie eigentlich immer gut drauf. Ich könnt' dir G'schicht'n von unseren Stammtischen erzählen, da würd' es dich zerreißen vor lauter Lachen.« Emmi schmunzelte dabei und schwieg.

»Du! Weißt was?«

Josi schaute Emmi fragend an.

»Wie wär's denn, ich möcht' dir jetzt da nicht irgendwie dreinreden oder so.«

»Was denn?«

»So eine Einweihungsparty bei dir daheim – vielleicht wär' das eventuell was.«

Josi überlegte kurz und sagte: »Die Idee ist super. Wieso bin ich da nicht selbst draufgekommen?«

Sie ging hinter die Verkaufstheke und umarmte ihre Freundin ganz fest.

»Emmi, du bist ein Schatz. Das mache ich. Eine House-Warming-Party vom Feinsten.«

»Nenn es, wie du magst, aber schreib's ja net auf die Einladung. Das versteh'n wir Jungen, aber die Oldies aus Ammerleiten... Wenn das jetzt die Traudl gehört hätte, dass wir sie zu den Oldies eintüten...«

Beide mussten herzlich lachen.

»Dann mach ich mich gleich daran, eine Einladung zu entwerfen und das Was und Wie und Wann...« Sie ging Richtung Ladentüre und drückte schon die Klinke herunter.

»Ach so, ich wollte ja noch was Einkaufen.«

»Du musst net, aber wenn du scho' mal do bisch?«

Mit einer großen Tüte voller Leckereien aus dem Voralpenland/Ammerleiten verließ Josi den Laden und eilte nach Hause. Verstaute die Käseleckereien im Kühlschrank, stellte sich ihren Laptop auf den Küchentisch und machte sich an die Arbeit. Sie rief ihren Vater an, denn er musste unbedingt dabei sein. Er würde für die Bewirtung verantwortlich sein. Sie einigten sich auf den Samstag in einer Woche. Genug Zeit, um alles zu organisieren und zu bestellen. Beflügelt von der Idee entwarf sie eine passende Einladungskarte und vervielfältigte sie in der gewünschten Anzahl. Voller Elan und mit den Einladungen in der Hand, verließ sie ihr Haus und machte sich ans Werk, ihre Nachbarn abzuklappern und einzuladen.

Schnurstracks ging sie zu Korbinian rüber und klopfte an die Haustür. Es rührte sich nichts. Sie klopfte noch einmal, da hörte sie ihn rufen: »Bei uns wird net geklopft. Wenn die Tür net zug'sperrt ist, kommt man einfach rein.«

Josi war etwas perplex. Einfach ins Haus gehen, ohne zu klingeln oder zu klopfen? Obwohl - klar! War ja im Norden auf dem Land auch so. Sie hatte das schon so abgelegt und vergessen, als wäre das schon eine Ewigkeit her.

Sie öffnete die Tür und rief nach Korbinian.

»Bin in der Küche«, hörte sie ihn antworten.

Josi schaute sich verstohlen um, wie denn der Herr Nachbar so wohnte und stellte fest, dass es fast genauso aussah, wie bei ihr daheim. Die Decken nieder, die Türen noch niederer. Der Unterschied zu ihrem Haus war, dass hier renoviert worden war. Frisch gekalkte Wände, neue Holzfenster, alte Türen auf neu gemacht, ein großer Bullerjan im Hausgang, der anscheinend das ganze Haus erwärmte. Überall Reliquien vergangener Tage, so auch ein Pferdegeschirr, das an der Wand hing. Josi war von den Socken. Korbinians Haus gefiel ihr sehr gut. Wie der Bewohner auch. Sie grinste, als sie die Küche betrat. Korbinian war gerade am Kochen.

»Servus Nachbarin! Was grinst denn so?« Er drehte sich zu ihr hin und schleckte den Holzlöffel ab.

»Hi Korbinian. Ich freu mich halt einfach.«

»Schad! Ich dachte du grinst wegen mir.«

Josi errötete leicht.

»Ja...«, stammelte sie, »Ähm... ja, warum ich komme, ich wollte dich zu meiner Einweihungsparty einladen, übernächsten Samstag.«

Sie ging zu ihm hin und reichte Korbinian ihre Einladung. Er legte seinen Kochlöffel auf die Seite, öffnete das Briefkuvert und begutachtete ihr Werk. Er musste schmunzeln.

»Was grinst du jetzt?«

»Nett schaut sie aus, deine Einladung. So ... so alpenländisch.«

Josi schaute verwundert.

»Hab' ich was falsch gemacht? Ich dachte Berge, Kühe und grüne Wiesen passen doch ganz gut oder?«

»Lass dich doch nicht gleich auf den Arm nehmen. Passt perfekt. Kühe im Liegestuhl mit Sonnenbrille und einer Mass in der Hand sind genau das, was ich bei einer bayrischen Einweihungsparty erwartet hätte.«

»Wirklich? Oder ziehst du mich jetzt auf?«

»He Josi«, erwiderte er. »Ich find' deine Einladung wirklich gelungen. Im Ernst. Kannst dich wieder beruhigen.«

Ihr fiel ein Stein vom Herzen. Sie hatte sich so viel Mühe gemacht. Von daher war es gut, dass die erste Einladung an Korbinian ging. Hätte es nicht gepasst, dann wäre noch die Möglichkeit gewesen eine neue Einladung zu entwerfen.

»Da bin ich echt froh. Danke Korbinian. Wäre das peinlich gewesen, wenn ich mich schon mit der Karte in die Nesseln gesetzt hätte.«

Josi verdrehte die Augen und konnte nun nicht mehr an sich halten. Sie musste einfach in den Kochtopf schauen und wissen, was da so lecker duftete. Sie schnupperte und ihr liefen sämtliche Magensäfte zusammen.

›Kochen kann er also auch!‹

»Magst mitessen? Ist genug für Zwei da.«

Josi musste sich zusammenreißen! Das Gulasch roch grandios. Am liebsten hätte sie sich einen großen Löffel geschnappt und gefuttert bis sie platzen würde.

»Versuchen muss ich es wenigstens. Das riecht so gut!«

Korbinian gab ihr einen Esslöffel aus dem Küchenbuffet. Sie füllte ihren Löffel auf und probierte es. Es schmeckte einfach köstlich.

»Willst nicht doch dableiben und was essen?« Korbinian beobachtete sie und freute sich, wie sehr es seiner neuen Nachbarin schmeckte.

»Es geht nicht.« Man sah ihr an, dass es ihr schwerfiel, Nein zu sagen.

»Ich möchte heute noch die Einladungen austragen. Ein andermal gerne, wenn ich darf.«

»Bist immer herzlich eingeladen, erst recht wenn dich der Hunger plagt.«

»Ja, dann!« Etwas verschämt gab sie ihm den Löffel zurück. »Ich komme darauf zurück. Versprochen! Dann bis spätestens zur Party.«

»Ich denk schon, dass wir uns vorher noch über den Weg laufen oder meinst net?«

»Denk ich auch. Also Tschüss, äh Pfiat' di Korbi.«

»Tschüss, Josi.« Korbinian musste lachen und begleitete sie zur Haustür.

»Viel Erfolg beim Einladen«, rief er ihr noch hinterher, als sie sich zum nächsten Nachbarn aufmachte.

Als Nächstes stand Familie Burgmeier auf dem Zettel. Sie ging ein kleines Stück die Straße hinauf und sah schon Walli und Zenzi, die im Garten auf einer Bank unter einer Linde saßen. Walli hatte noch ihre Arbeitsbekleidung an und war mit Zenzi am Ratschen. Josi ging in den Garten und blieb vor den beiden stehen.

»Na, genießt ihr noch die Abendsonne? Servus ihr Zwei.«

»Du, des ist bei uns jeden Feierabend so«, antwortete Walli. »Wenn ich die Werkstatt schließe, dann kommt Zenzi auf einen Ratsch rüber. Bei schönem Wetter zumindest.« Sie stand auf, um Josi einen Stuhl zu holen.

»Du, ich bleib nicht lange. Ich hab' noch mehrere Stationen abzugrasen.«

»Ah, was hast denn vor, dass du so einen Stress hast?«, fragte sie Zenzi.

»Stress jetzt weniger, ich will das heute bloß noch fertigmachen.« Sie gab den beiden die Einladungen und sagte: »Ich darf euch recht herzlich zu meiner Einweihungsfeier einladen. Mit Anhang versteht sich – also auch die Kinder, wenn sie Zeit und Lust haben.«

»Oh!«, freute sich Walli und las Josis Brief. Zenzi tat es ihr gleich, setzte sich ihre Lesebrille auf und begutachtete die Aufmachung der Einladung.

»Die schaut ja echt gut aus. Sehr passend mit den Kühen«, schmunzelte sie.

»Schau, sogar die Traudl ist auf der Einladung«, lachte Walli. »Eine Kuh mit Sektglas in der Hand.«

»Da legst di nieder!« Zenzi hielt sich die Karte dicht vor ihr Gesicht und sah sich die besagte Kuh genauer an.

»Meint ihr, das nimmt sie mir krumm? Ich hab' mir dabei gar nichts gedacht. Ehrlich nicht.« Josi war mehr als verunsichert.

»Des passt doch wunderbar. Wir fünf sind dabei. Danke für die Einladung.«

»Ich komm auch«, bedankte sich Zenzi. »Sollen wir was mitbringen? Ich mein was zum Essen oder so?«

»Braucht ihr nicht. Ist alles schon geregelt.«

»Was ist alles geregelt?« Xaver war in den Garten gekommen, als er hörte, dass seine engelsgleiche Nachbarin da war. Josi schluckte und dachte an die morgendliche Dufteinlage von Xaver. Aber sie hatte Glück. Xaver hatte sich sein Freizeitoutfit angezogen – Pluderhose und ein Batikshirt. Jetzt roch er wenigstens nach Patschuli, was mit Sicherheit besser war. Allerdings verursachte das auch Kopfschmerzen, weil er sich sauber damit *eingedieselt* hatte.

»Hi Xaver! Ich hab' deiner Frau gerade die Einladung zur Einweihungsparty gegeben.«

»Das ist schön, da freuen wir uns, gell Walli?«

Walli schaute etwas genervt. »Freilich freuen wir uns!«, patzte sie ihren Ehegatten an.

Josi entschied, dass es nun Zeit war zu gehen. Sie hatte keine Lust in irgendeinen Diskurs zwischen zwei Eheleuten zu geraten. Sie verabschiedete sich und machte sich zu Emmi und Sepp auf.

Dieses Mal öffnete sie die Haustüre ohne anzuklopfen, so wie sie es vorher gelernt hatte, und ging hinein. Schon im Hausgang wurde sie von Benno und Andres, den zwei anderen Söhnen von Emmi und Sepp, fast um den Haufen gerannt. Anscheinend ergriffen sie gerade die Flucht, denn gleich darauf lief Sepp wutentbrannt in den Hausgang und fluchte, was das Zeug hielt. Fast wäre er der Länge nach auf dem Fußboden gelandet. Seine Wollsocken hatten anscheinend nicht die erwünschte Bodenhaftung.

»Seid ihr no ganz dicht? Ihr Saubande! Wenn i eich erwisch.« Aber die Jugend war schon draußen und man hörte sie nur noch von Weitem lachen.

Josi fühlte sich etwas deplatziert und wollte am liebsten gleich wieder gehen, aber Sepp hatte sie jetzt bemerkt.

»Die *Hundskrippel*«, kotzte er sich bei Josi aus. »Nur *Schmarrn* im Kopf.«

»Was haben sie denn angestellt?«, fragte Josi vorsichtig.

»Reißnägel ham sie mir auf'n Stuhl g'legt. Die wissen ganz genau, dass ich vor der Stallarbeit noch in Ruhe die Zeitung lesen will. Und ich setz' mich natürlich, ohne vorher zu schauen auf den Stuhl!«

Er rieb sich sein in Mitleidenschaft gezogenes Hinterteil.

»Wolltest du zur Emmi? Die ist net da. Kann ich was ausrichten?«

Josi gab ihm die Einladung und sagte: »Ich lad' euch herzlich zu meiner Einweihungsparty ein. Steht alles drin, wann und so weiter. Ich würde mich freuen, wenn ihr Zeit hättet.«

»Da nehmen wir uns die Zeit. Dank' dir, Hauserin.« Langsam dampfte Sepp etwas ab.

»Perfekt, dann bis...«

»Sepp, was ist geschähen? Haben Buben dich geärgert?« Paulina, die Haus- und Hofhilfe aus Polen kam die Treppe herab.

»Kennst sie ja, die Rotzlöffel«, grinste er. »Wenn ich die heute noch in die Finger krieg', dann...«

»Nix da«, flötete Paulina und setzte sich mit ihrem wohlgeformten Hintern auf die Treppenstufen.

»Sind doch nur Kinder, Sepp. Ich red' mit Benno und Andres. Tu du in Stall gehen und dich beruhigen, gell?«

Lammfromm nickte er Paulina zu, verabschiedete sich von Josi und ging hinaus.

»Ich geh' dann auch mal«, verabschiedete sie sich von Paulina.

Etwas verwirrt über dieses kleine Intermezzo schlug Josi den Weg zu Ignaz und Traudl ein. Jetzt kam der schwerste Teil. Nicht wegen Ignaz. Traudl bereitete ihr ein wenig Bauchgrimmen. Sie verlangsamte etwas ihren Gang, als sie zu deren Bauernhof hinaufging. Es war kurz vor 18:00 Uhr. Stallzeit. Josi blieb kurz vor dem Laufstall stehen und blickte mit ihrem geschulten Auge als Tierärztin hinein. Wenn man das von einem Stall überhaupt behaupten konnte, dann war dieser Stall wirklich blitzsauber. Sie ging durch die Mitte und begutachtete die Kühe, die links und rechts von ihr untergebracht waren. Auf den ersten Blick alles gesunde und gut genährte Tiere. Sie ging weiter in den sogenannten Kindergarten. Der Bereich, in dem die Kälbchen untergebracht waren und fand dort Ignaz und Traudl, die die Kälber tränkten. Sie atmete kurz durch und machte sich bemerkbar.

»Einen schönen Stall habt ihr und auch schönes, gesundes Vieh.«

Die beiden drehten sich um und waren etwas überrascht Josi hier anzutreffen.

»Was machst du denn hier?«, fragte Ignaz, »Schaust dir schon die neue Kundschaft an?«

»Ja und nein. Ja, kann ja nie schaden und nein, denn ich hab' euch etwas mitgebracht.«

Sie gab der immer noch wortlosen Traudl das Kuvert.

»Das ist meine Einladung zur Einweihungsparty am übernächsten Samstag.«

»Bärig!«, freute sich Ignaz. »Da kommen wir gerne, gell Traudl?«

Traudl schaute ihren Mann stumm an. Ignaz merkte sofort, dass sich seine Holde nicht über die Einladung freute. Er zog die Augenbrauen zusammen und blickte sie scharf an. Das reichte. Traudl reagierte sofort.

»So!«, meinte sie schnippisch zu ihr. »Eine sogenannte House-Warming-Party machst du.« Traudl war also kein Oldie stellte Josi fest.

»Danke für die Einladung. Wir kommen gerne.«

Neugierig öffnete sie nun endlich das Kuvert und nahm die Einladung heraus. Studierte sie, kniff kurz die Augen zusammen und bemerkte: »Aha, die Gäste als Kühe. Jeder wie er es mag. Originell!«

Zuerst wollte sich Josi dafür rechtfertigen, verkniff sich aber eine Bemerkung dazu.

»Also ich find sie gut. Schau Traudl, sogar a Kuh mit Sektglas. Das könntest du sein!« Ignaz lachte aus vollem Halse.

»Du Depp! Dann bist du des mit der Zigarre im Maul. Aff', bleder!«

Ignaz lachte weiter.

»Schau Josi, alles in Butter. Die Traudl freut sich, ich mich sowieso und die Sissi ist ja unsere Partymaus schlechthin. Des wird bestimmt a Gaudi.«

»Das glaub' ich auch«, gab Josi zu.

»Wir sehen uns.«

Irgendetwas grummelte Traudl noch, aber Josi war schon am Tor des Stalles. Sie winkte nochmals zurück und machte sich gutgelaunt auf den Heimweg. Der erste Schritt Richtung Einbürgerung war getan.

- 5 -

Zwei Wochen war Josi nun schon Bürgerin der Gemeinde Ludwigswies – Ortsteil Ammerleiten. Es war bereits Mitte August in den Ausläufern des Ammergebirges. Die Wetterfee Rosa hatte seit ihrem letzten Austicker nur noch kleinere Anfälle in Form harmloser Gewitter. Kurz und gut: es war endlich Sommer. So wie man ihn sich immer wünschte, aber nur selten bekam.

Auf den Wiesen herrschte reges Treiben. Die *Bulldogs* lieferten sich regelrechte Wettrennen mit ihren Ladewägen, Mähwerken und Schwadern, während sie versuchten das Heu für den Winter trocken in die Tennen zu bekommen. Walli freute sich wie ein Schnitzel, denn wilde Fahrten mit den *Bauernferraris* füllten ihr Konto.

»Wenn's pressiert, dann pressiert's«, meinten sie oft zur Meisterin der Landmaschinen. Da wurde nicht aufgepasst, ob eine Mulde kam. Nein! Da wurde so schnell gefahren, dass man über die Kuhle sprang. Manchmal klappte es, meistens nicht. Und dann ging es schnell zur Walli. Es wurde wild herumlamentiert und gejammert, dass sie die Gerätschaft am besten vorgestern wieder zurück bräuchten.

Walli aber war die Ruhe selbst. Sie stauchte die Bauern kräftig zusammen, freute sich aber insgeheim, dass ihre Kundschaft oft zu deppert war. Denn nur so klingelte es in ihrem Beutel. Es war so viel los, dass sogar Vitus, ihr Schwiegervater und Lehrmeister, wieder in die Grube musste und ihr bei den Reparaturen half. Von Xaver, ihrem Ehemann, konnte sie in dieser

Hinsicht nicht viel erwarten. Er war Philosoph und Weltverbesserer durch und durch und war schon mit der kleinen Landwirtschaft, die seine Domäne war, oftmals überfordert. Bei ihm dauerte halt alles ein bisschen länger.

Die Kühe genossen es. Welche Kuh bekam schon eine Beschallung, je nach Wetterlage? Im Winter, wenn sie im Stall standen, bekamen sie Meeresrauschen und den Klang des Sommerwindes von Entspannungs-CDs zu hören. Und wenn es so richtig heiß war und die Kühe von der Weide kamen, dann hörten sie das kühle Plätschern eines wilden Gebirgsbaches.

›Kuh beim Burgmeier müsste man sein. Da wirst gestreichelt, das Euter massiert, dass jede Frau nur so neidisch wird‹, dachte sich die Walli oft.

Aber sie wollte sich nicht beschweren. So gut er konnte, hielt er ihr den Rücken frei, ganz nach dem Motto: Frau arbeite, ich mach die *Kässpatzn*! Oder: Emanzipation in Ammerleiten.

Josi saß auf der Sonnenbank vor dem Haus und machte sich Gedanken über ihre Einweihungsparty. Ihr Papa, der heute Abend ankam, hatte ihr schon eine lange Einkaufsliste per E-mail geschickt, damit das Catering auch zu 100 Prozent klappte. Heute stand die Bestellung beim hiesigen Metzger auf ihrer To-do-Liste.

Außerdem musste sie sich noch in der Gemeinde anmelden. Das hatte Josi im ganzen Umzugs- und Einzugseifer einfach noch nicht auf die Reihe gebracht. Sie raffte sich langsam auf, holte Einkaufskorb und Papiere aus dem Haus und ging zu ihrer Nachbarin Walli rüber.

Diese hatte sich, wie versprochen, um die Reparatur ihres VW-Busses gekümmert.

›Ziemlich praktisch‹, fand Josi, ›dass gleich nebenan eine Werkstatt ist.‹

Auch wenn Walli sich auf Landmaschinen spezialisiert hatte, kannte sie sich mit alten Gerätschaften super aus. Oder gerade deswegen.

Als sie bei den Burgmeiers auf dem Hof ankam, sah sie schon ihr vierrädriges Schätzchen stehen. Sie ging in die Werkstatt, um Walli zu suchen. Josi fand sie kopfüber im Motorraum eines Traktors werkeln.

»Servus Walli. Wie schaut es aus? Kann ich meinen Bus wieder mitnehmen?«

Walli hob ihren Kopf aus dem Motor und fuhr sich mit ihren Werkstatthänden durch die Haare.

»Griaß di, Nachbarin! Dein Bus ist fertig. Jetzt kannst wieder in aller Ruhe in der Gegend herumkutschieren.«

Sie steckte ihre Hände in den Latz ihrer Hose und erzählte Josi, was sie alles am Fahrzeug gemacht hatte. Josi verstand nur Vergaser, Reinigung, Ventile, Dichtungen und dergleichen mehr.

»Also, er steht ja für sein Alter recht gut da«, meinte Walli zu Josi. »Ein echtes Schmuckstück, was du da hast.«

»Das stimmt wohl! Da hat mir mein Papa echt was Tolles zum 18. geschenkt. Was bin ich dir denn schuldig, Walli?«

»Du, ich hab's noch nicht zusammengerechnet. Die Buchhaltung liegt bei dem Wetter ziemlich brach. Ich sag's dir, wenn ich es habe. Ist aber nicht schlimm gewesen, was zu tun war.«

»Alles klar, dann sagst mir halt Bescheid.«

Josi bedankte sich bei Walli mit Handschlag, ohne zu Bedenken, dass sie jetzt auch schmierige Hände hatte. Egal!

»Schlüssel steckt.«

»Super! Dann fahre ich jetzt gleich nach Ludwigswies. Muss mich noch ummelden und zum Metzger. Mein Papa hat mir genau aufgeschrieben, was er alles braucht.«

»Das wird bestimmt ein Schlachtfest, was dein Vater da fabriziert. Man isst ja auch nicht alle Tage bei einem Gourmetkoch aus Hamburg.«

»Ja, kochen kann er schon saugut. Und die Hamburger fahren auf seine bayrische Küche echt voll ab. Also ich fahr dann mal und nochmals: Danke.«

Josi drehte sich um und ging zu ihrem Bus. Im Hintergrund hörte sie Walli fluchen und nach ihrem Schwiegervater rufen. Josi grinste, stieg ein und startete den Motor.

Ah, da war er wieder, der vertraute Klang ihres T2. Er sprang auch gleich beim ersten Mal an! Und die Rauchwolke war auch nicht mehr ganz so schwarz. ›Danke Frau Burgmeier!‹

Die fünf Kilometer nach Ludwigswies hinunter kannte Josi nun schon ganz gut. Am meisten liebte sie es, wenn sie wieder nach Ammerleiten zurückfuhr und bei schönem Wetter die Alpen sehen konnte. Dann ging ihr immer wieder das Herz auf. Ein bombastischer Blick. Im Hintergrund die Berge, davor die satten Wiesen, unten in der Senke der Ludwigswieser See. Ein richtig kitschiges Postkartenmotiv.

Ludwigswies: ein gewachsener Ort mit ca. 2000 Einwohnern, die kleinen Weiler eingeschlossen. Gemeinde, Kirche, daneben die Wirtschaft, ein Bäcker, der die besten Brezen machte, ein Metzger mit einem sagenhaften Leberkäs'. Ein Dorfladen, der Onkel Doktor war auch vor Ort und natürlich die Feuerwehr. Also alles, was das Herz begehrte und brauchte. Und nicht zu vergessen die Tierarztpraxis ihres neuen Arbeitgebers ab Oktober.

Josi blinkte nach links und parkte direkt neben dem Maibaum, der vor dem Gemeindeamt stand. Kurz vor dem Eingang der Gemeinde blieb sie stehen. Jetzt wird es also amtlich, dass ich in Ammerleiten wohne.

›Ziemlich cool‹, freute sich Josi und betrat das Büro des Einwohnermeldeamtes.

»Servus, ich möchte mich in Ludwigswies anmelden«, verkündete sie den beiden Damen am Schreibtisch und einem Herren, der mitten im Raum stand und einen auf »Mister Wichtig« machte. Er ging schnurstracks auf sie zu und begrüßte sie.

»Brandl, mein Name. Erster Bürgermeister von Ludwigswies. Dann darf ich sie herzlich in Ludwigswies willkommen heißen, Frau...?«

»Lechleitner Josina, nun wohnhaft in Ammerleiten«, antwortete Josi und erwiderte den Händedruck von Mister Wichtig, Bürgermeister Brandl aus Ludwigswies.

»Lechleitner... Ja dann sind sie die Enkelin von unserer Rosi, Gott hab' sie selig!«

»Genau. Das ist, ähm war, meine Oma.«

»Und, haben sie sich schon etwas eingelebt?«

»Ja, sehr gut sogar. Ich war ja früher in den Sommerferien oft zu Besuch, also allzu fremd ist es mir jetzt nicht.«

»Es freut mich sehr, dass frisches Blut nach Ammerleiten kommt. Und dazu noch junges, frisches Blut. Net immer die Rentner von außerhalb, die hier ihren Ruhestand verbringen wollen und sich in alles, wirklich alles einmischen und sich beschweren, bloß weil der Misthaufen stinkt. Und dann die Städter, die sind ja noch schlimmer. Sollten doch froh sein, dass es noch Misthaufen gibt. Na, na! A *G'schiss* ist das manchmal! Und dann die Kuhglocken! Tierquälerei meinen die *Zuagroasten*. Ich kann dir G'schicht'n erzählen, da stellt's dir alles auf. Aber das ist ja bei dir, äh Ihnen, anders.«

Er wandte sich zu einer der Frauen hinter den Schreibtischen. »Frau Schlosser, nehmen's doch gleich alles auf, das Willkommensgeschenk dazu und nochmal: Herzlich Willkommen in Ludwigswies, Hauserin!«

Er drehte sich um und verschwand in sein Büro.

›So etwas hat man auch nicht alle Tage, dass der Bürgermeister einen persönlich begrüßt‹. Sie setzte sich zur besagten Frau Schlosser und begab sich in den bürokratischen Akt der Anmeldung in Ludwigswies.

Mit einem Zinnteller als Begrüßungsgeschenk reicher, machte sich Josi zu Fuß zum Metzger auf, der gegenüber dem Gemeindeamt lag. Schon beim Betreten der Metzgerei schlug Josi der verlockende Duft von gebackenem Leberkäs' und frisch gebratenen *Fleischpflanzerln* entgegen. In Hamburg gab es schon auch noch Schlachtereien, die als Familienbetrieb geführt wurden, doch man musste lange suchen, bzw. über Insiderwissen verfügen, um diese Schlemmeroasen zu finden.

Heute war es außergewöhnlich ruhig in der Metzgerei Reiter und der Chef persönlich stand hinter der Ladentheke. Besser gesagt, der Juniorchef, Benedikt Reiter, ein großer und massiger, junger Mann mit einem Ego, dass noch größer war als er selbst.

»Grüß Gott, Herr Reiter«, sagte Josi freundlich zu dem Zweizentnermetzger.

»Griaß di, Josi«, grinste Benedikt Reiter, genannt »Beni«, zurück. »Hast es wieder vergessen? Für di bin i doch der Beni.«

Er putzte seine Hände an seinem Metzgerkittel ab und reichte ihr seine Hand über die Theke. Josi war es etwas peinlich. Es war einfach nicht zu übersehen, dass er mehr wollte, als nur 200 Gramm Aufschnitt verkaufen.

»Servus Beni!« Josi streckte ihm ihre Hand entgegen, die er auch sogleich in seine tellergroßen Hände nahm und kräftig zupackte. Josi zuckte kurz zusammen, denn seine unbändige Kraft einzuteilen, war nicht gerade die Stärke von Benedikt Reiter. Sie versuchte ihre Hand wieder aus dem Klammergriff zu befreien und lenkte ab.

»Du, ich hab' da eine lange Liste an verschiedenen Sachen,

die mein Vater morgen früh braucht. Meinst du, dass du das hinbekommst?«

Josi schaute ihn mit einem schmachtenden Blick an. Warum die Situation nicht ausnutzen?

»Ja freilich«, entgegnete ihr Beni und zog sie mit seinen Stielaugen fast aus.

»Ich kann's dir auch raufbringen, wenn du magst. Dann lerne ich deinen Vater auch gleich kennen. Wer weiß, für was es gut ist.«

›Was hat der denn vor? War so ein weiblicher Notstand in Ludwigswies und Umgebung, dass er gleich so nach vorne preschen musste? Oder war da doch etwas dran, was der Bürgermeister vorher angesprochen hatte? Frisches Blut, Frischfleisch! Dich könnten sie mir nackig auf den Bauch binden‹, schüttelte es Josi ›und nichts würde passieren!‹

»Das ist aber lieb von dir, Beni! Ob ich das jemals wieder gutmachen kann...?«, flötete sie und legte neckisch den Kopf auf die Seite.

»Oh, da wird mir schon was einfallen...«, antwortete der testosterongesteuerte Metzgermeister.

Josi kicherte, gab Beni ihren Einkaufszettel und winkte bei Verlassen der Metzgerei dem brünstigen Schlachter zu.

»Ciao, ciao. Bis morgen dann.«

Josi machte schnell die Türe von außen zu. ›Ich habe mich ja voll zum Affen gemacht! Ciao, ciao! Geht's noch?‹

›Das ist aber lieb von dir, Beni.‹, wiederholte Josi ihre Antwort von vorher und griff sich an die Stirn. ›Der meint ja voll, dass ich nur noch notgeil bin. Bin ich aber nicht! Oder etwa doch?‹

So viele wirre Gedanken brachten Josi ganz durcheinander. Sie musste insgeheim zugeben, dass ihre Hormone dringendst einen Ausgleich brauchten. ›Aber bestimmt nicht mit Metzgermeister Benedikt Reiter. Nie im Leben!‹

Sie stieg in ihren Bus und fuhr nach Hause. Diese »komischen« Gedanken gingen ihr während der Fahrt aber irgendwie nicht mehr aus dem Kopf.

Zu Hause angekommen lief ihr Waggi bellend entgegen. Auch er hatte sich schon gut eingelebt, zum Leidwesen der ansässigen Hühner in Ammerleiten. »Chicken Run« war Waggis Lieblingsspiel. Dabei legte er sich in bekannter Jagdmanier auf die Lauer und wenn ein Huhn ganz in seine Nähe kam, dann bellte er es kurz an. Nur kurz!

Die Hühner erschraken sich dabei aber dermaßen, dass sie entweder flatternd davonliefen oder vor Schreck in Ohnmacht fielen. Manchen verlieh das Spiel Flügel – und das ganz ohne Red Bull! Und was machte Waggi? Er machte sich von dannen und ging zum nächsten Nachbarn. Gleiches Spiel, neues Glück.

Und da ein Huhn nur von heute auf morgen dachte, wiederholte sich das Procedere schon seit Waggis Ankunft in Ammerleiten Tag für Tag. Josi hoffte nur, dass es Waggi endlich langweilig werden würde, aber es sah bis dato nicht danach aus. So lange nur die Hühner in Ohnmacht fielen, war ja alles gut!

Sie begrüßte ihren durchgeknallten Dackel und ging in Richtung Haus. Sie sah, dass Korbinian damit beschäftigt war mit der Sense Gras zu mähen und ging zu ihm rüber.

»Na du?«, meinte sie zu ihm. »Alles in Ordnung bei dir?«

Korbinian stützte sich auf der Sense ab und schaute sie mit seinen braunen Augen an. Josi wurde es kurz heiß und dann wieder kalt. ›Uh! Hormonstau...‹, schoss es ihr durch den Kopf.

»Bei mir passt alles. Die Zimmerei hat jetzt zwei Wochen Betriebsurlaub und so kann ich mich um all das kümmern, was sonst liegen bleibt.« Er wischte sich eine Strähne aus dem Gesicht, die sich aus seinem Pferdeschwanz gelöst hatte.

»Falls du es noch nicht gesehen hast...«, meinte Korbinian, »der Bierfahrer von der Brauerei hat dir die Getränke und die Biertischgarnituren vor die Türe gestellt. Also wenn du magst, dann helfe ich dir beim Herrichten für dein morgiges Fest.«

»Mei, das wär' echt super. Irgendwie wächst mir jetzt doch alles etwas über den Kopf. Und dann müsste mein Papa ja bald aus Hamburg eintrudeln und morgen dann die Feier. Da ist doch noch einiges auf dem Zettel. Ich nehme dein Angebot sehr gerne an.«

Josi wurde etwas rot dabei. Sie kam sich vor wie ein Teenager beim ersten Date. Ein Blödsinn! Sie kannte Korbinian seit Kindertagen und er war auch der erste, der ihr einen Kuss gab. Ein guter Kumpel halt. Mehr nicht.

»Ich mäh' das Gras noch fertig und dann komme ich zu dir rüber.«

»Super, dann bis gleich.«

Josi drehte sich um und verschwand im Haus. Während Korbinian noch den Rest seiner kleinen Wiese mähte, ging Josi nach oben und überzog die Betten im hinteren Schlafzimmer. Es dauerte nicht lange, da hörte sie Korbinian schon nach ihr rufen: »Ich wär' dann so weit! Wie schaut's bei dir aus?«

»Bin schon fertig!«

Josi rannte die Treppe runter und dachte nicht an die glatten und ausgetretenen Stufen. Auf halber Treppe kam sie ins Straucheln und rutschte aus. Gott sei Dank stand Korbinian davor und konnte sie noch auffangen. Sie landete in seinen Armen. In seinen starken Armen!

Für einen kurzen Moment überkam beide ein Gefühl der Geborgenheit, aber auch gleichzeitig ein unersättlicher Hunger sich gegenseitig die Kleider vom Leib zu reißen und sich hier und jetzt einem heißen Quickie hinzugeben. Korbinian blickte Josi tief an und sie verlor sich in seinen Augen.

Stopp! Sie drückten sich voneinander weg, als hätten beide gleichzeitig einen Stromschlag bekommen. Eine peinliche und aber komische Situation. Sie mussten beide lächeln. Korbinian war der Erste, der wieder Herr der Lage war. Er wechselte geschickt das Thema.

»Ich war grad' draußen in deinem Garten. Bevor wir anfangen die Bänke und Tische aufzustellen, sollten wir erst einmal mähen. Das Gras steht ziemlich hoch. Was meinst?«

»Ja, äh, stimmt«, stammelte Josi. »Ich hab' aber keinen Mäher!«

»Ich hab' aber eine Sense, Frau Nachbarin!«

Er nahm Josi bei der Hand, drückte ihr draußen den mitgebrachten Rechen in die Hand und meinte: »Ich mähen – du rechen!«

Beide mussten lauthals lachen und fingen an, die Wiese partytauglich zu machen. Sie hatten eine Mordsgaudi bei der ganzen Geschichte, da Josi immer zu tief mit dem Rechen in das frischgemähte Gras kam und natürlich prompt hängen blieb.

»Mei, du bist mir schon so eine Bäuerin«, neckte Korbinian sie. »Eine gute Partie bist in dieser Sache fei nicht.«

»Dafür habe ich andere Qualitäten, Herr Schneider!«

»Und die wären?«, Korbinian stellte sich demonstrativ vor sie hin.

»Ja...«, überlegte Josi. »Als da wären... Ich habe einen Dackel mit einer Vorliebe für bayrische Hühner. Ich kann gut Kühe besamen, außerdem bin ich bei der Segelregatta 1999 Vierte geworden und...«

»Ok, ich nehm' alles zurück. Du bist die richtige zum Heiraten und Kinderkriegen!«

Josi schmunzelte und lenkte ab. Ihr wurde es irgendwie zu

peinlich. So war sie doch sonst nicht. Immer hatte sie eine große Klappe und ließ sich in Bezug auf Männer nie die Butter vom Brot nehmen. Aber bei Korbinian...

»Wenn du das sagst, wird es schon so sein. Lass uns weiter machen. Ich hab' noch viele, viele Sachen, die zu erledigen sind.«

Gesagt, getan. Nachdem sie die Wiese gemäht und gerecht hatten, stellten sie die Tische und Bänke auf, hingen Lampions in die Obstbäume und platzierten die Liegestühle. Sie neckten sich mit Geschichten von früher, erzählten sich, was sie alles so erlebt hatten und die Zeit verging wie im Flug.

Plötzlich hörten sie von der Straße her ein dunkles Brummen. Beide gingen zur Gartentüre vor und da stand er. Ein dicker, schwarzer Pickup mit einem *Mördersmoker* auf der Pritsche. Josi sprang auf die Straße, lief zur Fahrertür hin und riss sie mit Schwung auf.

»Das nenn ich mal eine Begrüßung!«, sprach eine Stimme aus den Tiefen dieses dicken Boliden.

»Papa, endlich bist du da!«

»Jetzt lass mich doch aussteigen oder soll ich hier übernachten?«

Josi ging auf die Seite und ließ ihren Vater aussteigen. Er schüttelte noch schnell seine müden Glieder aus, bevor er von seiner Tochter beinahe zu Tode geknuddelt wurde, was er aber sichtlich genoss. Er hatte sein einziges Töchterlein nämlich auch sehr vermisst und musste sich seit ihrer Abwesenheit ziemlich zusammenreißen, nicht tagtäglich eine Unmenge an Nachrichten an sie zu schicken.

Tom löste sich aus der Umarmung seiner Tochter und begutachtete sie.

»Gut schaust aus Josi! Braungebrannt, ein wenig mehr auf den Rippen, richtig erholt!«

»Ja, mir geht es auch *saugut*. Und was den Speck angeht. Ich mach gerade ne' Leberkäs' Diät, frei nach Dr. Metzger Reiter. Sehr zu empfehlen«, entgegnete sie verschmitzt dabei lächelnd.

»Steht dir auf alle Fälle gut.«

»Kann ich nur bestätigen«, meldete sich Korbinian nun zu Wort. »An einer Frau muss an den richtigen Stellen einfach etwas dran sein.«

»Hab' ich was verpasst?«, erkundigte sich Tom.

»Nein, noch nicht...«, meinte Korbinian trocken und grinste.

Die beiden Männer begrüßten sich per Handschlag. Sie fingen gleich damit an, den Profigrill vom Pickup zu laden und platzierten ihn im Garten.

Josi flätzte sich währenddessen in den Liegestuhl und beobachtete die Männer bei der Arbeit. Die beiden waren irgendwie ein eingespieltes Team und schienen auf einer Wellenlänge zu sein. Josi lächelte zufrieden. So kann es weitergehen, dachte sie bei sich. Ein zufriedener Papa und ein Nachbar, der jetzt schon mehr war als ein guter Freund. Nun muss es nur noch mit den anderen Nachbarn klappen. Im Großen und Ganzen hatte sie da keine Bedenken.

Walli war hilfsbereit und freundlich, Emmi sowieso die liebe Seele und Zenzi war zwar manchmal etwas wortkarg, aber in keinster Weise unhöflich. Und Traudl?

Traudl war etwas speziell und wahrscheinlich einfach nur von vornherein misstrauisch, was Fremde im Dorf betraf. Vielleicht änderte sie ja noch ihre Meinung und wenn nicht – man konnte einfach nicht everybody's darling sein.

Und die restlichen Bewohner von Ammerleiten hatte sie bis dato nur kurz kennengelernt oder noch gar nicht. Deswegen war das mit der House-Warming-Party gar nicht so schlecht.

›Man wird sehen, wie sich alles so entwickelt.‹ Sie freute sich auf alle Fälle schon sehr auf morgen.

»Das sind mir die Liebsten!«, meinte ihr Vater, »Anderen bei der Arbeit zusehen und...«

Er gab Josi ein Bier und setzte sich in den Liegestuhl.

»Ja, so sind die Frauen.« erwiderte Korbinian. »Fangen langsam an und lassen schnell nach.« Er nahm sich die Flasche Bier, die Tom ihm hinhielt und schnappte sich eines der Sitzkissen, die sie unter dem Baum platziert hatten und gesellte sich zu den beiden.

»Hauptsache ihr seid euch einig!«, antwortete Josi den beiden.

Diese grinsten sich an und nickten.

»Na toll!« Josi nuckelte beleidigt an ihrem Bier. »Da kommt mein Erzeuger endlich mal, um sein armes, verwaistes Töchterlein zu besuchen und was macht er? Er hat nichts Besseres zu tun, als sich mit dem Nachbarn zu verbünden.«

Sie lachte dabei und bekräftigte ihren gespielten Unmut mit einem lauten Rülpser.

»Öha!«, lachte Korbinian laut.

»Da hast deiner Tochter aber saubere Manieren beigebracht, Lechleitner.«

Korbinian prostete Tom zu und musste immer noch lachen.

»Das hat sie nicht von mir, Korbinian. Das hat ihr ihre Mutter beigebracht. Mit Sicherheit. Anders kann es gar nicht sein.«

Josi musste laut prusten.

»Mama und rülpsen. Aber sowas von. Da müsste ja Ostern auf Weihnachten zusammenfallen, dass so etwas passiert. Nie im Leben.«

»Hast du eine Ahnung!«, entgegnete ihr Tom. »Deine Mutter war nicht immer so steif und verklemmt, wie du sie kennst.«

Er blickte starr in die hereinbrechende Dunkelheit. Für ein paar Sekunden war es mucksmäuschenstill. Korbinian und Josi schauten sich fragend an.

»Aber jetzt mal ein anderes Thema«, warf Tom ein. »Ich hab' ganz vergessen, dass ich ganz frische Krabbenbrötchen aus Hamburg mitgebracht habe.«

Er schwang sich aus dem Liegestuhl auf und eilte zu seinem Pickup, um die norddeutsche Köstlichkeit aus dem Auto zu holen.

»Was das jetzt war?«, flüsterte Josi zu Korbinian und beugte sich zu ihm runter.

»So kenn ich ihn gar nicht, dass er traurig wird, wenn er von meiner Mutter spricht.«

Josi war etwas durcheinander.

»Werden nicht nur schlechte Zeiten gehabt haben, deine zwei Erzeuger.«

»Ja, schon. Aber so habe ich ihn noch nie erlebt.«

»Vielleicht wird es Zeit, dass er sich wieder mal in weibliche Gesellschaft begibt und nicht nur rund um die Uhr arbeitet, so wie du es mir erzählt hast.«

»Leicht möglich. Soll er sich eine aus Bayern nehmen. Dann wären wir nicht mehr so weit auseinander.«

Korbinian musste lachen.

»Genau! Soll ihn die Traudl als *G'spusi* nehmen. Das wär' eine Gaudi!«

Josi musste mitlachen und stellte sich gerade die ganze Szenerie vor. Zum Brüllen.

»Darf ich auch mitlachen?« Tom war wieder da, bepackt mit einer großen Kühlbox.

»Später vielleicht, Papa«, antwortete ihm Josi und versuchte die komischen Bilder aus ihrem Kopf zu bekommen.

»Dann mach mal die Truhe auf, damit wir unser Schlachtfest beginnen...«

»Da kann man es aushalten«, vernahmen sie plötzlich eine Stimme aus dem Dunkeln. Die Drei mussten erst einmal die

Richtung orten und ihre Augen fokussieren, um überhaupt zu erahnen, wer sich da zu Besuch angemeldet hatte.

Traudl.

›Die Geister, die ich rief‹, dachte sich Korbinian

»Servus Traudl«, begrüßte Korbinian den Gast zur späten Stunde und musste sich ein Grinsen verkneifen. Zu präsent waren die Worte, die noch in seinem Kopf herumgeisterten.

»Komm doch rein und setz dich zu uns«, rief Josi ihr zu.

»Wir wollten gerade Krabbenbrötchen essen. Frisch aus Hamburg eingeflogen.«

»Nur kurz«, entgegnete Traudl und schloss das Gartentor hinter sich.

»Griaß di, Tom. Bist auch wieder mal im Lande?«

»Servus Traudl. Klar, wenn die Tochter ruft, dann bin ich da.«

Tom öffnete die Kühlbox und reichte allen die mitgebrachten Köstlichkeiten.

»Du für mich jetzt nix. Des kleine Wurmzeugs ist net so meins. Und außerdem bin i net zum Essen da.«

Sie wandte sich zu Josi und holte aus: »Also des geht so net. Des mit deinem Dackel und so. In einer Tour ärgert er meine Hennen. Die sind schon ganz *narrisch* und versuchen zu Fliegen, wenn sie den g'störten Hund nur hören...«

»Des tut mir leid, Traudl. Ich...!«

»Halt!«, unterbrach Traudl den Entschuldigungsversuch von Josi. »Des mit Hühnern wär' ja noch gar net so schlimm. Des muss i ja zuageb'n. Eier legen sie ja trotzdem noch. Aber unser Gockel.«

Traudl war auf der einen Seite aufgebracht, auf der anderen Seite etwas verwirrt, was die ganze Sache betraf. Sie verschränkte ihre Arme und ließ eine weitere Tirade von sich.

»Der Hansi, unser Gockel, der ist jetzt so deppert, dass er...«

Traudl suchte nach Worten, das Geschehene in einer jugendfreien Version vorzutragen.

»Also, der Hansi hat keinen Bedarf mehr nach seinem Harem. Der, der geht lieber zum Nachbarn, also zum Gockel und... Den Rest könnt's ihr euch ja denken.«

Für Sekunden – Millisekunden war es mucksmäuschenstill. Dann brach es aus Josi, Korbinian und Tom nur so heraus. Sie lachten und prusteten und bekamen sich nicht mehr ein vor Lachen. Traudl stand da und gestikulierte wild.

»I find des fei gar net lustig«, fing sie an. »Der Hansi war bis jetzt ein guter Gockel, aber so...«

Tom war der Erste, der sich wieder etwas im Griff hatte. Korbinian und Josi hielten sich schon die Bäuche vor lauter Gelächter und warfen sich nur noch Wortfetzen zu: »Der Gockel« – »Sein Outcoming« – »Rosa Federn!«

Er ging auf Traudl zu, um die Angetraute seines Freundes Ignaz zu beschwichtigen. Er legte seine Hände auf ihre Schulter und versuchte sie weiter zu besänftigen.

»Jetzt komm Traudl. Mach kein Fass auf. Dein... äh Hansi kriegt sich schon wieder ein.«

Ihm entkam ein unterdrückter Gluckser. Traudl wollte Toms Hände wegdrücken, aber er ließ das nicht zu.

»Ach, lass mir doch meine Ruh'«, raunte sie ihn kurzangebunden an.

»Nee, lass ich nicht. Ist doch irgendwie auch lustig.«

Er musste sich echt zusammenreißen, um nicht wieder lauthals loszuprusten.

»Ich weiß net so recht. Was soll ich denn mit so einem Federvieh machen?«

Traudl machte den Anschein, als wäre sie ziemlich ratlos.

»Gar nichts sollst machen. Das wird schon wieder. Ganz bestimmt.«

Für einen kurzen Moment hielt Traudl inne und senkte betrübt den Kopf. Plötzlich, als hätte einer einen Schalter bei Frau Huber umgelegt, erhob sie ihren Kopf, blickte fast schon erhaben, es war vielleicht auch ein Hauch von Arroganz dabei, und meinte zu den dreien, als wäre nix gewesen: »Ich weiß, ihr habt nix dagegen, wenn ich jetzt die Semmeln da mitnehm'. Als kleine Entschädigung für meinen schwulen Gockel.«

»Aber du hast doch gesagt, dass...« Tom kam gar nicht mehr zu Wort.

»Hab' ich, aber der Ignaz und die Sissi sind ganz wild auf des Gelump'.«

Traudl nahm die Kühlbox, drehte sich um und verschwand, so wie sie gekommen war, in der Finsternis.

»Die Frau Huber«, schmunzelte Tom, »immer für eine Überraschung gut.«

»Oh ja«, antworteten zwei Stimmen im Hintergrund.

»Das kann ja morgen lustig werden.«

- 6 -

Der warme Abendwind strich über die Wiesen und verbreitete einen Geruch nach Heublumen und getaner Arbeit, der die Idylle schier unaushaltbar machte. Von den Viehweiden hörte man das gleichmäßige Bimmeln der Kuhglocken. Waggi drehte seine Runde durchs Dorf und schaute nach dem Rechten. Aus dem Gschwendhof vernahm man das muntere Treiben der Viererbande, das durch den Singsang von Andrea Berg untermalt wurde: »Du hast mich tausendmal belogen, du hast mich tausendmal verletzt...!«

Wenn jetzt einer annimmt, dass bayrische Buben Fans von Andrea Berg sind, mitnichten. In Ammerleiten ist die Welt noch in Ordnung. Fürwahr gibt es mit Sicherheit Jungen in Bayern, die Andrea Berg anhimmeln, doch die Gschwendbuben mögen es schon etwas knackiger. Andreas Gabaliers »Hulapalu« tönte durch die Kinderzimmer und ließ auch Paulina mittanzen, sehr zum Vergnügen von Vater Sepp und zum Verdruss von Mama Emmi.

Man musste die Ohren schon genau spitzen, damit man diese sphärischen Klänge zuordnen konnte und wenn die Ortung stimmte, dann kam die musikalische Berieselung vom Huberhof, denn Sissi putzte ihr Auto und das ging nur mit ordentlichem Bums aus den Boxen. Aber dies nur am Rande.

Josi stand vor ihrem Kleiderschrank und war etwas überfordert. Ein altes Kinderlied von Rolf Zukowski schoss ihr spontan durch den Kopf: »Was zieh ich an, was zieh ich an?«

›Gute Frage, nächste Frage! Jeans mit Bluse oder doch ein

Rock? Das kleine Schwarze? Oder doch das Sommerkleid?‹ Josi raufte sich die Haare.

»Hilfe!«, schrie Josi laut und stampfte mit den Füßen. Beide Männer im Haus stürmten die Treppe hinauf und rannten ins Schlafzimmer.

»Was ist los?«, riefen beide wie aus einem Munde.

»Ich hab' ein Problem: Ich hab' nix anzuziehen!«

»Das ist jetzt nicht dein Ernst oder?«, meinte ihr Vater und schüttelte den Kopf.

Korbinian sagte nur: »Gehst halt so, wie du bist. Den Männern gefällst bestimmt und bei den Weibern hast verschissen, bis zum Nimmerleinstag!«

Erst jetzt registrierte Josi, dass sie nur in BH und Unterhose dastand. »Zur Not gehe ich auch so, ist mir doch wurscht!« Josi war ziemlich unentspannt.

Korbinian ging auf sie zu, hob sie kurz hoch und stellte sie einen Meter weiter wieder ab. Josi war so perplex, dass sie nicht einmal zetern konnte.

»Und jetzt lass das mal den Fachmann machen.«

»Fachmann, dass ich nicht lache! Für Ziegen und Dachbalken, ok, aber für Frauenklamotten?«

»Dann passt es ja, du Ziege«, erwiderte Korbinian kurz und wühlte weiter in Josis Kleiderschrank. Ein paar Griffe und er zog ein leichtes Sommerkleid aus dem Schrank und reichte es der immer noch ziemlich genervten/zickigen Josi.

»Des ziehst jetzt an und dann kommst runter. Gibt noch viel zu tun.«

Er drehte sich um und ging die Treppe hinunter.

Tom stand wie angewurzelt im Zimmer und meinte nur: »Ich glaube, ich hab' doch was verpasst! Holla die Waldfee! Zwischen euch beiden darfst echt nicht rauchen. Da knistert es ja gewaltig!«

»I wo«, meinte Josi lapidar. »Mach mir mal den Reißverschluss hinten zu, damit wir endlich runter können.«

»Gar nicht schlecht, dein Nachbar«, meinte Tom zu Josi als sie die Treppe heruntergingen. »Der gefällt mir immer besser!«

Josi sagte darauf nichts, schnappte sich den Bowletopf aus der Küche und ging hinaus. Es war kurz vor acht Uhr, präziser, 19:55 Uhr MESZ. Leichte Lounge-Musik untermalte den lauen Sommerabend. Tom hatte schon den Grill angeheizt und Korbinian stach das Fass Bier an. Josi nippte an ihrer Bowle und wartete auf die ersten Gäste. Da sah sie Zenzi kommen, mit Rosa auf der Schulter. Zenzi begrüßte Josi herzlich und überreichte ihr einen bunten Blumenstrauß aus ihrem Bauerngarten.

»Ich musste Rosa mitnehmen. Sie hätte mir sonst die Bude auseinandergenommen. Das Wetter schlägt um.«

Rosa nickte zustimmend und flog in den nächsten Zwetschgenbaum.

»Nimm dir doch gleich was zu Trinken und mach es dir im Garten gemütlich. Korbinian und mein Papa werden sich um dich kümmern!«

Josi legte Zenzi den Arm auf die Schulter und entließ sie in die Obhut der beiden Männer, denn jetzt ging es Schlag auf Schlag. Familie Burgmeier war im Anmarsch, inklusive Jugend.

»Servus alle zusammen«, begrüßte Josi ihre Nachbarn.

»Griaß di, Josi. Komm her, lass dich herzlich drücken.«

Josi konnte gar nicht so schnell schauen, da verlor sie sich schon in Wallis Umarmung.

»Vitus und Xaver kennst du ja schon. Und die zwei Fratzen das sind Hedwig und Franz.«

Vitus drückte Josi fest die Hand und gab ihr eine Flasche mit einer undefinierbaren Flüssigkeit in die Hand.

»Das ist was ganz was guat's. Du kannst es für alles verwenden. Hast an' dicken Schädel vom Föhn, dann wirkt er wahre Wunder. Ist dir a bissle flau im Magen, dann nimm einen kräftigen Schluck. Und wenn dich was gestochen hat, dann kannst des auch zum Einreiben nehmen. Und am besten nimmst dann noch einen drauf!«

»Danke dir, Vitus. Den werde ich in Ehren halten.«

»Schmarrn, saufen sollst ihn. Dann gibt's einen neuen!«

Vitus verzog sich in den Garten und ließ sich in den Liegestuhl unter dem Zwetschgenbaum plumpsen.

»Komm her mein Engelchen!« Xaver ging mit ausgebreiteten Armen auf sie zu und umarmte sie lang und heftig.

»Hi Xaver. Was freue ich mich auf dich«, murmelte sie in sein lila Longshirt hinein.

»Mein Papa ist auch da. Er wartet schon auf dich«, flunkerte sie, um sich aus der Umklammerung zu lösen.

Endlich hatte er ein Erbarmen und machte sich zu Tom auf, um ihn zu begrüßen.

»Ich bin die Hedwig«, sagte ein unscheinbares, graues Mäuslein und gab Josi mit ebenso laschem Händedruck zu verstehen, dass sie so viel Temperament wie ein Dreisternetiefkühlfach hatte.

»Ich freue mich sehr, dich kennenzulernen. Ich habe mir heute extra frei genommen. Eigentlich hätte ich heute Abend Kirchenchor gehabt, aber der ist ja immer und so ein Fest ist ja nicht immer und darum bin ich heute hier und...«

Hedwig holte gerade noch Atem, um zum nächsten ziemlich einseitigen Redeschwall auszuholen, da bekam sie einen dermaßen ausgewachsenen Rempler in ihre filigranen Rippen, dass es sie fast aus ihren Jesuslatschen gehauen hätte.

»Griaß di, i bin's, der Franz. Mein Chef, der Reiter Beni, du weißt schon, der hiesige Metzger, der hat schon viel von dir erzählt. Und da hab' ich einfach kommen und selber mal schauen müssen, was du für ein Has' bist. Nix für unguat. Aber so hat's der Beni g'sagt.«

Josi war etwas perplex. Was hatte der liebestolle Metzgermeister denn erzählt? Sie war doch nur in Ludwigswies unten, um Leberkäs' zu kaufen.

»Und, was meinst?«, erwiderte Josi zu Franz, der ihr immer näher auf die Pelle rückte. »Bist zufrieden mit deiner neuen Nachbarin?«

Josi packte Franz an den Schultern und zog ihn noch näher zu sich. »Ich denke, das müssen wir zu später Stunde noch klären. Was meinst, Franz?«

Franz' Kopf nahm nun eine ungesunde rote Farbe an und Josi konnte spüren, dass nicht nur seine Halsschlagader anschwoll. Franz löste sich so schnell er konnte aus Josis Umarmung, murmelte etwas und machte sich zu Korbinian auf.

›Der kommt mir nicht mehr zu nahe‹, dachte sich Josi und genehmigte sich einen großen Schluck aus ihrem Bowleglas. ›Jetzt fehlen nur noch die Hubers und die Gschwends und dann wären wir vollzählig.‹

Als hätten sie Josis Gedanken lesen können, kam just in diesem Moment Familie Huber den Weg herauf. Wie im besten Heimatfilm. Alle zünftig herausgeputzt, natürlich in Dirndl und Lederhose. Aber nicht irgendwelche Dirndl. Traudl hatte sich in einen Alptraum aus Lila geschmissen und Tochter Sissi sah von Weitem aus wie Miss Piggy. Nicht von der Figur her! Sissi hatte, wie man in Bayern sagt, gut Holz vor der Hütt'n und das hatte sie gekonnt in Szene gesetzt. Man konnte gar nicht anders, als ihr in den ausladenden Ausschnitt zu glotzen. Aber die Farbe war echt schockierend: pink, pink, pink! Ein Minidirndl par excellence.

»Servus Traudl! Danke, dass du meine Einladung angenommen hast. Freut mich sehr.«

»Ich dank' für die Einladung!« Sie drückte Josi schnell ihr Geschenk in die Hand und machte sich in Richtung Garten auf.

»Ich bin die Sissi. Schön dich kennenzulernen! Die Mama hat schon viel von dir erzählt.«

Josi schnaufte laut auf.

»Aber keine Angst, ich glaub der Mama kein Wort!«

Sie lachte, drehte sich um und gesellte sich zu Hedwig und Franz.

»Jetzt hast meine Weiber kennengelernt.« Ignaz grinste, drückte Josi die Hand und verzog sich in den noch freien Liegestuhl neben Vitus.

›Ich brauch Nachschub!‹ Josis Nerven lagen etwas blank.

»Wirtschaft!«, schrie Josi zu Korbinian, »ich hab' Durst!«

Korbinian brachte Josi eine frisch gezapfte Mass und drückte ihr einen Kuss auf die Wange.

»Damit du auch weißt, was dich erwartet oder was dir eventuell entgeht!«

So schnell konnte Josi gar nicht antworten, bzw. reagieren, da war er auch schon wieder verschwunden. Sie bekam gar nicht mit, dass Emmi und Sepp neben ihr standen und grinsten.

»Da passt ja unser Geschenk! Ammerleitner Liebe – a ganz a guater Käs'.«

Emmi umarmte Josi inklusiv Käse und begab sich mit Sepp zu den anderen Gästen im Obstgarten.

Josi drehte sich in Richtung Garten um und beobachtete das ganze Geschehen. Die bunten Lampions bewegten sich langsam in der lauen Abendbrise, der Duft von Gegrilltem zog durch den Obstgarten und sogar Waggi und Rosa hatten ihren Spaß: Waggi saß unter dem Zwetschgenbaum und bellte Rosa an, die ihre spinnerten zehn Minuten hatte und mit ihrem

Schnabel den Baum malträtierte, dass die Blätter nur so rieselten. Man konnte meinen, der Herbst hätte Einzug genommen.

Bis jetzt schienen sich ja alle gut zu unterhalten. Vitus und Ignaz lagen entspannt in ihren Liegestühlen, hatten eine Mass in der Hand und verursachten dicke Rauchschwaden mit ihren Zigarren. Die Jugend hatte es sich auf den Korbsesseln gemütlich gemacht und schlürfte an ihren Cocktails. Walli war angeregt mit Korbinian im Gespräch und Xaver diskutierte heftig mit Traudl und Sepp. Emmi lachte mit Josis Vater und beide *schnäpselten*, was das Zeug hielt.

»Du lässt es ja ganz schön krachen, Papa. Morgen ist wieder Sterbezimmer bei dir angesagt, wenn du so weitermachst...«, rief Josi ihrem Vater von Weitem zu.

»I wo. Ich halte schon was aus, aber die Emmi schon auch.« Tom hatte schon langsam Probleme, die Buchstaben in die richtige Reihenfolge zu sortieren.

»Aber was ja der Hammer ist: Hast du Emmis Käse schon probiert? Der schmeckt ja...ich bin total begeistert. Wenn ich den in Hamburg anbiete... Das..., Emmi, wir ziehen das ganz groß auf!«

»Wenn du meinst.« Emmi füllte die leeren Schnapsgläser und stieß mit Tom an.

»Auf uns und unseren Käs'!«

Tom hatte schon sichtlich Probleme den Schnaps zu trinken und verzog dementsprechend sein Gesicht.

»Du musst mehr Käs' essen, dann kannst auch mehr saufen, du bayrischer Hamburger.« Emmi lachte sich kaputt und klopfte Tom auf die Schulter.

»Dass die bayrischen Frauen immer so saufen können! Mi' leckst am Arsch! Ich muss mich jetzt hinsetzen, am besten hinlegen. Ignaz, schleich di' – ich brauch den Liegestuhl.«

Tom taumelte Richtung Ignaz und zog ihn aus selbigem.

»Dein Vater hat auch schon mal mehr vertragen«, meinte Ignaz zu Josi.

»Schaut fast so aus. Die Höhenluft und der Föhn, weißt schon.« Beide lachten herzlich und prosteten sich mit der Mass Bier zu.

»Jetzt werde ich mal deine Frau beglücken, Ignaz!«

»Gib's auf, das versuche ich schon seit Jahrzehnten, aber so richtig ist's mir noch nicht gelungen.«

»So ein Schmarrn, schau sie dir doch an. Wenn sie nicht so gute Pflege bekommen würde, dann hättest nicht so eine fesche Frau!«

Ignaz kratzte sich am Kopf und überlegte kurz. »Wo du recht hast, hast du recht. Anscheinend ist sie doch ganz glücklich.«

Er nahm einen großen Schluck vom kühlen Blonden und holte sich was zu Essen. Josi ging zu Traudl, die allein am Tisch saß und ausgiebig Prosecco schlürfte.

»So allein? Darf ich mich zu dir setzen?«

»Ist ja dein Garten, kannst dich überall hinsetzen, wo du magst.« Traudl nahm einen großen Schluck aus ihrem Glas und stierte vor sich hin.

»Stimmt.« Josi setzte sich demonstrativ Traudl gegenüber und schenkte sich auch ein Glas Prosecco ein.

»Und nun, meine liebe Traudl, sagst du mir mal, was du gegen mich hast. Immer bist so kurz angebunden... Ich hab' dir doch nichts getan. Denke ich zumindest.«

Josi fiel es sichtlich schwer, dieses Thema anzusprechen. Sie rutschte nervös hin und her und nahm einen großen Schluck Prosecco.

»Ich hab' doch gar nichts gegen dich?«, entgegnete Traudl kurz angebunden und trank das volle Glas in einem Zug leer.

»So schaut das aber nicht aus und ich lass dich da jetzt auch nicht mehr heraus, auch wenn das vielleicht heute nicht so passt oder eventuell gerade an so einem Abend. Also noch einmal: Was ist los, dass du so deppert tust. Sorry, dass ich das so sage, aber langsam nervt es gewaltig.«

Traudl zog einen Schmollmund und spielte nervös mit der Tischdeko.

»Ich brauch noch einen Schluck! Wart kurz, ich hole was!«

Traudl stand auf, stolzierte zur aufgebauten Bar und nahm gleich zwei Flaschen Prosecco mit. Schwungvoll setzte sie sich wieder hin und schenkte sich ein weiteres Glas ein. Dann... Schweigen! Langes Schweigen!

»Ich warte!«

»Ja, ich weiß«, motzte Traudl zurück. »Es ist... Ja...! So genau kann ich das jetzt auch nicht sagen.«

Ein weiterer Schluck aus dem Glas.

»Ja mei. Eigentlich hab' ich gar nichts gegen dich, es ist halt so... Neue Leute bringen Unruhe und...«

»Ja?«

»Dann dreht sich alles nur noch um die Neuen oder halt wie bei dir um die Neue und...«

Josi verlor langsam die Geduld. Etwas geladen schenkte sie sich ebenfalls noch ein Glas Prosecco ein. Doch nun verstand sie, was Traudl sagen wollte: »Ich versteh', wenn jemand Neues ins Dorf kommt, dann dreht sich alles nur um den- bzw. diejenige und nicht mehr um dich. Ist es das, was du mir sagen willst?«

Traudl druckste herum und meinte dann kleinlaut: »Wenn du es so sagst... ja.«

Josi grinste und füllte die beiden schon wieder leeren Gläser auf.

»Ach mei, Traudl! Ich will doch gar nicht im Mittelpunkt stehen. Das ist mir doch dermaßen egal. Du glaubst gar nicht wie. Ich will doch nur meine Ruhe und versuchen mich bei euch zu integrieren. Mehr nicht. Mensch Traudl!«

Josi nahm Traudls Hände und hielt sie ganz fest.

»Wir können uns doch alle so gut ergänzen. Jeder hat gewisse Stärken, mit denen er den anderen unter die Arme greifen kann. Du mit dem Internet und deinem Organisationstalent, Walli mit ihren Maschinen, Emmi mit ihrem großen Herz und Zenzi mit ihrer Lebenserfahrung. Und was mein Part ist, das wird sich noch herauskristallisieren. Wir könnten die Welt rocken, wenn wir möchten!«

Traudl blickte Josi mit großen Augen an. Der Blick war zwar bereits etwas getrübt, aber das hatte sie begriffen.

»Gut, darauf trinken wir.« Traudl nahm schwungvoll ihr Glas und hob es in Richtung Josi.

»Und damit du auch merkst, dass es mir ernst ist, da sag ich jetzt einfach, dass du ab heute auch immer zum Weiberstammtisch kommst. Aber versuch ja nicht den Termin zu ändern. Beim Freitag bleibt es, hast mi?«

Da war sie wieder die alte Traudl! Gott sei Dank! Josi und Traudl prosteten sich zu. Und wenn einer meint, das wären die letzten zwei Flaschen gewesen, die die beiden Damen geköpft haben: Weit gefehlt!

Zur späteren Stunde gesellten sich noch Walli, Emmi und Zenzi dazu und brachten den »Vitus Spezial« ins Spiel, was ein großer Fehler war. Aber das stellte sich erst am nächsten Morgen heraus.

Es war jetzt schon weit nach Mitternacht und es war eine dieser Nächte, wie man sie sonst nur im Süden kennt: angenehme 20 Grad, die Grillen zirpten und die Mücken stachen. Es fehlte nur noch die richtige Musik. Eros Ramazotti wäre jetzt passend gewesen oder vielleicht auch Albano und Romina Power. Es ginge auch Münchner Freiheit. Aber nein. Was wurde in Ammerleiten zu später Stunde zum Besten gegeben? Man glaubt es kaum:

Angus Young von ACDC ließ seine liebliche Stimme erschallen und rockte mit »Highway to Hell« die Party. Der Weiberstammtisch stand auf den Biertischen, grölte dazu und spielte Luftgitarre. Da staunte sogar die Jugend, sofern sie überhaupt noch etwas mitbekam. Hedwig, Sissi und Franz hatten sich zur späten Stunde unter dem Zwetschgenbaum verzogen und rauchten die Joints, die sie Zenzi abgeschwatzt hatten. Rosa wetterte immer noch von oben und die Blätter rieselten auch immer noch aus der Baumkrone, doch das störte die drei überhaupt nicht.

Franz inspizierte mit einem ziemlich dümmlichen Grinsen Sissis Ausschnitt und Sissi lachte sich kaputt, weil die herunterfallenden Blätter in ihren Ausschnitt fielen und sie kitzelten. Hedwig führte einen Monolog und redete noch mehr als vorher - falls das überhaupt möglich war.

Kurz und gut. Ein Fest, bei dem jeder auf seine Kosten kam. Die Männer von Ammerleiten hatten unterdessen ein Lagerfeuer entfacht, stierten in die Flammen und sinnierten über die guten alten Zeiten.

»Wisst's ihr noch?«, murmelte Xaver zum Rest der Truppe, »letztens?«

»Ja«, meinte Ignaz zu Xaver.

»Das waren noch Zeiten«, sprach Tom langsam und bedächtig.

»Und so schee war's«, antwortete Korbinian.

»Ja«, erwiderte Ignaz. »So schee war's!«

»So schee, dass' gleich weh tut«, seufzte Sepp.

»Oh ja«, warf Vitus ein, »so schee wird's nimmer mehr!«

»Mhhhh«, antworteten alle zusammen, lachten im Chor und prosteten sich zu.

Und wenn es jetzt immer noch einen Zweifler an der Tatsache gibt, dass die wichtigen Sachen im Leben am Stammtisch oder am Lagerfeuer ausdiskutiert werden, dann hat dieser in seinem Leben etwas Grundlegendes versäumt.

»Schau dir die Weiber an«, meinte Ignaz nebenbei.

»Wie die Indianer beim Regentanz hampeln sie auf den Bänken herum!«

Wie auf Kommando drehten sich alle Köpfe vom meditativen Lagerfeuer weg und beobachteten die weiblichen Einwohner von Ammerleiten, wie sie die Sau rausließen. Angus hatte mittlerweile ausgedient – jetzt war Hubert von Goisern an der Reihe.

Fünf Hiatamadl stampften mit ihren mehr oder weniger dicken Wadln auf den Bierbänken und warfen ihre Röcke in die Höhe, dass den Männern ganz anders wurde.

»Mensch hat die Meinige Feuer im Blut!«, sagte Ignaz voller Inbrunst. »Hoffentlich hält das auch noch an, wenn wir daheim sind!«

»Und sogar die Zenz'! Schau doch mal!«, antwortete Vitus.

»Gib mir *an* Schnaps...«

Vitus nahm einen großen Schluck von der Spezialmischung und wischte sich den Mund mit dem Handrücken ab. Unglaublich!

»Und die Josi dreht ja auch völlig ab!«, warf jetzt Tom ein.

Korbinian nickte stumm und begutachtete seine neue Nachbarin von oben bis unten.

»Ja«, meinte er zu Tom, »fesche Wadln hat dein Madl. Nicht zu dick und nicht zu dünn! Genau richtig, so wie halt alles an ihr.«

Tom klopfte Korbinian auf die Schulter und meinte: »Schaust

bisschen auf meine Tochter, wenn ich wieder in Hamburg bin, ja? Da wäre mir schon viel wohler.«

»Das kannst wohl meinen, dass ich das mache. Nichts lieber als das!«

»Komm, lass uns mal die wild gewordenen Goaßn einfangen«, warf Xaver ein.

»Und ich bin der böse Wolf«, knurrte Sepp und schlich von hinten auf den Biertisch zu. Dabei pirschte er sich ganz langsam an seine Frau heran, packte sie an den wohlgeformten Hüften und hievte sie von der Biertischbank auf der sie stand. Vor lauter Schreck stieß sie einen Schrei aus, drehte sich blitzschnell um und verpasste ihrem Angeheirateten einen derartigen Kinnhaken, dass beide im hohen Gras landeten.

»Ja spinnst denn du?«, keifte Emmi ihren Gatten an.

»Ja spinnst denn du?«, brüllte Sepp zurück.

Emmi wollte sich losreißen, doch Sepp ließ Emmi partout nicht aus seinem Klammergriff. Er hielt sie stattdessen noch fester und schaute ihr in die Augen. Emmi hatte keine Chance seinem Blick auszuweichen. Beide waren für einen Moment ganz still und bewegungslos. Dann fielen sie über sich her und knutschten sich ab, was das Zeug hielt.

Ignaz war unterdessen zu Traudl gegangen, die sich hingesetzt hatte und ihre Beine rieb.

»Was meinst, Traudl? Gehen wir heim? Ist doch schon spät oder?«

Er strich ihr sanft über den Kopf und streichelte ihren Hals.

Sie drehte sich zu Ignaz um und meinte: »Ja, jetzt pressiert's.«

So schnell konnte man gar nicht schauen, da sprangen Traudl und Ignaz Huber auf und liefen Hand in Hand nach Hause.

»Ja, die haben ja eine Not oder Xaver?«, meinte Walli zu ihrem Mann.

Xaver grinste und antwortete: »Ich hab' da eine neue CD daheim, Frau. Unser Stier, wenn der die hört... Sapperlot!«

Walli kicherte, sprang von der Bank, packte ihren Mann an der Hand und zog ihn Richtung Heimat.

»Danke Josi!«, rief Walli Josi im Vorbeigehen zu. »Wir sehen uns dann morgen. Gute Nacht!«

»Sag mal Korbinian...?«, fragte Josi ihren Nachbarn, »was hast du denn in die Bowle gemischt? Die sind ja alle ganz liebestoll!«

»Gar nix habe ich reingetan. Nur gute Sachen. Das liegt halt einfach an den Sommerabenden in Ammerleiten. Merkst noch nichts?«

»Außer, dass mir die Beine weh tun und mir etwas schwindlig ist, merke ich nichts.«

»Du bist mir schon so eine Nudel. Komm wir genehmigen uns noch einen Absacker und *verzupfen* uns in die Liegestühle.«

Er dirigierte Josi in den Liegestuhl, holte den Bowletopf und zwei lange Strohhalme und rückte seinen Liegestuhl neben ihren.

»Jetzt machen wir auf Ballermann, Frau Nachbarin!«

Josi musste kichern und sog fest an ihrem Strohhalm. »Prost, Herr Nachbar! Danke für deine Hilfe heute. Ohne dich hätte ich ganz schön alt ausgesehen. Danke nochmals dafür!«

»Nix für ungut, ist doch klar, dass ich dir helfe.«

»Wenn ich dir irgendwie, irgendwann mal helfen kann, dann musst es mir sagen. Versprochen?«

»Sicher, ich wüsste da schon was!«

»Ah ja?« Josi war etwas überrascht.

»Ja, wie du weißt, hast du ja von mir deinen ersten Knutscher bekommen.«

»Und?«

»Wenn ich jetzt auch einen haben könnte, dann wäre das schon Hilfe genug.«

»Aha!«

»Ja, und?«

»Wie jetzt?«, grübelte Josi und zog die Stirn in Falten. »Du willst, dass ich dir jetzt erlaube, mich zu küssen oder was?«

»Ja, wäre das so schlimm?«

»Ähm, nein!«

»Was tust du dann so deppert?«

»Ja, ich weiß nicht, ob mich jemand schon einmal gefragt hat, ob er mich küssen darf.

Meistens waren das eher so Überfallkommandos.«

»Ja, dann!«

Korbinian erhob sich mit einiger Mühe aus seinem Liegestuhl und machte einen Schritt auf Josi zu. Er kniete sich vor sie hin, nahm ihr Gesicht in seine Hände und gab ihr einen zärtlichen Kuss.

Einen, nicht mehr!

Dann schaute er Josi in die Augen, stand auf und setzte sich wieder in seinen Liegestuhl. Josi war sichtlich überrascht, verdutzt, stand neben sich, konnte keinen klaren Gedanken mehr fassen, wo war oben, wo war unten? Sie wurde schon oft geküsst, ja, das ja! Und meistens wurde aus einem Kuss, ein zweiter, ein dritter und dann führte das eine zum anderen und und und...

Aber das hatte sie jetzt völlig aus der Bahn geworden. Sie saß im Liegestuhl, war stumm vor Glück und wusste mit ihren plötzlich aufwallenden Gefühlen nicht umzugehen. Sie drehte ihren Kopf zu Korbinian, schaute ihn an und streckte ihm ihre Hand entgegen. Korbinian nahm Josis Hand in die seine und so saßen sie dann und genossen den ausklingenden Abend.

- 7 -

Josi hätte nie gedacht, dass ein Kopf, präzise ausgedrückt ihr Kopf, so weh tun konnte. Es kam ihr vor, als könnte sie jede einzelne Bettfeder ihres Kopfkissens spüren. Und dazu noch diese Helligkeit! Kann jemand das Licht dimmen oder gleich ganz ausmachen? Das sind Schmerzen, die sie ihrem ärgsten Feind nicht wünschte.

Es schien fast so, als wären alle Blutgefäße, die durch ihren Kopf liefen, zum Bersten mit Alkohol gefüllt und sie intravenös mit den Gesöffen versorgten, die sie gestern Abend konsumiert hatte. Jede einzelne Synapse in ihrem Gehirn tanzte Polka und übertrug alle auf sie einstürzenden Sinneswahrnehmungen in einer Potenz, die den stärksten Bayer aus seinen Haferlschuhen katapultiert hätte.

Und sie sagte noch zu ihrem Vater was von Sterbezimmer am nächsten Tag und so. Und nun lag sie da und litt und hörte aus der Küche schon die sonore Stimme ihres Erzeugers.

Josi versuchte ganz langsam die Augenlider zu öffnen und sich dabei ja nicht zu bewegen. Jede Erschütterung ging direkt in ihren Kopf. Sie stellte sich lauter kleine Wichtelmänner vor, die ganz fleißig in ihrem Kopf den Kalk mit ihren fiesen, kleinen Presslufthammern lösen wollten. Langsam hob sie das linke Augenlid, dann das rechte und dann...

Bähm Alter - die Galaxis drehte sich einfach zu schnell.

›Mensch Scotty, nimm mal die Warpgeschwindigkeit raus!‹ Scotty gehorchte und die Galaxis drehte sich schon ein wenig langsamer.

Jetzt war es an der Zeit, dass die Motorik angeschmissen wurde. Ob Fein- oder Grobmotorik sollte sich in den nächsten fünf Minuten herausstellen. Josi setzte sich waagerecht im Bett auf und versuchte sich von der Last des dicken Daunenbettes zu befreien. Erst den linken Fuß aus dem Bett, dann den rechten und nun kam der große Moment.

›Wir versuchen es mit dem aufrechten Gang, der einen Homo Sapiens vom Affen unterscheidet. Ob das so war, lassen wir jetzt mal in den Raum gestellt. Es gab mit Sicherheit mehr Affen, die einen höheren IQ, wie manch' menschlich' Wesen haben. Geschafft!‹

Josi stand aufrecht, zwar wackelig, aber aufrecht, vor ihrem Bett und konzentrierte sich auf einen Punkt im Raum, in der Hoffnung, dass sie so die Umdrehungen der Galaxis besser kompensieren konnte. Sie hatte nur mäßigen Erfolg. Sie griff sich an die Stirn und mit der anderen hielt sie sich an der Kommode fest. Irgendwo musste doch ihre Sonnenbrille sein. Sie durchsuchte die obere Schublade, dann bückte sie sich ganz langsam, um in der unteren Schublade nach ihrer Brille zu suchen.

Der Kopf hämmerte wie wild, die Ohren rauschten und der Magen begrüßte Josi nun auch noch zu einem nicht so vielversprechenden Morgen. Ihr wurde heiß und dann wieder kalt, während sie in der Schublade nach diesem verdammten Verdunkelungsgedöns suchte. Endlich hatte sie die Brille zwischen ihrem Sammelsurium von Erinnerungen gefunden und setzte sie erleichtert auf.

Josi schnaufte durch und bedankte sich beim Erfinder der Sonnenbrille, wer auch immer das war, für diese Wohltat, die ihr zukam.

›Zweiter Akt! Wir probieren es nun, uns langsam, ganz langsam, fortzubewegen. Einen Fuß vor den anderen zu setzen, nicht zu stolpern und unser Bestes zu geben, dass der aufrechte Gang weiter fortgesetzt wird.‹

Es ging, den Umständen entsprechend ganz gut. Josi hatte nun die Schlafzimmertüre erreicht, öffnete sie und nun kam die nächste Herausforderung an diesem jungen und unverbrauchten sonnigen Sonntagmorgen. Die Treppe!

Josi stand unschlüssig vor der fast unüberwindbaren Schlucht, die sich vor ihr aufgetan hatte. Sie überlegte kurz, was aufgrund des oben genannten Zustandes ihres Kopfes nicht leichtfiel und außerdem schmerzlich war und wagte den ersten Schritt auf den Treppenstufen. Einen Schritt nach dem anderen, kleine Schritte für die Menschheit, große Schritte für Josi.

Als sie nach gefühlten Stunden endlich wieder den festen Boden des Erdgeschosses unter sich fühlte, konnte sie nachempfinden, wie Seefahrer nach monatelangem Aufenthalt auf See, den ersten Schritt auf Festland empfanden. Einfach göttlich dieses Gefühl! Sie hangelte sich weiter in Richtung Küche, die linke Hand an der Stirn, den rechten Arm ausgestreckt, um sich vor der Gattung »springende Möbel« zu schützen, die sich einem nach einem Kapitalrausch in den Weg stellten. Endlich hatte sie, ohne weitere Blessuren, die verschlossene Küchentüre erreicht.

Langsam, ganz langsam drückte sie die alte Türklinke nach unten, um ja kein Quietschen zu produzieren, denn jeder, noch so kleine Laut, erschütterte ihr Gehirnwasser und brachte ihren Magen dazu, zu rebellieren. Komische Zusammenhänge, aber schmerzlich wahr. Sie hatte Glück! Die Türe ließ sich geräuschlos öffnen und sie steckte vorsichtig ihren sonnenbebrillten, vernebelten Kopf in die Küche.

Sofort erschütterten unsagbare Schmerzen ihren lädierten Körper. Lautstarkes Gelächter schlug ihr entgegen und sie machte ruckartig einen Schritt zurück. Doch sie war stark und hart im Nehmen. Heute vielleicht etwas weniger. Wie eine Schildkröte reckte sie den Kopf aus ihrem Panzer, peilte die Geräuschquelle an und erblickte am Küchentisch ihren Vater und Korbinian, die sich vor lauter Lachen auf die Schenkel klopften.

»Könnt ihr bitte, bitte ein wenig leiser sein«, hauchte Josi in den Raum hinein. »Mir geht es heute irgendwie nicht so gut.«

Josi ging langsam auf die gesellige Runde zu und ließ sich, wie ein nasser Sack, auf die Eckbank fallen. Korbinian und Tom lachten sich immer noch scheckig und prosteten sich voller Schadenfreude mit einem frischen Weizen zu.

»Wie war das mit dem Sterbezimmer?«, meinte ihr Vater zu ihr.

»Magst was essen? Ich hab' frische Weißwürste vom Beni geholt. Ganz frisch!« Korbinian nahm eine Weißwurst in die Hand und hielt sie ihr unter die Nase.

»Ganz frisch, Josi.« Er grinste von einem Ohr zum anderen.

»Ja pfui Teufel! Tu das Zeug weg! Oder willst, dass ich noch her speibe? Du blöder Depp, du blöder!«

Josi versuchte die Wurst vor ihrer Nase wegzuschlagen, verfehlte diese Köstlichkeit aber vollends. Wie gesagt, die Feinmotorik war nach einer durchzechten Nacht noch nicht zu hundert Prozent abrufbar.

Korbinian hob die Wurst auf und ab, wie bei einem Hund, und ärgerte sie weiter.

»Ach komm! Fang die Wurst, Mädel!« Er freute sich tierisch, seine lädierte, neue Nachbarin zu ärgern.

»Aff!«, blökte Josi.

»Mei, so schad'. Dann ess' ich sie halt selber.«

Korbinian näherte sich Josi, nahm die Weißwurst und zutzelte sie vor Josi aus.

»Du bist so eklig, Korbi!«

Josi drehte sich auf der Eckbank um und streckte Korbinian ihre beste Seite entgegen. Korbinian nahm den Kopf ein wenig zurück und meinte schmatzend: »Auch ein Rücken kann entzücken«, und gab einen sanften Klaps auf den wohlproportionierten Hintern von Josi.

Josi grunzte, nahm sich ein Kissen und legte es sich auf den Kopf. Die beiden Männer setzten ihr Weißwurstfrühstück, verhältnismäßig leise, fort. Josi gab sich den gedämpften Geräuschen hin und wäre fast schon wieder eingenickt.

»So!«, lärmte Tom, »jetzt ist aber genug mit der Weicheinummer und Kater auskurieren!«

Josi zuckte, stöhnte und jammerte. »Papa, bitte!«

Doch Tom hatte kein Erbarmen mit seiner Tochter.

»Du bekommst jetzt einen Rollmops und einen Melissengeist! Entweder dir geht es dann besser oder du reierst, bis der Arzt kommt! Komm Korbinian! Hilf mir mal das Häufchen Elend in die Senkrechte zu bekommen.«

Die beiden erhoben sich vom Tisch, Tom nahm den Kopf von Josi und Korbinian den Rest und versuchten so Josi wieder unter die Lebenden zurückzuholen. Josi wehrte sich, versuchte es zumindest und irgendwann saß sie dann aufrecht, mit den Kopf zwischen den Händen, am Küchentisch. Korbinian holte den Melissengeist und Tom das Katerfrühstück aus dem Kühlschrank und stellten es vor Josi auf den Tisch.

Josi schluckte bei dem Geruch, den das Katerfrühstück verströmte. Fisch und 25 gute Kräuter. ›Na toll!‹

Die beiden Folterknechte setzten sich vor ihr hin und schauten. Und schauten. Und grienten sich einen. Josi hob den Kopf, legte die Stirn, trotz Schmerzen in Falten und fluchte vor sich hin.

»Ok, wenn ich muss!«

Widerwillig nahm sie das Schnapsglas mit der Wundermedizin in die Hand und führte es langsam zum Mund. Der Geruch war dermaßen abscheulich und der Alkohol des Trankes trieb ihr die Tränen in die Augen. Sie zögerte noch kurz und dann ließ sie das hochprozentige Elixier die Kehle runterlaufen. Sie schüttelte den Kopf, was im Moment nicht gerade förderlich war und japste. Sie merkte, wie die Umdrehungen des Geistes jetzt die Speiseröhre erreicht hatten und alsbald im Magen angekommen waren. Sie stöhnte innerlich auf.

»Und jetzt den Rollmops!«, befahl ihr Vater und schob ihr den Teller mit dem Fisch hin.

Josi presste den Mund zu, doch sie wusste, dass sie aus dieser Nummer jetzt nicht mehr herauskam. Sie nahm den Rollmops in die Hand, machte die Augen zu und nahm einen großen Bissen dieser nordischen Köstlichkeit. Zwiebel, Fisch und Essiggeschmack vermischten sich gleichzeitig in ihrem Mund und sie kaute widerwillig auf dem Fisch herum. Schob ihn nach links, schob ihn nach rechts und irgendwie vermehrte sich der Fisch in ihrem Mund auf wundersame Weise. Sie musste kurz würgen, war sich aber bewusst, dass sie dieses Ding da in ihrem Mund jetzt herunterschlucken musste.

Mit vollen Wangen konzentrierte sie sich auf diesen Akt der Nahrungsaufnahme und ... schluckte den Fischbrei hinunter. Die Tränen liefen ihr über das Gesicht. Lag es an den Zwiebeln, lag es am allgemeinen Unwohlsein? Egal! Der Akt war vollbracht. Sie schnaufte durch und nahm noch einen großen Bissen vom gerollten Fisch. Dieses Mal ging es schon etwas besser, beim nächsten Bissen klappte es schon richtig gut und sie merkte, dass das flaue Gefühl im Magen nachließ. Sie schob die Sonnenbrille ins Haar, schaute in vier aufmerksame Augen und sagte: »Papa, misch mir 'ne Aspirin an, aber hurtig!«

»Ihr geht's besser. Sie kann schon wieder kommandieren!«

»Ja Gott sei Dank«, erwiderte Tom und ging auf die Suche nach den Tabletten.

»Jetzt hüpfst du gleich unter die Dusche, springst dann in dein Dirndl und dann fahren wir aufs Gartenfest nach Ludwigswies«, schlug Korbinian vor.

Josi stemmte ihre Arme in die Hüften und schaute Korbinian ungläubig an.

»Ganz sicher nicht. Ich fühle mich, als ob mich ein LKW gerammt hätte und mein Magen ist so was von empfindlich! Schon bei dem Wort Bier oder Kuchen oder was auch immer es Essbares auf diesem Gartenfest gibt, kann ich für nichts mehr garantieren. Nee Korbinian! Never ever!«

Josi war genervt, um nicht zu sagen ganz schön bedient. Sie drehte sich abrupt von Korbinian weg und zeigte ihm die kalte Schulter, in der Hoffnung, dass ihr Nachbar einlenkt und sie versteht. Doch so klischeehaftes Getue war nicht Korbinians Art. Er kam einen Schritt auf sie zu, legte seine Hand auf ihre Schulter und meinte ganz ruhig: »Mei, das musst du wissen Frau Lechleitner, wie du im Dorf dastehen willst. Als *zuagroaste* Prinzessin aus dem Norden, die beim kleinsten Rausch schon das Handtuch wirft oder als ein vollwertiges Mitglied des Stammtisches und von Ammerleiten sowieso. Wie sagen die Amis immer im Film? Your decision!«

Er nahm seine Hand von ihrer Schulter, drehte sich Richtung Küchentüre und sagte beiläufig beim Hinausgehen: »Ich fahre in einer Stunde. Kannst es dir ja noch überlegen.«

»Kannst es dir ja noch überlegen«, äffte sie ihren Nachbarn nach, nachdem er das Haus verlassen hatte.

›Was der sich überhaupt herausnimmt. So, als kenne man sich schon ewig! Und *überhaupts*! Your decision! So ein Schmarrn!‹

Ihre Augen blitzten und sie schmollte wie ein kleines Kind.

»Wo ist er denn hin, unser Nachbar?«, meinte eine Stimme von hinten.

Josi zuckte zusammen.

›Ach ja, Papa war ja auch noch da‹, fiel ihr auf einmal wieder ein.

Sie drehte sich um und erzählte ihrem Vater den Diskurs mit Korbinian, in der Hoffnung Schützenhilfe zu bekommen. Doch da hatte sie sich zu viel erhofft. Ihr Vater sagte ihr in ähnlichen Worten das, was sie kurz zuvor in der bayrischen Variante an den Kopf geworfen bekommen hatte. Ganz großes Kino!

Etwas geknickt und stinkig zugleich stellte sich Josi unter die Dusche und ließ sich das heiße Wasser über den Körper laufen. Die einzelnen Tropfen trommelten zwar noch ein wenig auf ihrem vakuumierten Kopf, aber im Großen und Ganzen war dieser Schauer eine echte Wohltat. Nach dieser Berieselung föhnte sie sich kurz ihre langen, schwarzen Haare und flocht sie zu zwei Zöpfen. Sie lief (man beachte, sie lief) die Treppe hinauf, schnappte sich ihr rotes Dirndl und schlüpfte in ihre roten Protestchucks. Sie stellte sich vor den Spiegel, stemmte ihre Arme in die Hüften und sprach zu sich selbst: »Und jetzt Korbinian Schneider zieh' dich ganz warm an!«

Unten angekommen, schnappte sie sich noch ihre kleine Umhängetasche, rief ihrem Vater noch ein Lebewohl zu und knallte die Haustüre zu. Korbinian stand schon auf der Straße und wartete in seinem Suzuki Jimny auf sie. Mit hoch erhobenem Kopf stolzierte sie auf seinen Wagen zu, warf ihm ein gekünsteltes Lächeln zu und stieg auf der Beifahrerseite ein. Korbinian drehte sich kurz zu ihr rüber, sagte aber nichts und startete den Wagen.

Auf der Fahrt nach Ludwigswies versuchte Josi den Blick starr nach vorne zu richten. Was auch gut war, denn die kurvige Fahrt in die »große Stadt« hätte ihr sonst den Rollmops nach oben befördert. Kein Wort fiel zwischen den beiden. Irgendwie war es eine komische Stimmung, die man durch ein kleines, klitzekleines Wort aus der Welt geschafft hätte. Aber Josi war stur und anscheinend konnte auch Korbinian stur sein. So schien es zumindest.

Nach zehn Minuten Fahrt peilten Herr Schneider und Frau Lechleitner, den schon gut gefüllten Parkplatz des Gartenfestes an. Überall schneidige Burschen in Lederhos'n und Mädels, die ihre Dekolletés, mit allem was sie mehr oder weniger hatten, zur Schau stellten. Sogar die etwas altehrwürdigen Honoratioren des Ortes waren in ihrem Sonntagsstaat präsent und strömten den Klängen der Blasmusik entgegen.

Josi und Korbinian reihten sich in das Geschiebe ein, ohne ein Wort zu sprechen. Josi schaute immer finsterer, weil Korbinian einfach keine Anstalten machte, das erste Wort zu sprechen. Im Gegenteil! Jeden, den er kannte, begrüßte er und hielt einen kurzen Ratsch mit seinem Gegenüber. Zumindest stellte er Josi seinen Bekannten und Freunden vor, was Josi ein wenig versöhnlicher stimmte. Aber mit Josi wechselte er keine einzige Silbe.

›Sturer Bayer!‹, dachte sich Josi.

›Sture Hamburger Göre!‹, dachte sich Korbinian.

Josi und Korbinian befanden sich nun schon mitten im Gewühle des alljährlichen Ludwigswieser Gartenfestes, das von den Vereinen des Ortes organisiert und ausgetragen wurde. Da war der Trachtenverein, der eine Bühne aufgebaut hatte und dafür verantwortlich war, dass das Bier in Strömen floss und hoffentlich nie ausging. Der katholische Frauenbund war für das Kuchenbuffet und die Bewirtung verantwortlich, die von Traudl, der ersten Vorsitzenden, wie immer, mit militärischem Drill durchgeführt wurde. Die Landjugend brutzelte

Würstel und Grillfleisch und der Herr Pfarrer sorgte mit seinem Segen und mächtig viel Weihwasser, dass Petrus an diesem Tag die Sonne scheinen ließ.

Überall waren Buden und Stände aufgebaut, an denen man Dinge und verschiedene Köstlichkeiten ergattern konnte. Von selbst gestrickten Socken, leckerem Selbstgebranntem und Marmeladen, bis hin zu Klauenputzern für das liebe Vieh. Lauter nützliche Dinge, die in Ludwigswies und Umgebung unabdingbar waren.

Die Örtlichkeit, moderner gesagt, die Location, war nahezu geschaffen für dieses alljährliche Spektakel. Ludwigswies hatte das große Glück eine alte Klosteranlage ihr Eigen zu nennen. Und mittendrin befand sich ein stattlicher Klosterhof. Ein idealer Ort, um solche Festivitäten zu feiern. Und gefeiert wurde dort bestimmt auch in früheren Jahrhunderten, als noch der Orden der Prämonstratenser ansässig war. Aber dies nur am Rande.

»Schau Josi, da hinten, da ist noch Platz bei Walli und Xaver.«

›Oh!‹, dachte sich Josi, ›es spricht! Na endlich!‹

Josi hakte sich bei Korbinian ein und erwiderte: »Na dann mal schnell dahin!«

›Da soll einer die Weiber verstehen‹, schoss es Korbinian durch den Kopf. ›Erst schauen sie dich nicht mehr mit dem A... an und dann gehen sie gleich auf Tuchfühlung. Verrückt!‹

Die beiden winkten den Burgmeiers zu und kämpften sich durch die fröhlich gestimmte Ludwigswieser Gemeinschaft.

»Ist bei euch noch frei?«, fragte Korbinian Xaver.

»Freilich«, Walli rutschte ein Stück zur Seite. »Hockt euch hin!«

Die beiden stiegen über die Bierbank und ließen sich gleichzeitig auf der selbigen fallen.

»Ein schönes Paar seid ihr beide«, stellte Walli fest und begutachtete die neuen Gäste am Tisch. »Ein bissle blass um die Nase schaust noch aus, Josi. Gings noch recht lang, gestern?«

»Ja schon. Und einen rechten Durst hatte ich gestern. Dementsprechend ging es mir heute früh. Aber mein Papa hat mir Rollmops und Melissengeist gegeben, dann ging es wieder.«

»Das ist ja eine Kombi«, antwortete Xaver.

»Mir wäre alles wieder aus dem Gesicht gefallen.« Er rümpfte die Nase und bekam leichte Schnappatmung bei dieser Vorstellung.

»So ähnlich ging's Josi auch«, berichtete Korbinian. »Sie war schwer am Kämpfen, gell Josi?«

Er beugte sich zu ihr hinüber und nahm einen ihrer geflochtenen Zöpfe und kitzelte sie damit in ihrem Gesicht. Josi verzog das Gesicht und schlug Korbinian so auf den lederhosenbedeckten Oberschenkel, dass es nur so klatschte.

»Stimmt, Nachbar. Es war ein Kampf dieses Spezialfrühstück runterzuschlucken. Oder hast du vielleicht gedacht ich schaffe das nicht? Ich bin ja kein norddeutsches Girle, das nach einem Rausch gleich zur Reha muss.«

Sie lächelte ihn etwas verkrampft an und rieb sich heimlich ihre rote Handfläche unter dem Biertisch, die nach diesem Schlag auf das bayrische Beinkleid erheblich brannte.

»Wie schaut es aus, Korbi? Wollen wir mal eine Runde drehen und uns etwas zu essen und zu trinken holen?«

»Sowieso, wie du willst. Dein Wunsch sei mir Befehl!«

Er nahm ihre Hand, die sie unter der Dirndlschürze versteckt hatte, drückte einen Kuss darauf und meinte zu Xaver: »Haltet ihr uns den Platz frei? Wir sind gleich wieder da.«

»Freilich, Schneider. Und wenn es länger dauert, ist es auch wurscht!«

Xaver schmunzelte und nahm einen großen Schluck aus seiner Mass.

»Und jetzt schaut's, dass ihr euch schleicht!«

Korbinian und Josi machten sich daran aufzustehen. »Dann komm, mein Dirndl! Schau'n wir mal, was Ludwigswies zu bieten hat.«

Er nahm ihre linke Hand, lächelte sie an und zog sie durch die Menge.

»Schau mal, da hinten ist Emmi mit ihrem Verkaufsstand«, sagte Josi zu Korbinian, als sie sich durch das Gewühle kämpften.

»Lass uns ihr mal einen Besuch abstatten. Ah, und da hinten seh' ich Zenzi und Kuchen brauche ich auch noch. Und noch einen riesen Pott Kaffee!«

»*Hafn* heißt des! *Hafn*, nicht Pott«, berichtigte Korbinian seine Begleiterin. »Du bist jetzt in Bayern! Da sind Brötchen *Semmeln*, und Pötte *Hafn*, Küken sind *Biperles* und die Fersen sind *Schumpen*. Okay?«

»Okay?«, fragte Josi. »Jetzt aber mal halblang. Das heißt Host mi' und nicht okay. Ich glaub' du spinnst!«

Die beiden mussten herzlich lachen und gingen schnurstracks zu Emmis Verkaufsstand. Da hatte sich unterdessen auch Zenzi eingefunden, die die leckeren Käsestückchen probierte, die Emmi als »Teaser« hingestellt hatte.

»Ja, das ist ja schön«, rief Emmi schon von Weitem, »dass ihr mich auch besucht. Das freut mich aber sehr.«

Emmi überschlug sich fast vor Freude und eine Freude war es auch sie hinter ihren Käsebergen zu sehen. Ihre hellroten, langen Haare hatte sie zu einem schönen geflochtenen Kranz um den Kopf gewunden und ihre dralle Figur steckte in einem grünen Dirndl, das ihre smaragdfarbenen Augen und ihr sommersprossiges Gesicht noch mehr zum Strahlen brachte.

»Servus Emmi, Servus Zenzi«, antwortete Josi den beiden.

»Wie geht's euch heute? Habt ihr die Feier gut überstanden?«

»Also ich schon«, antwortete Emmi. »Wenn ich bedenke, wieviel Schnäpse ich mit deinem Vater gekippt habe. Uih Uih! Und viel geschlafen habe ich auch nicht.«

Sie lächelte verschämt.

»Der Sepp und ich mussten uns erst eine Bettstatt suchen, denn der Benno, der Andi, der Friedl und der Ferdl haben sich in unserem Bett breit gemacht. Und wecken wollten wir die Bande nicht. Also haben wir uns ins Etagenbett der Kinder gelegt.« Sie grinste verschmitzt über das ganze Gesicht.

»Natürlich er oben, du unten«, warf Zenzi ein. Emmi schaute Zenzi verdutzt an.

»Natürlich einer im oberen Bett, einer im unteren Bett«, verbesserte sich Zenzi und lachte.

»NATÜRLICH!«, erwiderte Emmi und wurde rot.

Zenzi wechselte das Thema und meinte: »War echt bärig deine Feier gestern. Hat mir *saugut* gefallen.«

»Wann bist du denn eigentlich heim?«, fragte Josi.

»Ich habe das gar nicht mitbekommen.«

»Warst ja auch gut beschäftigt, als Gastgeberin und so. Ich glaube, es war so kurz vor Mitternacht. Ich war dann doch etwas schlapp und müde. Na ja, ich werde nicht jünger.«

»Schmarri«, entgegnete Emmi.

»Dir fehlt doch nichts oder? Das blühende Leben bist du doch. So wie dein Blumengarten, so bist du.«

Zenzi schaute Emmi an und ihr Blick hatte etwas Melancholisches.

»Jede Blume verblüht. Manche Blumen haben Läuse, die anderen werden von den Mäusen angefressen. Alles nicht so einfach.«

Emmi schaute Josi verwundert an. So kannten sie Zenzi gar nicht. So negativ und bedrückt.

»Zenzi, was ist los mit dir?«, fragte Josi ihre Nachbarin.

Sie war sichtlich beunruhigt, wollte auf Zenzi zugehen, aber sie auch nicht bedrängen. Zenzi senkte den Kopf und murmelte vor sich hin. Josi und Emmi schauten sich fragend an und warteten. Zenzi hatte immer noch den Kopf gesenkt, als sie plötzlich mit klarer Stimme sagte: »Lasst uns beim Stammtisch darüber reden. Vielleicht können wir ihn schon auf morgen vorziehen. Wäre mir schon recht.«

Josi und Emmi waren jetzt sichtlich geschockt. Einen Stammtisch zu verschieben. Das gab es ja noch nie. Was waren das für schwerwiegende Gründe, dass Zenzi so einen Vorschlag machte. Aber sei es drum. Morgen würden sie mehr erfahren, was das Ganze bis dahin nicht leichter machte.

Josi versuchte sich auf etwas anderes zu fokussieren und meinte zu Zenzi: »Alles klar, Zenzi, so machen wir das. Oder Emmi?«

Emmi war immer noch sichtlich geschockt und schüttelte stumm ihren Kopf.

»Ich hole mir jetzt eh Kuchen und sage Traudl Bescheid und Walli sage ich es, wenn wir bei denen wieder am Tisch sitzen. Ist das in Ordnung für dich, Zenzi?«

Zenzi nickte kurz.

»So, und jetzt gibst du mir von diesem *stinkerten* Käse noch ein Stück«, meinte Zenzi zu Emmi. »Dann hab' ich keine Fliegen im Haus und Rosa haut auch nach draußen ab.«

Sie grinste etwas gequält bei dem Gedanken.

Josi und Korbinian verabschiedeten sich von den beiden und gingen nachdenklich in Richtung Kuchenbuffet.

»Irgendwie doch komisch oder, Korbinian?«

Korbinian überlegte und meinte dann zu Josi: »Das gefällt mir gar nicht. Das gefällt mir überhaupt nicht. Aber es hilft nichts, wir, bzw. ihr müsst bis morgen warten. Und sei es drum, egal was morgen ist. Heute ist heute und heute sind wir hier und deswegen versuchen wir uns nicht die Laune verderben zu lassen.«

Er legte Josi seinen rechten Arm um ihre Taille und schlenderte mit ihr zum Hoheitsgebiet von Traudl Huber, 1. Vorsitzende des kath. Frauenbundes/Organisatorin des Kuchenbuffets.

Eines musste man Traudl ja lassen. Organisieren und delegieren oder war es etwa regieren, das konnte sie. Schon von Weitem ließ sich erahnen, dass die Kredenz von köstlichen Backwaren aller Art nicht mehr fern war.

Im schattigen Teil des Klosterhofes hatte es sich Traudl nicht nehmen lassen und einen bombastischen Pavillon aufbauen lassen, der sich vor einem Partyzelt von Feinkost Käfer nicht verstecken musste. Im Gegenteil. Das dunkelgrüne Dach passte sich genau an die Umgebung an. An den herausgenommenen Seitenteilen hatten die fleißigen Näherinnen des Frauenbundes luftig leichte Volants drapiert, die sich leicht im Sommerwind bewegten.

Am Anfang stand mancher Besucher irritiert vor diesem Gebilde und stellte sich mit Sicherheit die Frage: Was erwartet mich jetzt, wenn ich den Vorhang lüfte? Sind es anmutende Damen, die auf ihren Recamieren liegen und gelangweilt auf Gesellschaft warten? Sitzt Zenzi auf vielen, bunten Decken und Kissen und bietet den Besuchern Gras an? Was kann sich hinter diesem Luftschloss verbergen?

Spätestens, wenn man Traudls Kommandoton hörte, wusste

man, dass man sich wieder auf dem Boden der Tatsachen befand und es sich höchstwahrscheinlich um den alljährlichen Kuchenverkauf handelte.

Hat denn keiner das Schild »Kuchenbuffet« gelesen? Die Gedanken sind frei! Da übersieht man leicht mal so ein banales Schild.

Josi und Korbinian lüfteten die besagten Vorhänge und betraten das Innere dieses Schlemmerpalastes. Vor ihnen erstreckte sich ein Catwalk für Torten und Kuchen. Schokoladentorten, Erdbeerkuchen, Eierlikörkreationen, die ihre Bestimmung auf verschiedenen Tortenböden gefunden hatten, Petits Fours, Schmalzgebäck jeglicher Art, köstliche exotische Früchte, die zu einem Turm aufgebaut wurden, ein Schokoladenbrunnen, Zwetschgen*datschi*, Rhabarberkuchen, Sahneberge... und mitten drin: Traudl!

Traudl wusste sich in Szene zu setzen. Wenn jetzt einer glaubte, dass sie eines ihrer etwas farbintensiveren Dirndl aus ihrem großen, tiefen Kleiderschrank herausgezaubert hatte.

Nein, Traudl war ja nicht dumm!

Natürlich wusste sie, dass ihre Mitstreiterinnen des katholischen Frauenbundes die schönsten Dirndl aus ihrem Fundus holten und diese waren meistens sehr opulent; besser gesagt, etwas überladen. Nun stand die Frage im Raum: Wie steche ich aus der Masse heraus? Genau! Ich mache auf graue Maus und jeder, wirklich jeder sieht sofort, dass ich; moi, le Roi, die Hauptperson in diesem Stück bin.

Und das hatte Traudl gekonnt in Szene gesetzt: ein grauschwarzes, sehr vornehmes Dirndl, den Balkon dezent betont, eine elegante Hochsteckfrisur und was die meisten nicht sahen: Schnürstiefel. Schnürstiefel wie zur Rokokozeit.

Josi und Korbinian staunten nicht schlecht und brauchten etliche Sekunden, um ihre Münder wieder zu schließen. Traudl hatte das Ganze natürlich sofort beobachtet und es war für sie mehr als nur eine Genugtuung, zu sehen, dass das Stadtmäuschen sprachlos war. Aber sie wollte nicht mehr garstig sein, sie versuchte es zumindest und rief die beiden zu sich her.

»Ja, das ist ja schön, dass ihr dem Frauenbund eure Ehre gebt! Und ihr zwei hier! Also ein fesches Paar seid ihr. Also wirklich! Ich muss schon sagen!«

Traudl begutachtete die beiden von oben bis unten und blieb bei Josis roten Chucks hängen.

»Wow! Tolle Kreation! Und das meine ich ehrlich. Schaut echt...speziell aus.«

Die beiden mussten sich zusammenreißen, dass sie bei so viel Lobgesang nicht zu lachen anfingen.

»Danke. Aber ich kann das Lob nur zurückgeben. Ein tolles Event, was du da auf die Beine gestellt hast. Alle Achtung! Und das meine ich auch ehrlich.«

Traudls und Josis Augen begegneten sich und jeder checkte den anderen ab, ob er es denn auch so meinte, wie er es sagte.

»Darf ich auch mal was sagen?«, äußerte sich Korbinian kleinlaut von hinten und meldete sich ganz brav. Josi drehte sich zu Korbinian um und Traudl schenkte ihm ihre ganze Aufmerksamkeit.

»Dir sei das Wort erteilt«, entgegnete Traudl und lächelte etwas künstlich.

Korbinian überlegte kurz und sprach dann sehr bedacht: »Also. Unter all diesen Torten und Kuchen und was sonst noch, seid ihr beiden die heißesten Sahneschnitten, die ich seit langem gesehen habe. Und ich meine das auch ganz ehrlich. Scharfe Teile seid ihr beide!«

Traudl wusste erst gar nicht, was sie darauf sagen sollte und erwiderte nur kurz: »Ach Schmarrn, so einen alten Zwieback wie mich und du junger Hupfer!«

»Ach Traudl«, meinte Korbinian ganz trocken. »Hast noch nie was von MILF gehört?«

Josi riss die Augen auf und hätte fast angefangen zu prusten, konnte sich aber gerade noch die Hand vor den Mund halten.

Man merkte Traudl sichtlich an, dass sie am Überlegen war und dass ihr Verstand ratterte. Schließlich meinte sie ganz locker: »Klar weiß ich, was das ist! Danke!«

Sie versuchte sofort wieder professionell zu wirken und fragte die beiden: »Was darf ich euch denn geben? Schwarzwälder Kirsch? Sehr zu empfehlen. Gut mit Kirschgeist getränkt. Ein kleines *Liebesknocherl* vielleicht? Oder soll's was Deftigeres sein? Eine *Schmalznudl* eventuell? Was kann ich euch Gutes tun?«

Josi war von diesem immensen Angebot etwas überfordert und überließ Korbinian die Qual der Wahl.

»Also, dann gibst mir von diesem Liebes...«

Seine Bestellung wurde jäh von einem Windstoß unterbrochen, der den Pavillon zum Erzittern brachte. Alle Anwesenden blickten sich in die Richtung um, aus der die Störung kam und lokalisierten keine meteorologische Absonderlichkeit, nicht Conan den Barbar, sondern den Reiter Benedikt, genannt Beni, Metzgermeister aus Ludwigswies.

Er stürmte mit so einer Wucht in das Cateringzelt, dass er sich schon beim Eingang in den Volants verfing und fürchterlich zu fluchen anfing.

»*Kreizkruzifünferl*! Was is'n des für a *Gepfluder*! Schaut ja aus wia in an Puff!«

Jedermann ahnte, dass Beni wieder gut getankt hatte und man war auf alles, wirklich alles gefasst. Es wurde totenstill.

»Du musst es ja wissen, gell?«, entgegnete ihm Traudl mit resoluter Stimme.

»Und jetzt schaust, dass du Land gewinnst! Entweder du nimmst jetzt einen Kuchen oder beeil dich, dass du weiterkommst!«

Traudl brachte sich schon in Stellung, zückte ihr Handy und den Deckel eines Gusseisentopfes, der eigentlich für die Schmalznudeln bestimmt war, aber mit Sicherheit auch zweckentfremdet werden konnte.

»Ja mei, schau sie an«, lallte ihr Beni entgegen. »Die Super-Duper-Bäuerin aus dem Oberland.«

Er schwankte einen Schritt auf sie zu, um sie einzuschüchtern. Doch das beeindruckte Traudl nicht im Geringsten. Im Gegenteil! Sie kam jetzt hinter dem Kuchenbuffet heraus und stellte sich direkt vor Beni hin.

»Ich sage es dir jetzt noch einmal«, sprach Traudl ganz ruhig zum Metzgermeister ihres Vertrauens. »Nimm deine Schweinshax'n und schleich di', sonst wirst du die Dreifaltigkeit der dörflichen Züchtigung am eigenen Leib erfahren!«

Es war immer noch mucksmäuschenstill. Alle Besucher starrten gebannt auf diesen Komödienstadl und wagten es kaum zu atmen.

»Dass i net lach!«, plärrte Benedikt.

»So, jetzt ist gut, Beni«, mischte sich nun auch Korbinian ein und packte den muskelbepackten Metzger an den Schultern. »Komm, lass uns rausgehen, wir trinken noch einen Kurzen auf diesen Käs' und alles ist wieder gut!«

»Nix ist gut!«, grölte Beni. »Und nimm deine *Pratz'n* von meinem Lux...Luxusbo..body!«

Er stieß Korbinian auf die Seite, was ihm aufgrund seiner Betankung nicht mehr so gelang, wie er es vermutlich vorhatte.

»Mensch, Beni«, meinte Josi. Sie versuchte es nun auf die sanfte Art.

»Schau doch mal, es ist so ein tolles Fest, lauter nette Mädels um dich herum. Hör doch auf mit dem Zirkus. Du würdest es doch voll versauen, wenn du jetzt keine Ruhe gibst.«

Beni stand schwankend vor ihr und versuchte sich auf das zu konzentrieren, was Josi zu ihm sagte. Es fiel im sichtlich schwer. Er hatte schon schweren Seegang und die Koordination der Augen war auch schon unter null Prozent.

Es war immer noch still im Pavillon der süßen Genüsse. Mancher hatte sich schon währenddessen am Buffet bedient, denn jeder wusste, dass dies eine längere Geschichte werden würde.

Beni stand immer noch sehr instabil vor Josi. Josi versuchte es ein weiteres Mal und legte ihre Hände an Benis Oberkörper.

»Bitte Beni, denk doch noch mal nach und geh heim oder *iss* was oder trink... Äh, keine gute Idee! Aber lass uns diesen Zwischenfall jetzt beenden.«

Der Riese stand immer noch wackelig vor ihr und brabbelte vor sich hin: »Ich will doch bloß dich! Du bist einfach die Schönste und die Beste und all die blöden Weiber da draußen mit ihren Krautstampfern und... und! Die sind doch alle deppert!«

So schnell konnte Josi gar nicht schauen, da hatte er sie schon an ihrer Taille gepackt und hob sie hoch, als wäre sie leicht, wie eine Feder. Ein Raunen ging durch die Menge, die Zuschauer vergaßen ihren Kuchen zu essen. Der Spannungsbogen war nicht mehr zu toppen.

»So!«, meinte Traudl kurz und bündig. »Mir wird das jetzt zu blöd!« Sie drehte sich zu Korbinian um.

»Korbinian Schneider, bist du bereit?«

Korbinian schaute Traudl an und verstand. Josi hing immer noch in der Luft. Der Riese hatte Gefallen an seinem kleinen Spielzeug gefunden, verhielt sich aber verhältnismäßig ruhig.

»Mensch!«, japste Josi. »Jetzt macht halt mal was! Wie lange soll ich denn da oben noch bleiben! So toll ist das auch wieder nicht!«

Traudl agierte, rief nur: »Haushaltsleiter!«. Und dann ging alles ganz schnell: die Haushaltsleiter wurde gebracht. Beni stand immer noch und grinste dümmlich mit seiner Beute. Die Leiter wurde aufgestellt, Traudl erklomm sie und nahm besagten Gusseisendeckel und schlug ihn mit angepasster Kraft auf Benis harten Metzgerschädel. Der riss die Augen auf, taumelte, ließ sein Spielzeug fallen, welches gekonnt von Korbinian aufgefangen wurde und der Riese stürzte zu Boden und war besiegt.

Traudl stieg von der Leiter, ging zu Korbinian, und sagte: »Give me five!«

Das Publikum grölte und applaudierte. Endlich konnte Traudl ihr Handy schnappen, um die Bezeichnung MILF zu googeln.

Gefunden!

Traudl wurde rot, steckte schnell ihr Handy weg, schwieg und genoss.

- 8 -

3:30 Uhr. Das konnte doch nicht wahr sein. Zum wiederholten Male schielte Josi auf ihren Wecker, doch die Zeit verging damit auch nicht schneller. Entnervt warf sie den Zeitmesser in den Korbsessel, der an ihrem Bettende stand. Sie ließ sich abermals auf ihr Kissen fallen und starrte die Decke ihres Schlafzimmers an. Die Holzdecke hatte auch schon bessere Tage gesehen, stellte sie fest. Krumm und schief war sie, nichts im Winkel, aber aus massiven Brettern bestand sie. Wenigstens etwas. Während der Sommermonate wurden die Spalten zwischen den Brettern immer breiter und ab und an rieselte undefinierbares, altes Zeug von oben herab. Im Winter wurden die Abstände zwischen dem Holz wieder schmäler; kein Wunder, denn im Winter war es hier oben wirklich saukalt. Es gab keine Heizung im Hauser Anwesen. Kleine Holzöfen sorgten für wohlige Wärme im Schlafzimmer und in der »guten Stube«. In der Küche stand ein großer Wamsler mit Schiffchen und Backrohr.

Josi erinnerte sich, als sie einmal in den Weihnachtsferien ihre Oma besuchen durfte. Der Schnee ging bis an die Fensterbretter im Erdgeschoss und es war schneidend kalt. Es war so kalt, dass Oma gesagt hatte, dass sie bei ihr schlafen sollte. Sie wusste noch, dass sie in der ersten Nacht mit Pudelmütze und Schal ins Bett gegangen waren, denn Oma war der Ansicht, dass es gar nicht so kalt sei und man den Ofen im Schlafzimmer nicht anzumachen brauchte. In der zweiten Nacht hatte Oma dann Erbarmen mit ihrer Enkelin und schürte den kleinen Beistellofen ein, denn das Zähneklappern von Josi und die eiskalten Patschehändchen, die Josi bei ihr aufgewärmt hatte, ließen sie in dieser Nacht nicht so gut schlafen.

3:30 Uhr! Das war auch immer die Zeit, wenn Oma aufstand und schon anfing in der Küche den Ofen anzuschüren, damit es dann zum Frühstück schön warm war.

›Ich stehe nicht um halb vier auf, nur um den Küchenofen mit Holz zu versorgen‹, dachte Josi bei sich und zog sich die Bettdecke bis ans Kinn. Aber umstellen würde sie sich schon müssen. Keine Heizung mehr, die man aufdrehen konnte. Holz hacken, Holz schleppen, Holz...Josi schlug die Augen auf.

›Ich brauche ja noch Holz für den Winter! Wieviel brauche ich denn da? Wer bringt mir das? Wer macht mir das Holz klein?‹

Fragen über Fragen, denen sie sich jetzt überhaupt nicht stellen wollte, aber irgendwann mal müsste, zumal es schon Mitte August war und auf 830 Höhenmetern wird es ab und an auch schon um diese Zeit frisch in Ammerleiten.

›Ich frage heute mal Korbinian‹, kam es Josi in den Sinn. ›Der kennt sich da aus. Ach ja, der Korbinian. Was bin ich froh, dass er gegenüber von mir wohnt und mir beim Einleben in Bayern, respektive in Ammerleiten so gut unter die Arme greift. Was war das gestern für ein schöner Tag mit ihm auf dem Gartenfest in Ludwigswies.‹

Sogar getanzt hatten sie zur späten Stunde noch. Josi lächelte und umarmte ihr dickes, schweres Daunenbett. Einzig das mit Zenzi und ihrer Geheimniskrämerei bereitete ihr ein klein wenig Unbehagen.

›Was hatte sie uns heute zu sagen?‹

Walli war aus allen Wolken gefallen, als sie es ihr erzählt hatte.

Sogar Traudl war sprachlos, als sie von den Neuigkeiten erfuhr. Josi schob ihre trüben Gedanken beiseite, versuchte es zumindest.

Sie drehte sich auf die Seite und lauschte dem leichten Schnarchen von Waggi, der neben ihrem Bett am Boden auf dem Schafsfell lag.

Sie war schon fast wieder im Lummerland, da hörte sie etwas knurren. Josi musste sich erst einmal zurechtfinden und die Geräuschquelle lokalisieren, die sie da weckte. Schon wieder ein Knurren, dieses Mal etwas lauter. Josi schnellte hoch und suchte den Lichtschalter.

Die Funzel, die sich Licht nannte, machte nicht hell, sondern eher dunkel. Das war auch gut so. Aufzuwachen und sofort die Sonnenbrille aufsetzen zu müssen, das brauchte sie in aller Herrgottsfrühe wirklich noch nicht. Sie sah die Umrisse ihrer Kommode auf der linken Seite und drehte sich nun zur anderen Seite um. Nun konnte sie das Knurren auch zuordnen. Waggi stand vor der verschlossenen Schlafzimmertüre und knurrte diese an.

»Aus, Waggi!«, befahl Josi ihrem bayrischen Wachhund. Waggi maulte kurz nach.

»Aus, habe ich gesagt, mein Freund!«. Josis Ton war nun etwas energischer. Waggi drehte sich zu seinem Frauchen um, bellte kurz und legte sich wieder auf seine Schlafstätte.

»Du Hund, du«, meinte Josi zu ihrem Beschützer und drehte sich wieder um. Plötzlich hörte sie etwas poltern. Josi schoss in die Senkrechte und Waggi konnte nun auch nicht mehr an sich halten, seinen Jagd- und Beschützerinstinkt zu unterdrücken. Er bellte lauthals die Schlafzimmertüre an und versuchte sie mit seinen Pfoten zu öffnen.

Mit einem lauten Schnaufer warf Josi entnervt ihre Bettdecke auf die Seite, schlüpfte in ihre Wollsocken und bewaffnete sich mit einem Regenschirm, der in der Ecke stand.

›Regenschirm? Was tut der denn im Schlafzimmer?‹, fragte sich Josi und hob verwundert die rechte Augenbraue. Sie schlich zur Türe und öffnete sie leise einen Spalt. Sie versuchte es zumindest, denn Waggi nutzte sofort die Gelegenheit und zwängte sich durch den Spalt der Türe, raste in den Hausgang hinaus und polterte die Treppe hinunter.

›Super‹, dachte sich Josi. ›Der, die, das, was auch immer unten sein Unwesen trieb, war nun gewarnt. Guter Wachhund!‹

Josi nahm den Regenschirm nun etwas fester in ihre Hand und bemerkte, dass Waggi nicht mehr bellte. War ihm etwas geschehen? Die schlimmsten Horrorszenarien schossen ihr durch den noch müden Geist. Kurze Filmsequenzen liefen vor ihrem inneren Auge ab. Hund mit aufgeschlitzter Kehle! Zerfleischte Körper und ein Waggi mit blutverschmiertem Maul! Sie versuchte die bösen Bilder wegzuwischen und schlich die Treppe nach unten.

Da! Wieder ein Geräusch! Es kam aus der Küche! Wie angewurzelt stand sie vor der angelehnten Küchentüre. Wie sollte sie vorgehen? Mit einem Satz in die Küche stürmen, den Regenschirm, wie einen Degen benutzen? Sich reinschleichen und den unerwünschten Gast überraschen und von hinten erlegen? Sie atmete tief durch und entschied sich für die erste Variante. Mit einem heftigen Fußtritt schlug sie die Türe auf, fuchtelte wild mit dem Regenschirm und schrie: »Hände hoch!«

Vier rehbraune Augen starrten sie an.

»Guten Morgen, Töchterlein«, begrüßte sie ihr Vater, der am Küchentisch saß und Waggi auf dem Schoß hatte. Josi ließ erleichtert ihren Regenschirm fallen und entspannte sich.

»Oh Mann, Papa! Hast du mich erschreckt! Was machst du denn um diese Zeit? Senile Bettflucht oder was?«

Tom schaute sie verwundert an.

»Sag mal, hast du vergessen, dass ich heute wieder nach Hamburg fahre? Schaut fast so aus«, meinte Tom zu seiner Tochter und gab Waggi ein weiteres Stück vom übrig gebliebenen Rollmops.

»Uhh«, erwiderte Josi, als sie den Fisch sah. Es schüttelte sie heftig. »Was gibst du denn dem Hund? Der bekommt doch so einen Durst auf das Zeug!«

»Kann sein! Oder auch nicht. Ich wollte nur testen, ob er auch Gene von jenseits des Weißwurstäquators hat. Schaut fast so aus!«

Tom grinste dabei und fütterte Waggi seelenruhig weiter. Der genoss es sichtlich auf dem Schoß zu sitzen und gefüttert zu werden. Josi holte sich unterdessen einen Kaffee und gesellte sich zu den zwei Männern an den Tisch. Sie nahm einen großen Schluck aus Omas alter Kaffeetasse, in der Hoffnung die müden Geister vertreiben zu können.

»Ah«, stöhnte Josi auf, »tut das gut.«

Sie stellte den Kaffee*hafn* (nicht Kaffee*pott*) auf den Tisch und beobachtete das seltsame Frühstück der beiden.

»Wann wolltest du denn fahren, Papa?«

Tom hob seinen Kopf und erwiderte mit vollem Rollmopsmund: »Ich dachte, so um sechs Uhr. Ich muss heute Abend noch ins Restaurant und nach dem Rechten schauen. Und ich weiß nicht, wie der Verkehr heute sein wird. Im Moment ist noch alles grün auf den Autobahnen laut Google Maps.«

Er widmete sich wieder seinem Frühstück, während er Waggi einen Monolog über seine heutigen Pläne hielt. Josi unterbrach ihn.

»Du warst viel zu kurz da, Paps. Es ist so schön, wenn du da bist!« Josi schaute Tom ein wenig traurig an.

»Ach Josina«, antwortete Tom seiner Tochter, »das passt schon so alles. Auf die Dauer würde das nicht gutgehen mit uns beiden. Alt und Jung in greifbarer Nähe. Nee du, das brauche ich nicht.«

Er setzte Waggi auf den Boden, der sich gegen diese Übergriffigkeit sträubte, und holte sich einen Kaffee.

»Wenn dir aber so nach Gesellschaft ist«, meinte Tom zu Josi, »dann kannst du ja deine Mutter einladen. Da ist dir dann bestimmt nicht mehr langweilig.«

Er setzte sich wieder zu Josi an den Tisch und grinste voller Schadenfreude.

»Sicher nicht!« Josi wurde etwas lauter und energischer.

»Mama hin oder her, aber das tu ich mir nicht an!«

»Ach komm«, meinte Tom im versöhnlichen Ton, »denk doch an dein armes Mütterlein!«

»Von wegen arm«, antwortete Josi und genehmigte sich den Rest von Toms Frühstück. »Wir sind einfach zu verschieden, Mama und ich. Und außerdem würde sie nie, nie in so ein Provinznest kommen. Das ist einfach unter ihrer Würde.«

Josi nahm schwungvoll den Teller vom Tisch und stellte ihn in die Spüle.

»Jetzt beruhig dich mal wieder!« Tom stand auf und drückte Josi einen Kuss auf die Stirn. »War doch nur Spaß!«

Er legte seine Hände auf ihre Schultern und meinte: »Was hältst du davon, wenn wir eine Runde durchs Dorf gehen? Ich hätte riesige Lust darauf.«

Josi überlegte kurz und entgegnete: »Das machen wir Paps! Bin gleich soweit.«

Sie löste sich aus Toms Umarmung und sprang die Treppe hinauf, um sich für den Spaziergang fertigzumachen.

Wenn man eine Runde durchs Dorf drehte, dann war das nicht einfach so dahingesagt. Eine Runde in Ammerleiten war wirklich eine Runde. Die verkehrstechnischen Voraussetzungen schauten nämlich folgendermaßen aus: Ammerleiten hatte zwei Zugangsstraßen. Die eine führte hinunter nach Ludwigswies, die andere Straße brachte einen in das nahegelegene Wäldchen, vorbei an dem leerstehenden Gasthof und der schnuckeligen Kapelle, die am Wegesrand stand. Sprach – sollte Ammerleiten in irgendeiner apokalyptischen Zukunft von den österreichischen Nachbarn überrannt werden, dann hatten die unbeugsamen Einwohner dieses bajuwarischen Dorfes immer noch die Möglichkeit nach Ludwigswies abzuhauen – wenn sie denn wollten.

Aber zurück zur Runde. Es gab nur eine Straße in Ammerleiten und die führte einen im Kreis herum. Als Kinder hatten Josi, Korbinian, Emmi und Hubert regelrechte Rennen mit ihren Go-Karts veranstaltet. Vier Runden mussten sie damals immer fahren. Der Gewinner war dann für diesen Tag der Bestimmer über die restlichen drei.

Leider Gottes waren die meiste Zeit Korbinian und Hubert die Gewinner, was für Emmi und Josi dann nicht so toll war. Sie mussten dann mit zum Angeln, was jetzt nicht schlimm gewesen wäre. Hatten die beiden Jungs dann aber etwas an der Angel gehabt, dann war es natürlich die Aufgabe der Mädchen den Fisch auszunehmen und zu braten. Emmi übergab sich mit Regelmäßigkeit dabei, wenn es an das Sezieren der Forelle ging.

Als es wieder einmal so weit war, dass einer der Jungs als Sieger des Go-Kart-Rennens hervorging und abermals zum Angeln gehen wollte, hatten Josi und Emmi gestreikt und sich geweigert, wieder als Pathologe und Koch eingesetzt zu werden. Hätten sie ihr Schicksal doch nur angenommen.

Hubert, der das Rennen gewonnen hatte und schon damals voller Entdeckerdrang war, kam auf die glorreiche Idee, sich kurz vor Mitternacht in der leerstehenden Wirtschaft zu treffen. Die Mission lautete, herauszufinden, ob der bucklige Wastl in der Wirtschaft noch sein Unwesen trieb.

Die Leute erzählten sich, dass der bucklige Wastl vor hundert Jahren Knecht in der Wirtschaft war und von dem damaligen Wirt so drangsaliert wurde, dass er keinen Ausweg mehr wusste, als den grausamen Wirt in der Odelgrube zu ertränken. Wastl kam aber mit seiner Tat nicht klar, wurde wahnsinnig und nahm sich das Leben, indem er sich auch in die besagte Odelgrube stürzte. Seitdem soll der Wastl im Gasthof umhergeistern und einen unsäglichen Geruch verbreiten.

Josi und Emmi wurden beim Aussprechen dieses Vorschlages kreidebleich, stellten sich aber tapfer der Herausforderung.

In dieser Nacht konnten sich die Vier, wie auch immer sie das anstellten, aus den Häusern stehlen und trafen sich vor der Wirtschaft im Ort. Hubert hatte wie immer eine große Klappe, Korbinian zeigte sich von seiner coolen Seite und die Mädels waren still und ängstlich. Was auch immer sich in dieser Nacht zugetragen hatte, die Wahrheit wusste am Ende nur Hubert.

Die glorreichen Vier hatten all ihren Mut aufgebracht und waren in den Gasthof geschlichen. Am Anfang ging alles gut, die jungen Forscher durchstöberten mit ihren Taschenlampen die unteren Räume, als sich auf einmal ein komischer Geruch im Haus breit machte, was den Tatendrang ein wenig bremste. Unverzagt schlichen sie weiter, als auf einmal jemand hinter ihnen lauthals rülpste. Vermuteten sie zumindest.

Die Bande drehte sich erschrocken um – doch da war niemand. Emmi und Josi liefen schreiend nach draußen, Korbinian wollte Hubert dazu überreden auch abzuhauen, doch Hubert wollte partout nicht. Korbinian ging mit schnellen

Schritten Richtung Ausgang brachte die Mädchen nach Hause und stahl sich auch in sein Bett. Hubert jedoch blieb in den alten Gemäuern.

Als sich die Truppe am nächsten Tag wieder traf, erschien Hubert nicht zum Treffen. Auf Nachfragen bei Zenzi meinte diese, dass Hubert im Bett läge und krank sei. Was er habe, wusste sie nicht. Er liege nur im Bett und starre die Decke an. Zwei Tage später war Hubert wieder auf der Höhe und traf sich mit den dreien. Er war wieder ganz der Alte – oder vielleicht auch nicht.

Diese Begebenheit fiel Josi wieder ein, als sie mit ihrem Vater die Runde durchs Dorf drehte. Keinem hatten sie damals was gesagt – geschworen hatten sie es sich. Ob es Korbinian und Emmi noch wussten? Hubert konnten sie nicht fragen. Er ging mit Anfang 20 nach Kanada – sich neu erfinden, wie Zenzi mal sagte. Ob das so stimmte, wusste sie nicht mit Bestimmtheit. Die Kontaktaufnahme zu seiner Mutter war sporadisch.

Josi schob die Gedanken der Vergangenheit weg, als sie am betreffenden Gasthof vorbeikamen. Sie konzentrierte sich auf die erwachende Natur. Die Vögel fingen vorsichtig an zu tschirpen, das dunkle Grau des Himmels verwandelte sich in ein helleres Grau und von Weitem hörte man den Kuckuck rufen. Dunst stieg aus den Wiesen auf und verkündete einen weiteren, schönen Tag im Voralpenland. Sie hakte sich bei ihrem Vater ein und spazierte mit ihm nach Hause. Vorbei an den Burgmeiers und bei Zenzi, die im Bademantel auf ihrer Bank saß und rauchte. Es musste Zenzi sein, denn sehen konnte man sie nicht vor lauter Blumen und Stauden. Man sah nur Rauch aufsteigen, der einen etwas süßlichen Geruch verströmte.

»Guten Morgen Zenzi!«, begrüßte Josi fröhlich ihre Nachbarin als sie an ihrem Haus vorbeikamen.

Zenzi tat erst so, als würde sie nichts hören, erwiderte dann aber doch noch ein kurzes: »Morgen.«

Tom und Josi grinsten sich an und schlenderten Richtung Haus weiter.

»Da fühlte sich wohl einer ertappt oder?«, meinte Tom.

»Oder sie wollte einfach ihre Ruhe und ist ein voller Morgenmuffel«, entgegnete Josi.

Sie machte das Gartentor auf und sah Waggi, der seinen Durst mit Wasser aus der Gießkanne löschte.

»Hab' ich es dir nicht gesagt? Der Hund hat einen Brand!« Josi stemmte ihre Hände in die Hüften und schaute ihren Erzeuger vorwurfsvoll an. Tom schüttelte seinen Kopf und ging auf Waggi zu.

»Ja was ist denn mit dir Waggi? Hast du so einen Durst? Das kann ich jetzt gar nicht verstehen. Magst vielleicht ein Bier?«

Er streichelte Waggi, der mit heraushängender Zunge Männchen machte. Josi ging ins Haus und rief lachend: »Sechs Uhr ist es gleich! Zeit zu fahren!«

Die Verabschiedung war dieses Mal nicht so herzzerreißend wie der letzte Abschied in Hamburg. Tom wusste seine Tochter gut aufgehoben und Josi war sich sicher, dass ihr Paps spätestens Weihnachten wieder hier sein würde. Sie umarmten sich herzlich und winkten sich noch zu, bis Tom schließlich um die Ecke gebogen war.

Josi ging ins Haus, setzte sich an den Küchentisch und trank den Rest ihres kalten Kaffees. Jetzt hatte sie das Haus wieder für sich.

›Ein komisches Gefühl‹, ging ihr so durch den Kopf. Aber sie fühlte sich wohl mit diesem Gedanken. Sie empfand Geborgenheit, wenn sie an das Haus ihrer Oma dachte. Auch das

Dorf vermittelte ihr ein Zugehörigkeitsgefühl. Traudl hin, Traudl her. Sie meinte es ja nicht böse, wenn sie mal wieder ihre schnippische Ader hervorholte. Und gestern auf dem Gartenfest, da konnte sie Traudl von ihrer anderen Seite kennenlernen. Wie hatte die den Beni zu Fall gebracht. Alle Achtung Frau Huber!

Apropos Frau Huber und Dorf... Fast hätte Josi vergessen, dass heute Abend außergewöhnlicher Stammtisch war. Zenzi hatte ja darum gebeten, dass sich die Damen des Dorfes außer der Reihe trafen. Ein Montagsstammtisch also. Gähnend räumte sie das Geschirr in die Spüle und machte sich müde über den Abwasch her. Sie stellte die Teller und Tassen in den Geschirrkorb, legte ein Tuch darüber und war der Meinung, dass so ein Stündchen Schlaf nicht schaden konnte.

Sie schleppte sich die Treppe hinauf, Waggi musste sie natürlich überholen. Fast wäre sie über den verrückten Dackel gestolpert. Oben angekommen plumpste sie hundemüde ins Bett und schlief sofort ein.

Eine WhatsApp holte sie aus ihren süßesten Träumen: »Noch 200 km, alles läuft gut, :) Paps!«

Sie zwickte ihre Augen zusammen und schaute auf die Uhr des Handys. 14:00 Uhr konnte sie mit Müh und Not ablesen. Gnatterig ließ Josi ihr Handy ins Bett fallen. Sie fühlte sich unausgeruhter als vorher. Sie ließ ihren Kopf nach rechts fallen und suchte Waggi. Der hatte sich schon aus dem Staub gemacht.

›Wahrscheinlich hängt sein Kopf schon im Löschteich vor lauter Brand.‹ Josi erhob sich ziemlich lustlos aus ihren Federn und öffnete die Vorhänge.

Es wurde deswegen aber auch nicht heller. Der Blick aus dem Fenster versprach nichts Gutes. Dicke, dunkle Gewitterwolken schoben sich über die Berge und warteten nur darauf die mitgebrachte Ladung Regen in Ammerleiten fallen zu lassen. Der Wind schoss in kurzen, harten Böen durch das Dorf und ließ den Birnbaum vor ihrem Fenster gefährlich wackeln. Dann blitzte es dermaßen hell, dass Josi kurz die Augen zudrückte. Der Donner folgte sofort. Es krachte mit einer Vehemenz, die Josi so nicht erwartet hatte. Sie hatte solch ein Gewitter schon als Kind erlebt, als sie zu Besuch bei ihrer Oma war, aber sie konnte sich nicht mehr genau daran erinnern. Verdrängungstaktik nennt man so was.

Schlecht gelaunt ging Josi ins Bad und schmiss sich in Jeans und T-Shirt. Der nächste Blitz, der nächste Donner folgten und nun hörte sie es auch schon an die Fenster klatschen. Dicke, fette Regentropfen knallten an die alten, zweiflügligen Fenster. Sie schaute sich den Spektakel genauer an und sah mehrere Personen auf der Straße, die mit all ihrer Kraft versuchten, eine wildgewordene Rinderherde in den Griff zu bekommen.

›Oh mein Gott! Das sind ja Korbinian und Traudl.‹ Josi erkannte Traudl nur an ihrem neonfarbenen Outfit.

Die Kapuzen waren weit ins Gesicht gezogen. Drei weitere Gestalten gaben alles, um die Kühe zu beruhigen und in ihren Stall zu treiben. Josi sprang auf, schnappte sich die Gummistiefel ihrer Oma, ihren alten Parka und den olivfarbenen Schlapphut und stürmte zur Tür. Ein Blitz ließ sie zur Salzsäule erstarren. Sie hielt sich die Ohren zu, um den Knall des Donners zu dämmen.

Sie schrie: »Wartet, ich helfe euch!«

Ein vermummter Kopf drehte sich in ihre Richtung. Es war Walli.

»Schnell Mädel, schnapp dir einen Stecken! Die Viecher sind ja alle durchgedreht!«

»Wo müssen sie denn hin?«, brüllte Josi in Wallis Richtung.

»Zum Schmied rauf!«, schrie Walli zurück.

»Hä?«, erwiderte Josi. »Die kenn ich gar nicht!«

»Dummerle, zum Huber halt rauf! Jetzt komm weiter! Das da was geht!«

Die beiden versuchten die eine wildgewordene linke Flanke der Tiere zu bewältigen, indes Traudl und Korbinian von rechts ihr Bestes versuchten. Dazwischen waren noch Emmi und Zenzi am Werk, die Unterstützung von Vitus und Xaver hatten. Voran wurde Ignaz ganzer Einsatz abverlangt. Mal ging es fünf Meter vor, dann war eine Kuh wieder nicht willens und drehte in die verkehrte Richtung. Dann wieder sprangen sie mit einem Tempo in die richtige Richtung, nur um gleich wieder in Richtung Wald Reißaus zu nehmen.

Jedem lief das Wasser vom Kragen bis in die Gummistiefel, was eigentlich auch schon Wurst war, denn die verrückten Kühe brachten einen dermaßen zum Schwitzen, dass es gerade egal war, wodurch man nass wurde.

Zu guter Letzt waren die Rinder endlich im heimischen Stall gelandet und alle standen im Stadl von Ignaz und Traudl und verschnauften. Der Regen hatte nachgelassen und die Sonne blitzte durch die abziehenden Wolken. Die Wiesen dampften, so wie die Cowgirls und Cowboys auf der Huberranch.

»Mi leckst am Arsch«, meinte Ignaz, »die verrückten Viecher.« Er schob seinen Lodenhut aus der Stirn und schaute in die Runde.

»Danke, Leit' für eure Hilfe! Super g'macht! Echt pfundig von euch.«

Man konnte seine Erleichterung sichtlich spüren.

Abwechselnd und doch im Chor meinte jeder: »Des passt

scho« – »Gern geschehen« – »Sowieso« – »Ja mei« – »Ist doch klar« usw...

Der Bayer an sich ist halt kein Schwafler. Kurze, knackige Worte, die alles oder auch nichts ausdrücken. So funktioniert die bayrische Sprache.

Währenddessen hatte Traudl ein Tablett mit verschiedenen Schnäpsen und Likören gebracht, die dankbar angenommen und sogleich konsumiert wurden. Die Frauen hatten sich ihrer Regenklamotten schon entledigt und machten es sich auf den Strohballen gemütlich.

»Traudl, der Schnaps ist genial«, meinte Emmi zu ihr und trank ihr Glas auf ex. Die Haare hingen ihr wirr ins Gesicht und die Wangen leuchteten in einem satten Rot.

»Selbst Angesetzter«, entgegnete Traudl. Sie fuhr sich mit der Hand durch ihre Haare, die einmal eine Frisur waren und versuchte, etwas Ordnung hineinzubekommen.

»Nimm dir noch einen! Ihr anderen auch.« Sie schaute in die Mädelsrunde und hob ihr Glas: »Danke, Frauen von Ammerleiten für eure Hilfe!«

Und wieder klang es abwechselnd und wie im Chor: »Mei logisch« – »Klaro« – »Ois guat« – »Immer wieder«...

Auch der weiblichen Bayer neigt manchmal dazu, nicht zu schwafeln

Der Weiberstammtisch prostete sich zu und trank seine Gläser auf ex.

»Ich hab' euch was zu sagen!« Zenzi wackelte unruhig auf ihrem Strohballen umher. »Warum bis Abend warten. Ich sage es euch gleich, was mit mir los ist.«

Alle schauten Zenzi voller Erwartung und Überraschung an.

»Ich hab' da was in meinem Busen! Der Doktor weiß noch nichts Genaues, aber weg muss es. Und zwar bald!«

Da war es raus. Zenzi schaute verlegen in die Runde. Alle schauten sie betroffen an. Emmi bekam feuchte Augen, auch Walli und Traudl mussten ihren Kloß herunterschlucken. Josi kaute auf ihrer Unterlippe und hatte als Erste die Sprache wiedergefunden.

»Und wann musst du operiert werden?«

Zenzi schaute Josi mit traurigen Augen an und nuschelte: »Übernächste Woche Mittwoch soll ich ins Krankenhaus kommen. Dann wird das da herausgemacht.«

Sie legte ihre Hand auf die linke Brust und knetete an ihr herum. Alle saßen ziemlich berührt auf ihren Ballen und wussten nicht, wie sie reagieren sollten. Walli war die Erste, die aufsprang und zu Zenzi ging.

»Komm her, Zenzi!« Sie streckte ihre Arme Richtung Zenzi aus, die darauf aufstand und zu Walli ging.

Walli umarmte ihre Nachbarin und drückte die zierliche Frau an ihr großes Herz. Zenzi verschwand fast in dem stämmigen Körper ihrer Nachbarin und Freundin.

»Jetzt langt's«, murmelte Zenzi in Wallis T-Shirt und versuchte sich aus der Umarmung zu befreien. So viel Nähe kannte Zenzi nicht und es war ihr offenbar unangenehm im Mittelpunkt zu stehen. Walli lockerte die Umarmung, drückte sie erneut kurz an sich und ließ sie dann endlich los.

»Können wir dir irgendetwas Gutes tun?«, vergewisserte sich Emmi aus dem Hintergrund. Sie lag auf einem Strohballen und hielt sich den Bauch. Ihr Gesicht war nun nicht mehr rosig, sondern fahl und blass.

»Was ist denn mit dir los?«, wollte Traudl wissen. »Du schaust aus, wie die Haut auf meiner heißen Milch, so käsig!«

Emmi starrte Traudl mit großen Augen an, hielt sich mit der einen Hand den Bauch, mit der anderen den Mund zu und stürmte in einem Affenzahn nach draußen.

»Was hat denn die?«, wunderte sich Walli. »Verträgt die keinen Schnaps mehr?«

Keine wusste etwas, Ahnungen hatte bestimmt eine Jede, doch ausgesprochen hatte es niemand.

»Aber die Frage von Emmi war noch nicht beantwortet«, meinte Josi zu Zenzi.

»Was und wie können wir dir helfen?«

Die ganze Gruppe schaute Zenzi fragend an. Zenzi blickte zurück, druckste herum, überlegte kurz und sagte dann langsam: »Also... da tät es schon etwas geben, was mir gefallen würde.«

Schweigen. Noch längeres Schweigen. Jeder in der Runde schaute Zenzi nochmals an, als würde das helfen, dass Zenzi endlich ausspuckte, was ihr sehnlichster Wunsch wäre.

»Ja, und?«, warf Traudl ein und beendete das lange Schweigen.

Zenzi suchte nach Worten, was etwas dauerte und meinte dann schließlich: »Ich war vor 35 Jahren in Italien. Ihr wisst schon. Damals zum Arbeiten auf einem Campingplatz. Und da war es sehr schön. Und wenn ich das nochmal sehen könnt', das wäre toll!«

Jetzt war es raus. Alle schnauften erleichtert aus.

Italien – Campingplatz – Pizza – Gelati!!!

»Ja, dann fahren wir halt da hin, Zenzi«, beschloss Josi. »Wir nehmen meinen Bus, packen die Sachen und auf geht's!«

Alle schauten sie verwundert an. Italien – einfach so. Und sofort. Und *überhaupts*.

»Was schaut ihr denn alle so, als hättet ihr die Jungfrau Maria gesehen?« Emmi war wieder in Erscheinung getreten.

»Na, geht's wieder?« Josi ging auf Emmi zu und nahm sie in den Arm.

»Ja mei, passt schon wieder. Du Traudl, ich habe gerade deinen Kompost gefüttert. Nix für unguat.«

Traudl drehte sich blitzschnell um. »Du willst mir jetzt nicht sagen, dass du auf meinen Kompost gespieb'n hast oder?« Traudl war sichtbar erregt.

»Ich...«, wollte Emmi sagen, da sprach eine sonore Stimme von hinten.

»Na ihr Mädels, was tuschelt ihr denn so umeinander?«

Ignaz stand mit einer Halben Bier da und war doch ziemlich neugierig.

»Das geht dich gar nichts an!«, fauchte ihn Traudl an. Alle blickten erstaunt zu der erzürnten Ehefrau von Ignaz Huber.

»Aber Traudl, ich wollt doch nur...«

»Nix wolltest du, du neugierig's Mannsbild! Und jetzt *verzupf di*!«

Ignaz schaute ziemlich irritiert, wusste aber, dass es jetzt besser war, die Flucht zu ergreifen. Er prostete allen mit seiner Halben Bier zu und machte sich von dannen.

»Wir fragen dich jetzt nicht, was los ist, gell Traudl?«, stichelte Walli.

»Besser ist es«, knurrte Traudl. »Ich bin dabei! Wann geht's los?«

»Was geht los?« Emmi stand das große Fragezeichen ins Gesicht geschrieben. Die Stammtischgruppe erzählte Emmi was sie vorhatten und wie sie es bewerkstelligen wollten, so eine große Reise zu machen.

»Ok«, stellte Josi nach einer geraumen Weile fest, als sie all die Pros und Contras abgewogen hatten.

»Dann machen wir das so, wie gerade besprochen.«

»Ja«, murmelten sie leise, um ja keine Aufmerksamkeit auf sich zu ziehen.

Und eines war jetzt schon sonnenklar: Jede der Damen hatte

so ihre Probleme daheim, keinen Bock im Moment auf Familie, Ehemann, Kind, Hund und Katz.

Emmi heulte und beichtete, dass ihr Sepp es nicht lassen konnte der polnischen Aushilfe nachzustellen, Walli war mehr als angekotzt über das esoterische und weichspülerhafte Getue ihres Xavers, Traudl hatte den Verdacht, dass Ignaz ein französisches *Gspusi* hatte. Bis auf Josi, die gerade angekommen war, wollte jede von ihnen weg, weg, weg.

Und das heimlich! In einer Nacht-und Nebelaktion!

Abfahrt: Mittwoch, 26. August 2020
Treffpunkt: bei der Hauserin – 6:00 Uhr
Ort: Camping Pesce Grasso in Cavallino
Ziel: ein Maximum an Spaß und tanto vino

- 9 -

Eine Woche konnte ja so lang sein oder auch so kurz. Achtmal noch Schlafen. Sechzehnmal noch Stallarbeit machen. Einen Stammtisch noch bis zur Abreise. Drei *Bulldogs* und einen Kreisler reparieren, sieben Mal den Käseladen aufsperren. Dazwischen noch das Köfferchen unbemerkt packen, versuchen, sich nicht verdächtig zu benehmen, unauffällig bleiben.

Nachdem sie beschlossen hatten, Zenzis Herzenswunsch zu erfüllen und nach Italien zu fahren, trennten sie sich und gingen nach Hause. Es wurde vereinbart, dass jeder daheim mal schauen sollte, was so an Campingausrüstung vorhanden war.

Gleich am nächsten Tag nutzte Emmi die Abwesenheit von Sepp und ging in den Keller hinunter, um nach etwas Brauchbarem für die bevorstehende Reise zu suchen. Sie machte das Kellerlicht an und ging die schmale Holztreppe hinunter. Es grauste ihr immer wieder, dort hinunterzugehen. Ihre Mutter hatte sie einmal in den Keller gesperrt. Emmi wusste gar nicht mehr warum. Aber dieses Erlebnis, in diesem modrigen, alten Gemäuer zu sitzen und zu warten, dass endlich die Türe wieder aufgesperrt wurde, stellte ihr auch heute noch sämtliche Nackenhaare auf. Sie mied den Keller, wo sie nur konnte. Sie öffnete die alte Holztür und machte das Licht an. Ein Sammelsurium längst vergessener Dinge empfing sie. Ein alter Röhrenfernseher, Weinballone, eingewecktes Obst. Sie nahm eines dieser Gläser mit undefinierbarem Inhalt und las in altdeutscher Schrift: Zwetschgen, September 1978.

»Pfui Deifel!«, entfuhr es ihr. Schnell stellte sie das Glas in das alte Holzregal zurück. Ihr wurde flau bei dem Gedanken, wie es wohl riechen würde, wenn sie das Glas öffnete.

»Also hier ist nix«, murmelte sie vor sich hin. Sie schloss die Türe und ging in den nächsten Kellerraum der gleich daneben lag. Hier musste, sie hoffte es, der alte Gaskocher sein, den Sepp irgendwann mal nach Hause gebracht hatte. In diesem Verschlag schaute es auch nicht besser aus. Außer, dass die Sachen, die kreuz und quer im Keller standen oder lagen, neueren Datums waren. Die Skier von Sepp und ihr, der alte Kinderhochstuhl, Spielsachen, die nicht mehr gebraucht wurden. Sie schob die alten Bauklötze auf die Seite, um nach dem Kocher zu suchen und entdeckte ihre alte Puppe. Die Haare, einst blond und lockig gewesen, waren jetzt staubig und zerzaust. Das Kleidchen war von Mäusen zerfressen und mehr braun als rosa. Wehmütig nahm sie ihre »Vevi« hoch, strich ihr über das zottelige Etwas, was sich noch auf dem Puppenkopf befand und setzte sie ordentlich ins Regal. Emmi suchte weiter. Durchwühlte modrige Kartons und wurde endlich fündig. Schnell machte sie die Türe hinter sich zu und lief die Kellertreppe hoch. Sie ging in die Tenne hinaus, legte den Kocher zu dem Campingstuhl, den sie noch gefunden hatte, legte eine Decke darüber und überlegte.

›Und wie geht's jetzt weiter?‹

Denn alles, was zu gebrauchen war, sollte unbemerkt bei Josi abgegeben werden. Was jetzt nicht so leicht war.

Nein! Es war unbändig schwer und fast nicht realisierbar.

Wie zum Kuckuck nochmal sollten Luftmatratzen, Campingstühle, ein Zelt so durchs Dorf transportiert werden, dass es nicht auffiel. Wir reden hier nämlich von ca. 500 Metern, was der Entfernung zwischen Emmi und Josi entsprach, die am weitesten auseinander wohnten. Und das war eine verdammt lange Strecke für einen Transport von Gegenständen, die nicht der DIN-Norm von Gerätschaften eines typischen Dorfes im Alpenvorland entsprachen. Aber es war nicht unmöglich. Menschen und besonders Frauen, die sich etwas in den Kopf gesetzt hatten und etwas unbedingt haben wollten, entwickelten einen Erfindungsgeist, eine Kreativität, dass es bloß noch so staubte. Es musste eine fahrbare Gerätschaft her, die leise und leicht zu bedienen war. Großes Transportvolumen besaß und das Wichtigste, der DIN-Norm von Ammerleiten entsprach. Da gab es nur eines: Die gute alte Schubkarre.

Emmi holte das besagte Transportmittel, legte ihre gefundenen Sachen hinein und wollte schon die Decke darüberlegen.

»Des goht it«, sprach sie zu sich selbst. »Des fällt ja voll auf, wenn ich es zudecke.«

Aufgeregt ging sie hin und her und grübelte. Endlich hatte sie die zündende Idee. Sie legte nun doch die Decke über den Inhalt der Schubkarre, fuhr mit ihrem Transportfahrzeug vor ihren Laden, lief schnell hinein und kam mit einem riesigen Laib Käse wieder heraus. Vorsichtig legte sie ihn in die Schubkarre und fuhr los. Als sie an der Abzweigung zu Traudls Hof vorbeikam, sah sie schon von Weitem, dass Traudl die gleiche Idee hatte. Sie schob ihre lila Schubkarre den Kiesweg herunter und hatte diese mit etwas Grünem und Großem beladen. Immer wieder blickte sie nach links oder rechts, um die Lage zu peilen und den Weg nicht zu verfehlen. Emmi wartete, bis Traudl bei ihr war.

»Du hast die gleiche Idee g'habt«, lächelte Emmi.

Als Traudl den fahrenden Käseladen erblickte, traute sie zuerst ihren Augen nicht. ›Wie kann man nur so deppert sein und seinen Käs' spazieren fahren?‹, dachte sie sich und versuchte ihre Gedanken nicht auszusprechen.

»Servus Emmi. Du hast ja eine kuriose Tarnung für deine Campingsachen.«

Emmi schaute etwas verwirrt. Sie fand ihre Idee nämlich *saugut*.

»Findest du? Ich dacht', das passt doch. Käseladen – Käse – Josi zeigen – und wieder heim mit dem Käs'.«

Traudl rieb sich das Kinn. »Des heißt also, dass du der Josi den Käs' zeigst, quasi als ... als! Tut mir leid, mir fällt dazu nichts mehr ein.«

»Macht nix. Ich hoff', mich sieht keiner. Ich wüsste nämlich auch nicht, was ich erzählen sollte. Und du? Bringst ihr zwei Tomatenstauden? Gute Idee.«

Traudl nickte zustimmend.

»Ich dacht' mir, da sie ja noch keine hat, passt des ganz gut als Tarnung für die Schlafsäcke, die ich drunter versteckt hab'.«

Sie schüttelte unschlüssig den Kopf.

»Was sollst denn sonst da durchs Dorf kutschieren. Mei is' des a *Kreiz*, wenn alles so still und leise gehen muss.«

»Des stimmt wohl. Eine Heimlichtuerei vom Feinsten.« Emmi kicherte.

»Dann lass uns mal zur Hauserin fahren und unser Campingg*'lump* abladen.«

Die beiden nahmen ihre Schubkarren in die Hand und dackelten los Richtung südwestliches Dorfende. Bis auf die »Münchner«, die noch depperter schauten als sonst, als sie Emmi und Traudl erblickten, konnten sie ihre Schubkarrenfahrt ohne weitere Vorkommnisse durchführen. Sie fuhren mit ihrem Vehikel direkt vor Josis Tür.

»Hauserin!«, schrie Traudl. »Wir hätten da was!«

»Huhu Josi! Wo bist du denn?«

Emmi hatte die Haustüre geöffnet und rief nach ihr. Keine Antwort. Kein Geräusch.

»Wo treibt sie sich denn wieder rum? Auto steht da, Radl auch.«

Emmi ging zum Gartentor und versuchte es nochmal und rief nach ihrer Freundin.

Endlich rührte sich was. Beim Nachbarn. Bei Korbinian. Traudl und Emmi zuckten zusammen. Würde ihr Geheimnis jetzt gelüftet werden? Die Haustüre ging auf und Josi und Korbinian kamen heraus.

»Hab' ich's mir doch gedacht«, murmelte Traudl. »Geiß und Geißbock!«

»Griaß di, Josi!«, lächelte Emmi gekünstelt. »Äh, ich wollte dir doch meinen Käs', äh... zeigen.«

Josi schaute verdutzt, kapierte aber sofort, was Emmi damit bezweckte und erwiderte: »Der Korbinian weiß Bescheid. Er muss ja auf den Waggi und die Rosa aufpassen, wenn wir nicht da sind. Also Entwarnung!«

Traudl schnaufte durch.

»Gott sei Dank! Das wär's noch gewesen. Wo sollen wir die Sachen hinstellen?«

»Bringt es einfach in die Tenne. Da kommt keiner hin.«

Josi ging mit ihnen und Korbinian zur Tenne, öffnete das große Schiebetor und zeigte den beiden, wo sie die »gefährliche Ware« ablegen konnten. Schnell zog sie das Tor wieder hinter sich zu.

»Walli und Zenzi waren anscheinend auch schon aktiv«, stellte Traudl fest, als sie ein Zelt, Tisch und Campingstühle erblickte.

»Zenzi hat die Stühle und den Tisch gebracht, das Zelt ist von Korbinian.«

»Dann bist du ja jetzt auch so was wie ein konspiratives Mitglied oder?«, fragte Traudl ihn und schmunzelte. »Dass das aber auch so bleibt, gell?«

»Das kannst wohl annehmen, Traudl. Ich freu mich jetzt schon auf die dummen Gesichter von euren Strohwitwern, wenn sie feststellen, dass ihr nicht mehr da seid.«

Plötzlich öffnete sich das Tor der Tenne. Schnell stellten sie sich in einer Reihe vor die gesammelten Sachen und schauten gebannt auf das Scheunentor. Ein blonder Schopf lugte herein. Zum Glück! Es war Walli.

»Mein Blutdruck!«, schnaufte Traudl und griff sich ans Herz. »Ham mir ein Glück, dass es bloß du bist.«

»Danke Traudl für die nette Begrüßung. Das merk ich mir.«

»Jetzt komm', du weißt schon, wie ich's mein. Mir wär' fast das Herz in die Hos'n g'rutscht.«

»Mir aber auch«, stimmte ihr Emmi zu. »Ich hab' gedacht, ich krieg Hitzewallungen so heiß wurde mir auf einmal.«

Walli musste laut lachen. »Du und Hitzewallungen. Du junger *Hupfer.*«

Sie schob das Tor etwas weiter auf die Seite und kam, wie schon erwartet, auch mit einem Schubkarren herein.

Mit lautem Gelächter wurde Walli hereingebeten, um ihre Beute abzulegen.

»Was ist jetzt da so lustig, wenn ich mit meinem Schubkarren herein komm? Das war die einzige Möglichkeit die Yogamatten vom Xaver zu transportieren. Das muss ich jetzt net verstehen oder?«

Sie lachten weiter und zeigten nur auf den Fuhrpark von Schubkarren, der neben ihnen stand.

Walli verstand und lachte mit.

»Da will man einmal im Leben vorsichtig sein und alles richtig machen und dann so was. Ist bestimmt nicht aufgefallen, wenn wir alle mit dem Schubkarren durchs Dorf gekarrt sind.«

»Ist es auch nicht. Bloß die Münchner ham's gesehen. Aber das ist wurscht. Die nehm' ich eh nicht für voll.«

»Traudl, Traudl«, schalt sie Emmi. »Aber ich muss dir recht geben. Ganz rund laufen die net. Ich mein, sie lassen ordentlich Geld bei mir im Laden. Aber wenn du die hören könntest…«

Emmi war jetzt voll in ihrem Element. »Ach Frau Gschwend«, äffte sie die Münchner nach, »vorzüglich ihr Käse. Und ihr Laden. So bodenständig und urig.«

Emmi verdrehte die Augen. »Ich bin froh, wenn die wieder draußen sind. Das könnt ihr mir glauben.«

»Ja, ja«, warf Josi ein. »Immer die *Zuagroasten*!« Sie grinste dabei. »Nur Ärger und Verdruss mit dieser Bagage.«

»Gibt ja auch Ausnahmen, gell?«, fragte Walli in die Runde. Sie bejahten es alle. Wirklich alle.

»Gott sei Dank!«, entgegnete Korbinian und zog Josi zu sich her.

»Dann machen wir uns wieder auf'n Weg oder?« Traudl war schon an ihrer Schubkarre und schob sie in Richtung Ausgang. »Nicht, dass es doch noch auffällt.«

Sie drehte sich zu Emmi um. »Komm, auf geht's. Den Rest besprechen wir dann am Freitag beim Stammtisch. Also, *macht's es guat*!«

Emmi wackelte mit ihrer Schubkarre und ihrem Käse hinterher. Walli schaute etwas verwundert, als sie den Käse im Schubkarren erblickte.

»Das erzähl ich dir dann am Freitag«, ließ Emmi sie wissen.

Endlich war es Freitag. Stammtischzeit! Feierabend! Wochenende!

Walli öffnete die Türe ihrer Werkstatt. Schwül-heiße Luft kam ihr entgegen. Sie schaute auf das Thermometer, das neben der Türe hing. Es zeigte 29 Grad. Die richtige Einstimmung für Italien fand Walli und ging schnellen Schrittes Richtung

Haus. Es war schon 19:30 Uhr. Höchste Zeit, sich für den Stammtisch fertigzumachen. Sie warf ihre Kleidung in den Wäschekorb und stellte sich unter die lauwarme Dusche.

»Walli?«, hörte sie Xaver nach ihr rufen.

»Bin beim Duschen. Was gibt's?«

»Hast du meine Yogamatten gesehen? Ich find sie nicht mehr.«

»Das ist doch jetzt nicht dein Ernst«, brummelte Walli vor sich hin. »Hundert Jahre hat er den Schmarrn nicht gebraucht. Warum gerade jetzt?«

»Was hast du gesagt?«, fragte sie nach. »Ich hör nix wegen der Dusche! Bin aber gleich fertig.«

Sie drehte das Wasser zu, nahm sich ein Handtuch und wickelte es sich herum. Fuhr sich noch schnell mit den Fingern durch die nassen Haare, warf einen kurzen Blick in den Spiegel, und ging in die Küche.

»Was hast du g'sagt?«, fragte sie scheinheilig nach, als sie ihren Mann in der Küche antraf.

»Ich find meine Yogamatten nicht mehr. Du weißt schon, die ich mir damals gekauft habe, als ich den Yogakurs angeboten hatte.«

Walli konnte sich mehr als gut an diesen sogenannten Yogakurs erinnern. Gruppenkuscheln wäre der passendere Ausdruck für diese Veranstaltung gewesen.

»Keine Ahnung, wo die sind. Sind sie nicht im Keller bei dem anderen Zeug's von dir?«

»Sind sie nicht.«

»Für was hättest denn du sie gebraucht? Wolltest wieder so einen Kurs anbieten oder was hast vorgehabt.«

Walli schaute gestresst auf die Uhr.

»Mir pressiert's Xaver. Stammtisch!«

»Kein Kurs. Ich wollte der Josi ein paar Yogaübungen zeigen und da hätte ich halt wenigstens zwei Matten gebraucht.«

Xavers Stimme klang ein wenig niedergeschlagen.

»Dann kauf dir halt zwei neue. I muss jetzt, Xaver, pfiat' di.«

Walli drehte sich schnell um und ging ins Schlafzimmer und zog sich an. Im Hintergrund hörte sie ihren Mann noch herumjammern. Aber das war ihr egal. Sie schlupfte in ihre Birkenstock, warf die Tür hinter sich zu und ging zu ihrer Nachbarin, um sie zum Stammtisch abzuholen.

Die Luft war immer noch brütend heiß. Ein leichter Wind war aufgekommen, der aber nicht die ersehnte Kühle brachte. Als sie bei Josi ankam, war Walli schweißgebadet. Josi war in der Küche und gab Waggi noch etwas zu Fressen.

»Was ist das bloß für ein komisches Wetter. Mir läuft von den hundert Metern zu dir schon wieder die Soße den Buckel hinunter.«

Sie hob ihr T-Shirt und putzte sich damit die Stirn ab.

»Frag' mich net. Ich bin heute nicht viel rausgegangen. Das hält man im Moment nur im Haus aus.«

Josi streichelte Waggi, dem es auch mehr als warm war. Sein langer *Schlabberlappen* hing ihm aus dem Mund und er hechelte.

»Bist du dann soweit?«

»Ja, bin fertig. Lass uns runtergehen.«

Auf dem Weg zum Feuerwehrhaus erzählte Walli ihr das Vorkommnis, dass Xaver seine Yogamatten vermisste und für was er sie gebraucht hätte.

»Oh nein!«, kam es Josi über die Lippen. »Nix gegen deinen Xaver, aber Yoga will ich jetzt nicht mit ihm machen.«

»Kann ich verstehen. Meins ist es auch nicht, obwohl ihn die Teilnehmer seines Kurses in den Himmel gelobt haben. Jeder wie er mag.«

Sie waren am Feuerwehrhaus angekommen. Dunkle Wolken waren inzwischen aufgezogen und ein Grollen war von Weitem zu hören.

»Das kracht heute noch sauber«, stellte Walli fest.

»Solange es bei uns heut Abend nicht kracht, ist alles gut. Komm, lass uns reingehen.«

»Da seid ihr ja endlich!«, wurden sie von Traudl begrüßt.

»Ging net schneller. Der Xaver hat seine Turnmatten gesucht, die ja jetzt bei der Hauserin im Stadl liegen.«

»Was braucht er jetzt seine Matten? Gerade jetzt, wo wir sie brauchen?« Zenzi schüttelte den Kopf.

»Net so wichtig«, entgegnete Walli. »Lass uns lieber über unseren Urlaub sprechen. Aber zuerst brauch ich noch was zum Trinken. Eine Affenhitz' ist das!«

Sie holte sich hinter der Theke ein Helles und eine Zitronenlimo, nahm einen Masskrug und mischte sich ein Radler. Noch auf dem Weg zum Tisch setzte sie die Mass an und trank die Hälfte aus.

Sie stellte den Krug auf den Tisch und setzte sich zu Traudl, die in weiser Voraussicht schon ein Geschirrtuch bei sich liegen hatte, was sie aber heute nicht brauchte.

»Ham wir jetzt schon alles zusammen für den Urlaub?«, fragte Emmi in die Runde.

»Mit den Matten von Walli sollten wir jetzt alles haben«, antwortete Josi. »Zenzi hat noch Marmelade und Kaffee spendiert und was man sonst so alles zum Frühstück braucht. Ansonsten fällt mir jetzt im Moment nichts mehr ein.«

»Prosecco und Lambrusco kaufen wir unten«, zählte Traudl auf.

»Ganz wichtig!«, warf Walli ein und stimmte Traudl zu. »Ich bring den »Vitus Spezial« noch mit...« Sie lachte. »Wir denken nur an die Sauferei.«

»Apropos! Zenzi gib mir doch den Prosecco aus dem Kühlschrank. Du sitzt gerade so günstig. Irgendwie brauch ich was für meinen Kreislauf. Das Wetter macht mich ganz verrückt. Also wenn des...«

Es wurde taghell. Fünf Sekunden später donnerte es so heftig, dass die Fensterscheiben klirrten und der Boden erbebte. Emmi schrie auf, Zenzi hielt sich die Ohren zu.

»Jetzt hat der Blitz in der Nähe eingeschlagen!« Traudl war kreidebleich. Zenzi stand auf und holte den Prosecco an den Tisch. Auf diesen Schreck musste der Kreislauf erst recht auf Vordermann gebracht werden. Traudl zog den Korken heraus, nahm einen großen Schluck aus der Flasche und reichte sie weiter.

Walli stand auf, ging vor die Tür und schaute nach dem Rechten. Ein Sturm war aufgezogen, die Lufttemperatur war um mehr als zehn Grad abgestürzt. Dann ein ohrenbetäubendes Heulen. Die Sirene des Feuerwehrhauses schlug Alarm. Walli stürzte in den Raum und hielt sich ihre klingelnden Ohren zu. In der guten Stube dasselbe. Jeder hatte, was auch immer er finden konnte, auf seine Ohren gelegt, beziehungsweise gesteckt. Hände, Finger, Kissen, Sektkorken.

»Ich hab' jetzt nichts mehr Ruhiges!«, brüllte Traudl. »Ich will wissen, was da jetzt los ist.«

Plötzlich hörten sie Autogeräusche, Türen, die zugeknallt wurden, hektische, laute Stimmen. Das Tor der Fahrzeughalle wurde geöffnet.

»Das sind die Unseren!« Emmi sprang auf, riss die Türe auf und lief nach draußen. Die Anderen folgten ihr in Windeseile.

Alle Männer der freiwilligen Feuerwehr Ammerleiten waren jetzt im Einsatz. Sepp, Ignaz, Xaver, Franz und Korbinian sprangen schnell in ihre Feuerwehranzüge und machten das Feuerwehrauto klar. Der Stammtisch schaute gebannt zu.

»Was ist denn passiert?«, schrie Josi Korbinian zu.

»Der Blitz hat in die alte Eiche oben am Waldrand eingeschlagen. Sie brennt lichterloh. Und das, wo es so knochentrocken ist. Wir müssen rauf, um Schlimmeres zu verhindern.« Er sprang auf den Fahrersitz und fuhr mit den anderen in einem Affenzahn Richtung Waldrand.

»Was machen wir jetzt? Nehmen wir meinen Bus und fahren den Männern hinterher?«

»Ich denk', wir bleiben da«, antwortete Zenzi. »Wir stehen da bloß im Weg. Die Ludwigswieser Feuerwehr wird ja auch gleich eintreffen und dann ist da oben kein Platz mehr für neugierige Weiber.«

»Ich geh' jetzt rein. Richtig ungemütlich ist es geworden.« Traudl drehte sich um und ging ins Feuerwehrhaus. Die anderen folgten ihr und sie setzten sich wieder an den Tisch.

»Einen Feuerwehreinsatz während wir Stammtisch haben, hatten wir auch noch nicht«, stellte Zenzi fest. Sie stand auf und holte aus dem Küchenschrank fünf Schnapsgläser.

»Und? Süß oder Scharf? Was soll ich holen?«

»Amaretto, Kirschgeist, Eierlikör«, bekam Zenzi zu hören.

»Quartalssäufer!«, gab Zenzi als Antwort und holte die gewünschten Getränke.

»Dann lasst uns auf unseren bevorstehenden Urlaub anstoßen und auf unsere Feuerwehr.« Walli hob ihr Glas und sie prosteten sich gegenseitig zu.

»Also so ein Eierlikör ist schon was Feines!« Emmi streckte ihre Zunge heraus und leckte ihr Schnapsglas leer. Nichts wurde vergeudet.

»Ich weiß schon, warum mir der Amaretto lieber ist«, sagte Traudl und schaute Emmi tadelnd an.

»Ist schon klar, dass es auf dem Huberhof nur vornehm zugeht, gell?« Emmi knallte ihr fast sauberes Glas auf den Tisch und schmollte.

»Vornehmer als bei euch schon!«

Der Rest bemerkte, dass Traudl noch nicht ihre Ration Prosecco hatte. Irgendetwas lag ihr heute quer.

Walli mischte sich ein und wurde laut.

»Ruhe jetzt! Jetzt reißt euch doch einmal zusammen. Sapperlot! Wie im Kindergarten.«

»Ach ist doch wahr!«, maulte Emmi zurück.

Ein Handy klingelte.

Josi griff in ihre Gesäßtasche, schaute auf das Display und zog die Stirn in Falten. Das Handy klingelte weiter.

»Willst jetzt net mal abheben?«, erkundigte sich Zenzi.

»Nein. Nicht wirklich. Ist nur meine Mutter.«

»Ja und? Könnt' ja was Wichtiges sein. Also wenn meine Sissi nicht ans Telefon gehen würde, wenn ich sie anrufe... das würde sie nur einmal machen. Jetzt geh vor die Tür und heb ab.« Traudl war hartnäckig.

»Ach was soll's! Dann habe ich es hinter mir.« Missmutig stand Josi auf und ging nach draußen.

»Was hat sie denn für ein Problem mit ihrer Mutter? Weißt du des Zenzi?«

»Walli, du weißt doch noch, dass die Rosi, die alte Hauserin, auf ihre Schwiegertochter nie gut zu sprechen war. Furchtbar vornehm hat sie immer getan, wenn sie mal da war und das konntest an einer Hand abzählen. Sie hat nie verstanden, dass der Tom sie geheiratet hat und war heilfroh als damit dann endlich Schluss war.«

»Und was hat des mit der Josi zu tun?«

»Werden schon zu verschieden sein, die beiden. Fragst sie halt dann, wenn es wissen willst.«

»Mach ich dann auch«, maulte Traudl zurück.

Kurze Zeit später kam Josi wieder herein. Mit ernster Miene setzte sie sich hin, schenkte sich einen Kirschgeist ein und trank ihn auf Ex. Er schmeckte ihr überhaupt nicht, aber das war in diesem Moment egal. Allein die Wirkung zählte.

»Also wenn das nächste Mal meine Mutter anruft, dann brauch' ich einen Melissengeist.« Sie hielt kurz inne. »Wie ein einzelner Mensch es nur schaffen kann, einen in kürzester Zeit auf 150 zu bringen. Ahhh!«, kreischte sie und raufte sich die Haare. Sie sprang auf und lief, wie ein Tiger im Käfig, nervös hin und her.

»Willst drüber reden?«, fragte Traudl vorsichtig.

»Sie kann's einfach nicht lassen!«, meckerte Walli.

»Was denn?!«, bölkte Traudl zurück. »Darf man net mal mehr nachfragen?«

»Ich sag nichts mehr. Hoffnungslos.« Walli verschränkte ihre Arme und lehnte sich zurück.

Endlich setzte sich Josi wieder. Sie blickte in die Runde, die augenscheinlich auf irgendeine Reaktion wartete, sei es eine Erklärung, ein erneuter Wutausbruch, Tränen, die in Sturzbächen herunterliefen.

»Ich werde euch jetzt mal ein bisschen was von mir erzählen. Manches wisst ihr ja schon, aus Erzählungen, Erlebnissen von früher. Vielleicht hat meine Oma was von mir ausgeplaudert. Ich weiß es nicht. Egal!«

Sie machte eine kurze Pause.

»Ich hab' mit meiner Mutter nicht viel gemeinsam – eigentlich haben wir gar nichts gemeinsam. Außer vielleicht, dass wir ein Faible für das Meer und den Norden haben. Aber das war es auch schon. Sie ist megaintellektuell, ziemlich diszipliniert und eher der kühle Typ. Wenn ihr wisst, was ich meine. Das einzige, was sie in Fahrt bringt, sind die Zahlen auf ihren

Honorarrechnungen. Elke ist Rechtsanwältin in der Kanzlei von Opa Janßen, ihrem Vater also. Für sie war klar, dass auch ich Jura studiere und in die Familienkanzlei einsteige.«

Josi grinste.

»Hat ja dann nicht so geklappt, weil ich Tiermedizin studiert habe. Ihr glaubt nicht, was das für ein Aufstand war, aber das nur am Rande. Äußerlich schlage ich voll nach meinem Papa. Aber das wisst ihr ja selber. Meine Mutter ist blond, groß und schlank. Ich denke es ist zu weit hergeholt, aber manchmal hatte ich als Kind das Gefühl, dass sie schon allein mit meinem Aussehen, schwarze Haare und so ein Problem hatte. Ja und dann die Ferien in Bayern. Sorry, wenn ich alles so durcheinander erzähle. Die Ferien bei Oma Rosi waren ihr von Anfang an ein Dorn im Auge. Klar, sie hatte keinen Zugriff mehr auf mich.«

Josi musste lachen.

»Ich hab' es ihr nach den Ferien bestimmt auch nicht leicht gemacht. Ich muss auf sie einen ziemlich verwilderten Eindruck gemacht haben. Ungestüm und rebellisch war ich, wenn ich wieder bei ihr war. Papa fand's toll, dass ich so lebendig war. Mama weniger. Das mit dem rebellisch sein, hat sich dann in der Zeit zwischen den Ferien schnell gelegt. Du kannst nicht immer aufmucken. Es kostet einfach zu viel Kraft. So hab' ich mich einfach, bis zu einem gewissen Punkt, gefügt. Quasi unsichtbar für sie gemacht. Bis zu den nächsten Ferien dann. Und alles fing von vorne an. In den letzten Jahren sind meine Mutter und ich am besten damit gefahren, wenn wir uns nicht gesehen haben. Und wenn wir uns getroffen haben, dann hat sie zwar gemeckert, wenn ihr etwas nicht gepasst hatte, aber sie hatte sich im Griff. Bis zu meiner Ankündigung, dass ich zu Oma Rosi ziehe...da ist sie total ausgeflippt! Weiß der Geier warum! Elke hat mir Sachen an den Kopf geworfen...« Josi schüttelte den Kopf. »Themawechsel! Und jetzt dieser Anruf!«

Eine längere Pause entstand. Alle warteten, wie gebannt, was Josi von diesem Telefonat berichten würde.

Traudl hielt es nicht mehr aus. Sie spielte nervös mit ihren Fingern.

»Und?«

»Was und?« Josi war in Gedanken. »Ach so! Sie will Ende des Jahres auf einen Sprung vorbeikommen. Ein Klient aus München braucht sie wohl vor Ort.«

Allein der Gedanke machte sie schon nervös.

»Wirst du da sein? Oder bist du eventuell gerade zu diesem Zeitpunkt im Stress?«, wollte Emmi wissen.

»Keine Ahnung. Das entscheide ich dann, wenn es so weit ist. Ich glaub', das ist das Beste.«

»Denk ich auch«, warf Zenzi ein. »Wir sind ja auch noch da und helfen dir wo es geht, wenn du sie einlädst.«

»Das ist lieb von euch!« Josi lächelte noch etwas verkrampft, aber sie lächelte wenigstens.

Sie schaute auf die Uhr. »Es ist jetzt fast genau 23:00 Uhr. Wisst ihr eigentlich, dass wir in...« Josi musste kurz nachrechnen. »In 104 Stunden in den Urlaub fahren?«

»Wahnsinn«, stellte Zenzi fest. »Jetzt ist die Zeit aber doch schnell vergangen.«

»Findest du?« Traudl war sich da nicht ganz so sicher. »Wenn ich mir überleg', dass wir noch acht Mal melken müssen, dann ist das schon noch eine Zeitlang hin, bis wir nach Italien starten.«

»Ich weiß net so recht«, warf Emmi ein. »Es ist net kurz, es ist net lang. So mittel eher.« Sie schüttelte den Kopf. »Keine

Ahnung. Irgendwie hab ich gerade gar kein Gefühl für Zeit und so.«

»Dann kannst dich mit dem Xaver zusammentun. Der kennt die Uhr im Moment auch nicht. Und sein Zeitgefühl hat er im Moment komplett abgelegt.« Walli schüttelte genervt den Kopf. »Gerade echt schlimm. Was weiß ich, was dem im Augenblick in seinem Hirn herumgeistert. Ich zähl jede Sekunde bis wir zu den Italienern fahren.«

»Was sind 104 Stunden eigentlich in Sekunden?«, erkundigte sich Emmi in der Runde.

»Viel!«, seufzte Walli. »Zu viel, wenn ihr mich fragt.«

- 10 -

Es ist nicht Samstagabend, wo die Dinge manchmal schlecht stehen, wenn man dem Song einer österreichischen Band Glauben schenken möchte. Es ist Mittwochfrüh – und die Dinge stehen schlecht. Schlecht, für das männliche Geschlecht von Ammerleiten, das noch nichts davon weiß, dass sich ihre besseren Hälften eine Auszeit in Italien gönnen. Sie trauen sich endlich, ihre Lieben zurückzulassen, um sich voll und ganz dem *dolce vita* zu verschreiben und das *dolce far niente* exzessiv zu zelebrieren.

Es ist Mittwochfrüh und die Dinge stehen gut, sehr gut sogar. Bestens, für Walli Burgmeier, Emmi Gschwend, Traudl Huber, Zenzi Reisacher und natürlich auch Josi Lechleitner.

5 Frauen – 1 Mission! Von wegen *missione impossibile*!

Es war alles gut durchdacht, mehr oder weniger, wenn man bedenkt, dass nur eine Woche Zeit war, um diesen Trip nach Italien zu planen und das auch noch unter dem Mantel der Verschwiegenheit. Organisations- und Improvisationstalente waren hier gefragt, was der einen oder anderen Teilnehmerin dieses Spektakels bisweilen schwerfiel.

Traudl hatte in dieser Hinsicht keine Probleme, sich auf die aktuelle Situation einzustellen und sich voll und ganz auf dieses

Abenteuer einzulassen. Damit ihr Ignaz keinen Verdacht schöpfte, biss sie sich auf die Lippen, schluckte ihren Ärger über ihren vermeintlich untreuen Gatten herunter und versuchte die Ehefrau zu sein, die ihr Ehemann kannte. Mit einer dicken Prise Dominanz, gepaart mit einem Hauch von Unterwürfigkeit versuchte sie den Schein zu wahren, um nur ja nicht den Verdacht zu wecken, dass etwas im Busch sei.

Sogar ihr frühes Aufstehen am Mittwoch hatte sie abgesichert. Ein Ausflug zu der Ortsbäuerin aus dem Landkreis Ostallgäu sollte es sein, der sie so früh aus den Federn steigen ließ. Ignaz, gutgläubig wie immer und im Grunde froh, dass er seine Ruhe hatte, beantwortete diese Infos mit einem kurzen Kopfnicken. Auf dem Huberanwesen war also alles in trockenen Tüchern.

Ganz anders sah es bei den Gschwends aus. Emmi hatte ihre Mühe so zu tun, als ob nichts wäre. Sie gab ihr Bestes, um die Tage, die sie in der Familie und im Geschäft mit Abwesenheit glänzte, zu managen. Dinge zu planen und zu koordinieren waren überhaupt nicht Ihre Sache. Emmi entschied immer aus dem Bauch heraus. Kam ihr etwas in den Sinn, dann ließ sie so gut es ging, alles stehen und liegen und widmete sich ihrem »Projekt«. So war das auch mit ihrer Idee Käse herzustellen. Der Käse war schnell hergestellt, die Vermarktung fiel ihr schon um einiges schwerer. Planung, Finanzen, langfristige Kundenbindung: ein rotes Tuch für Emmi. Sie hörte schon die Stimmen ihrer Familie und ihrer lieben Nachbarin Traudl, die das ja vorausgesehen hatten: eine weitere Schnapsidee von Emmi, die im Vorhinein schon zum Scheitern verurteilt war.

Doch dieses Mal ließ sie sich nicht dreinreden und holte sich Rat von einem *Consult*, wie sie immer sagte. Dieser Berater stellte ihr einen Plan auf, half ihr bei der Umsetzung und der

Käse war geschmatzt – beinahe im wörtlichen Sinne. Aber dies nur am Rande.

Trotz ihrer Flusigkeit und ihrer manchmal auftretenden Unentschlossenheit, war sie sich bei dieser Idee, nach Italien zu fahren, sicher. Sie musste raus. Koste es, was es wolle. Sie musste ihren Mann einmal vor vollendete Tatsachen stellen und ihm beweisen, dass sie nicht die kuschende Ehefrau war, die zu allem »Ja« und »Amen« sagte. Dieses Mal nicht. Es war jetzt wirklich kurz vor Zwölf. Sepp musste endlich kapieren, dass er keine Narrenfreiheit mehr hatte und dass er sie nicht wie einen Fußabtreter benutzen konnte. Und irgendwie hatte sie es dann auch hinbekommen, Kinder, Landwirtschaft und Käseladen so zu koordinieren, dass alles auch ohne sie laufen würde. Eine Ausrede, die ihre frühe Bettflucht rechtfertigte, hatte sie zwar noch nicht, aber sie war guter Dinge, dass ihr noch etwas einfiele.

Bei Walli war alles *»easy going«*. Xaver war ab morgen auf einem Esoterikseminar, Friede innen und außen oder so etwas in der Art war das Ziel. Walli hörte bei diesen Themen schon gar nicht mehr hin. Ihr Speicher mit den Hirngespinsten ihres Mannes war voll und musste unbedingt geleert werden. Da kam ihr die Italienaktion gerade recht. Wahrscheinlich würde er erst spät bemerken, dass sie nicht da war – so durchleuchtet war er im Moment. Ihren Kindern sagte sie nichts, warum auch?

Die machten ihr »Ding«, wie sie es ihr so oft an den Kopf schmissen. Jetzt machte sie »IHR Ding« – Sonne tanken, Lambrusco schlürfen und Krimis lesen.

Nur ihren Schwiegervater hatte sie eingeweiht, denn sie wusste, dass er sie in dieser Sache voll unterstützen würde. Dem alten Vitus ging dieses spirituelle Getue seines Sohnes nämlich genauso gehörig auf die Nerven.

»Dem brennt doch der *Huat*« waren seine geläufigsten und harmloseren Äußerungen für seinen umnachteten Sohn.

Zenzi indes konnte es noch gar nicht glauben, dass sie nach 35 Jahren den Ort wiedersehen würde, an dem sie eine Sommersaison als Bedienung gearbeitet hatte. Der Besitzer des Campingplatzes »Pesce Grasso« in Cavallino hatte damals in Deutschland mehrere Anzeigen geschaltet: Suche freundliche, tüchtige Bedienung für bayrisches Lokal in Italien!

Eine Freundin von Zenzi machte sie auf diese Anzeige aufmerksam. Zenzi kam dieser Ortswechsel zu dem Zeitpunkt sehr recht. Ihre Mutter war verstorben und Zenzi hatte sie über zwei Jahre gepflegt. Zenzi, die noch nie viel Worte um etwas machte, schickte eine Postkarte mit Berg Motiv an Signore Bertoni, auf der folgendes stand:

Ich bin die, die sie brauchen.
Im besten Alter.
Schnelle Füße.
Nicht auf den Kopf gefallen.
Schön anzuschauen.
Es grüßt
Zenzi Reisacher,
Ammerleiten 12, 1234 Ludwigswies.

Die Postkarte hatte ihr der Besitzer des Platzes am Ende der Saison geschenkt und Zenzi hatte sie als Erinnerung in ihrer Küche aufgehängt. Vorsichtig nahm sie die Postkarte von der Wand und streichelte behutsam das vergilbte Papier. Alte Erinnerungen kamen hoch und Zenzi musste sich eine Träne abwischen.

»Guten Morgen, Guten Morgen«, krähte Rosa und riss Zenzi jäh aus ihren Gedanken.

»Guten Morgen, Rosa«, begrüßte Zenzi ihren Papagei. »Jetzt komm' ich auf meine alten Tage doch noch nach Italien. Was sagst jetzt dazu?«

Rosa breitete ihre Flügel aus und landete auf Zenzis linker Schulter.

»Dann bleib gleich da sitzen. Ich bring dich jetzt rüber zum Korbinian. Und mach mir keine Schande, hast verstanden? Ich will nix hören!«

Sie nahm das Vogelfutter und ihr kleines Köfferchen, ließ die Tür ins Schloss fallen und machte sich auf den Weg zu ihrem Nachbarn.

Es war Mittwoch der 26. August, 05:30 Uhr.

Josi war in der Küche und trank noch einen letzten Schluck Kaffee im Stehen. Sie hatte den Blick aufs Fenster gerichtet und sah, dass Zenzi ihren Vogel bei Korbinian einquartierte. Korbinian war eingeweiht, denn sie konnten Rosa und Waggi nicht alleine lassen. Er fand diesen Roadtrip eine *»mega Sache«* und musste grinsen, wenn er an die Gesichter seiner männlichen Nachbarn dachte, die dann irgendwann bemerken würden, dass die Frauen nicht mehr an Ort und Stelle waren, wo sie, nach deren Meinung, hingehörten.

Josi stellte die Kaffeetasse auf den Küchenschrank, schnappte sich ihr Handy und schaute sich die Routenführung nochmals an. Gute 550 Kilometer lagen vor Ihnen. Fünf Frauen in einem alten VW-Bus. Fünf Frauen, die verschiedener nicht sein konnten. Sie lächelte, ging zur Garderobe um sich Jacke und Tasche zu holen, rief Waggi zu sich und verließ das Haus.

Der VW-Bus stand vollgetankt und von Walli nochmals durchgecheckt vor der Tenne und fast konnte man meinen, dass er vor lauter Ungeduld mit den Hufen scharrte. Zelt, Tisch und Stühle waren auf dem Dach verzurrt, das meiste Gepäck der Mitreisenden war bereits verstaut. Traudl hatte gestern in der Nacht noch ihre Koffer durch Ammerleiten gezogen und zu Josi gebracht. Josi traute ihren Augen nicht, als Traudl an ihrer Haustür klopfte und ihr Gepäck brachte. Ihre lilafarbenen Hartschalenkoffer hatten ein Fassungsvermögen, in dem man locker Kleidung für sechs Wochen unterbrachte.

»Das brauche ich alles!«, rechtfertigte sie sich und erklärte ihr, dass das nur das Nötigste sei.

Nachdem Josi ihr dann gezeigt hatte, was ihr »Fach« im VW-Bus sei, sah Traudl dann zu guter Letzt doch ein, dass sie etwas übertrieben hatte, was ihr Urlaubsoutfit betraf. Sie sortierte aus und ließ den vollgestopften Koffer bei Josi stehen.

Waggi lief schon voran über die Straße, als wüsste er, dass er Ferien beim Nachbarn verbringen durfte. Er sprang kläffend durch die offene Tür von Korbinians Haus und von Weitem konnte Josi schon hören, dass sich Papagei und Dackel »freudig« begrüßten.

›Der arme Korbinian‹, dachte sich Josi, ›danach braucht er Urlaub und muss renovieren.‹

Sie trat durch die niedrige Haustür und hörte Zenzis und Korbinians Stimmen aus der Küche heraus. Sie betrat die Küche und entdeckte die beiden, wie sie am Küchentisch saßen und einen Espresso schlürften.

»Zur Einstimmung auf Italien«, begrüßte Korbinian Josi und hob seine Tasse hoch.

»Magst du auch noch einen?«, blickte er seine Freundin fragend an.

»Nee danke. Ich hatte gerade noch einen Kaffee«, erwiderte Josi und lehnte sich am Küchenbuffet an.

»Servus!«, rief jemand von draußen herein.

»Komm rein, Walli«, antwortete Korbinian.

Es rumste.

»Zefix!«, hörten sie Walli fluchen. »Saublöde niedrige Tür!«

Walli erschien nun endlich in der Türöffnung der Küche und hielt sich die Hand an die Stirn.

»Gib mir schnell ein Messer Korbinian!«

Josi erschrak bei dem Gedanken. Wollte sie die sich ankündigende Beule aufschneiden oder was hatte sie mit dem Messer vor? Korbinian sprang auf, zog schnell ein großes Metzgermesser aus der Küchenschublade und reichte es Walli. Josi beobachtete die Szene mit Argwohn. Walli nahm das Messer und legte es sich auf die lädierte Stelle *am Hirn*, wie der Bayer zu sagen pflegte.

»Altes Hausmittel«, informierte Walli die noch immer etwas skeptische Josi. »Oder hast du vielleicht gedacht, ich schneid mir was auf?«

»Nein, nie«, entgegnete Josi.

»Dann fehlen ja nur noch Traudl und Emmi«, meinte Josi zu den anderen, um schnell das Thema zu wechseln.

»Wird ja auch langsam Zeit oder? Es ist ja schon zehn vor sechs«, gab Walli als Antwort und drehte das Messer einmal um, um die andere, kühle Seite des Messers für ihr wachsendes Horn zu nutzen.

»Zehn Minuten, sind zehn Minuten«, meinte Zenzi trocken, »Die kommen schon noch, wenn sie mitwollen!«

Zenzi hatte ihren Tabak herausgeholt und drehte sich noch schnell eine Zigarette.

»Darf ich mir auch eine drehen?«, fragte sie Korbinian.

»Freilich. Mich stört's net.«

»Guten Morgen!«, krähte es von draußen herein.

»Guten Morgen, Traudl«, krähte es von drinnen zurück.

Traudl zog ihren Kopf ein, als sie den Hausgang betrat, ließ ihren prüfenden Blick über alles schweifen und betrat die Küche.

»Ich wäre dann so weit«, ließ sie die versammelte Mannschaft in der Küche wissen.

»Guten Morgen nochmal, liebe Traudl«, empfing Walli ihre Stammtischkumpanin.

»Ja, hob i ja scho' g'sagt! Und jetzt – was ist? Kann's losgehen?«

»Pressiert's dir auf einmal? Hast Angst, dass du es dir noch anders überlegst?«

Walli ging auf Traudl zu, mit dem Messer an der Stirn. Traudl machte einen Schritt rückwärts und deutete aus sicherer Entfernung auf Wallis Stirn.

»Du hast da was Walli! Is des dei Hirn, was da *'nausdruckt*? Kann ja überhaupt gar net sein.« Dabei grinste sie Walli frech an.

Walli verzog ihr Gesicht zu einer Grimasse, drehte sich um und legte das Messer in den Besteckkasten zurück. Traudl ging zum Küchentisch und setzte sich neben Korbinian hin. Schaute ihn an, dachte an den Vorfall im Gartenfest, schaute nach unten und zupfte verlegen an ihrer Uhr.

»Fünf vor sechs ist es jetzt schon«, warf Traudl ein.

»Ja dann setzen wir uns schon mal ins Auto«, entschied Josi.

»Die Kinder wollen endlich in den Urlaub fahren«, erklärte sie Korbinian und kicherte.

»Ich sitz vorne!«, verkündete Traudl schnell, während sie schon fast an der Küchentüre stand.

»Vergiss es!«, ließ Zenzi sie wissen, während sie langsam aufstand. »Das ist meine Fahrt und deswegen sitze ich wenigstens am Anfang vorne!«

Traudl schaute Zenzi mit hochgezogener Lippe an. »Wenn du meinst«, und ließ Zenzi den Vortritt an der Türe. Walli folgte den beiden, während Josi noch bei Korbinian stand.

»Ok«, fing Josi etwas schüchtern an zu reden. »Dann gehe ich mal zu den anderen.«

»Mach das. Bist ja auch die Fahrerin oder?« Beide schauten sich verlegen an.

»Also dann mach's gut Josi. Viel Spaß in Italien. Vielleicht kannst dich ja mal zwischendurch melden, wenn du magst. Das würde mich schon freuen.«

Er schaute Josi dabei tief in die Augen und nahm ihre Hand.

»Ja, mach ich, Korbinian. Und danke, dass du den Waggi nimmst.«

Ihre Nasenspitzen berührten sich schon fast. Fast regungslos standen sie so eine Weile.

»Ach, komm her, Josi!« Korbinian nahm nun die andere Hand, schlang sie um Josis Taille, drückte sie fest an sich und küsste sie lang und zärtlich. Josi schmolz dahin und fand, dass Korbinian gut schmeckte. Irgendwie nach Kinderschokolade!

»Halloho!?«, posaunte Traudl von draußen. »Wir sind vollzählig!«

Sie löste sich langsam von Korbinian, blickte ihn an und meinte schließlich: »Ich muss jetzt aber. Die Mädels werden langsam ungeduldig.«

»Dann fahr jetzt mal los. Wenn die Mädels rufen, muss *frau* einfach ihrer Pflicht nachkommen.«

Er drückte ihr noch einen Schmatzer auf den Mund und schob sie in Richtung Haustüre hinaus. Als sie zum VW-Bus gingen, bot sich ihnen ein Bild der Götter. Zenzi saß vorne mit ihrem alten Sonnenhut auf dem Kopf, Walli, Emmi und

Traudl hatten es sich hinten bequem gemacht. Jede mit ihrer Handtasche auf den Oberschenkeln, voller Erwartung, dass es jetzt endlich losginge.

»Was hast du eigentlich dem Sepp für eine Ausrede aufgetischt?«, wollte Walli von Emmi wissen.

»Ich wollte mich ja eigentlich rausschleichen«, gab Emmi ihrer Sitznachbarin zur Antwort. »Aber der Sepp ist kurz aufgewacht, als ich aufgestanden bin. Er hat mich gefragt, wo ich hinwill. Da hab' ich ihm gesagt, ich muss zum pieseln.«

»Zum pieseln?« Zenzi drehte sich um. Walli und Traudl trauten ihren Ohren nicht, was sie da hörten.

»Was Besseres fiel dir nicht ein?«, erkundigte sich Traudl.

»Nein. Stimmte ja auch irgendwie.«

Emmi verstand gar nicht, was die anderen hatten. Für sie stellte ihre Antwort kein Problem dar. Walli quietschte vor lauter Lachen, Zenzi schüttelte wortlos den Kopf.

»Andere sagen, dass sie Zigaretten holen. Du sagst, du gehst zum pieseln. *I dra durch.*« Traudl drehte ihren Kopf zum Seitenfenster und bekam sich gar nicht mehr ein.

Josi setzte sich in den VW-Bus und fragte in die Runde: »Habt ihr alle eure Ausweise dabei?«

»Ja«, antworteten sie im Chor.

»Sollen wir losfahren?«

»Ja«, entgegneten sie ihrem Chauffeur lauthals.

»Wollt ihr in Italien die Sau rauslassen?«

»Jaaaaaa!«, schrien sie zurück.

»Dann geht's jetzt los.«

Josi drehte den Zündschlüssel herum und startete den Bulli. Die unverzichtbare Wolke aus dem Auspuff war die prompte Antwort. Langsam fuhren sie los, winkten Korbinian noch zum Abschied und jetzt galt es noch eine Hürde zu überwinden. Sie mussten noch an den Gehöften der Gschwends und Hubers vorbei und hofften inständig, dass keiner etwas mitbekäme.

»Duckt's euch am besten«, empfahl Josi den Ausreißerinnen. »Sicher ist sicher.«

Emmi und Traudl gingen auf Tauchstation, was auch gut war, denn Ignaz holte gerade die Zeitung aus dem Briefkasten und *schaute etwas sparsam*, als er Josi mit Zenzi und Walli vorbeirollen sah.

Josi winkte und gab Gas. Nachdem sie das Ortsschild passiert hatten, gab Josi für die beiden Entwarnung. Sie konnten aus ihrer Versenkung wiederauftauchen. Alle lachten lauthals auf und freuten sich wie Kinder, die etwas Verbotenes getan hatten.

Die ersten Kilometer, die sie fuhren, war es mucksmäuschenstill im Bus. Fast jede, außer Zenzi, hielt immer noch verkrampft ihre Tasche auf den Oberschenkeln fest und schaute wie gebannt aus den Fenstern des alten Vehikels. Man konnte erahnen, wie sie sich das Hirn zermarterten, ob das hier auch alles so seine Richtigkeit hatte. Was für Konsequenzen auf sie zukommen sollten, wenn sie wieder daheim waren. Was änderte sich? Änderte sich überhaupt etwas?

Josi unterbrach die Stille, indem sie das Radio anmachte. Peter Cornelius trällerte vor sich hin, die hintere Reihe im Bus stimmte mit ein: »Du entschuldige, i kenn di...«

»Mach *den Radio* doch a bisserl lauter!« Traudl musste fast schreien, denn die Motorengeräusche des alten Busses waren doch ziemlich laut.

Josi gehorchte und drehte *den*/ das Radio etwas lauter. Traudl plärrte lautstark im Duett mit Peter Cornelius. Walli hielt sich die Ohren zu – Emmi hielt sich den Bauch.

Kurz hinter Garmisch-Partenkirchen, nach gerade einmal 51 Kilometern, war es dann so weit.

»Schnell, halt an!«, schrie Emmi von hinten.

»Was ist denn los?« Walli hatte ein großes Fragezeichen in ihrem Gesicht.

»Du leuchtest ja schon wieder«, stellte Traudl fest, als sie Emmis Hautfarbe sah. »Steck mich ja nicht an. Das sag ich dir.« Traudl nahm ein besticktes Taschentuch aus ihrer Handtasche und hielt es sich vor den Mund. Man wusste ja nie. Josi machte fast eine Vollbremsung und schaltete die Warnblinkanlage ein. Emmi sprang auf, öffnete die Tür, obwohl der VW-Bus noch rollte, machte einen Satz nach draußen und *reierte*, was das Zeug hielt.

»Ihh!«, empörte sich Traudl und drehte sich weg.

Walli stand auf und ging Emmi hinterher, während die anderen im Auto warteten. Nach ein paar Minuten kamen die beiden wieder zurück. Walli stützte Emmi, die noch etwas wackelig auf den Beinen war und half ihr in den Bus hinein. Traudl hatte immer noch den Kopf zur Seite gedreht.

»Traudl?«

Traudl drehte den Kopf zu Walli. »Was ist?«

»Danke dir.« Walli schnappte sich ihr allerfeinst besticktes *Taschentücherl* und gab es Emmi.

»Da hast du was zum Mund abwischen.«

Das kleine Häuflein Elend nahm es dankend an.

»Schenk ich dir«, gab Traudl kurzangebunden zur Antwort.

Emmi schaute sie mit ihren geröteten Augen an, versuchte sie anzugrinsen und schloss die Augen. Josi startete indes den Motor und setzte die Fahrt in Richtung Mittenwald fort.

»Was hat sie denn?«

Traudl beugte sich zu Walli rüber. »Sie hat doch schon erst auf meinen Kompost g'spiebn.«

»Mei«, meinte Walli zu Traudl.

»Schwanger wird's halt sein. Was anderes fällt mir jetzt dazu nicht ein. Weißt doch selber. Die muss doch nur a Männerhos'n auf dem Bett liegen haben, schon ist sie in andere Umständ'!«

»Wenn's so ist«, warf Zenzi aus der vorderen Reihe ein, »hoffentlich wird's dann ein Mädel. Dass endlich Ruhe ist mit der Vermehrerei.«

Sie zog sich ihren Sonnenhut über das Gesicht, um das Elend nicht mehr mitzubekommen. Josi versuchte sich währenddessen auf das Fahren zu konzentrieren. Die nächste Hürde stand ihnen schon in greifbarer Nähe bevor.

»Und du meinst wirklich, dass wir den Zirler Berg fahren sollen?«

Josi schaute in den Rückspiegel und versuchte mit Walli Blickkontakt herzustellen.

»Klar fahren wir den Weg. Ich hab' die Bremsen gecheckt. Das passt schon. Den Wegelagerern geben wir keinen Cent. Es reicht schon, wenn wir in Italien für die Autobahn zahlen müssen.«

»Des gesparte Geld versaufen wir lieber«, meinte eine Stimme unter einem Sonnenhut.

»Oh ja«, meldete sich jetzt auch Traudl zu Wort.

»Wir tauschen das Geld in die einzig wahre Währung um. Prosecco.«

Sie fuhr sich mit der Zunge über ihre Lippen.

»Apropos! Fast hätte ich es vergessen...« Traudl öffnete ihre ausladende Handtasche, die sie immer noch auf ihren Knien geparkt hatte und griff in die Untiefen ihrer »original« Guccitasche. Sie kramte bis zu den Ellenbogen in ihrem italienischen Beutel und...

»Tata!«, hielt ihre gefundene Beute in die Höhe.

»Uih«, staunte Walli.

»Hast kein Bier dabei?«

»Nein, hab' ich nicht«, erwiderte ihr Traudl und hielt ihr einen Piccolo hin.

»Wir fahren ja nicht aufs Oktoberfest, sondern nach Italien. Da muss es schon was Stilechtes sein. Ja was ist jetzt?« Traudl wedelte mit der Flasche vor Wallis Gesicht.

»Nimmst jetzt einen oder nicht!«

»Dann gib schon her!«

Walli nahm Traudl das Gesöff aus der Hand.

»Da Zenzi, nimm auch.« Traudl drehte sich zu Zenzi nach vorne und reichte ihr auch eine kleine Flasche des Prickelwassers.

»Ein Jackie wäre mir zwar jetzt lieber«, antwortete ihr Zenzi, »aber zur Not geht das auch.«

»Und was ist mit mir?« Emmi war scheinbar endlich wieder unter den Lebenden. Sie streckte sich ausgiebig und rieb sich die Augen.

»Meinst, dass das in deinem Zustand gut ist?« Traudl schaute sie fragend an.

»Hä? Welcher Zustand.« Emmi saß irgendwie komplett auf der Leitung.

»Ja sag...«, mischte sich nun auch Walli ein. »Muss man dir nach vier Kindern, die du schon daheim hast, noch sagen, dass du am Brüten bist?«

Emmi blickte Walli an. Stumm vor Glück. Ganz still saß sie da und starrte vor sich hin.

»Meinst du wirklich?« Endlich war bei Emmi das sogenannte *Zehnerl* gefallen und sie sackte in sich zusammen.

»Das kann doch gar nicht sein.« Emmi ließ ihre Arme auf die Seite fallen und schaute fassungslos in die Runde.

»Wir haben doch aufgepasst! Meistens jedenfalls.«

»Ist gut Emmi«, unterbrach Traudl ihre Nachbarin.

»Wir wollen jetzt nicht wissen, wann, wo und wie dieses Malheur passiert ist.«

Traudl nahm ihr unverzichtbares Lebenselixier, machte es auf und prostete allen zu.

»Auf den neuen Erdenbürger, der dann da kommt!«

»Ja, Prost«, entgegneten die anderen nacheinander.

»Ob vier oder fünf Kinder, das ist dann auch schon wurscht«, warf Zenzi ein.

»Hauptsache gesund«, meldete sich jetzt auch Josi zu Wort.

»Und jetzt haltet euch fest und drückt die Daumen! Es geht los. Die Zirler Bergabfahrt liegt vor uns.«

Josi hielt ihr Lenkrad fest in der Hand, als würde das den Bremsvorgang verstärken.

388 Höhenmeter waren auf 4 Kilometer auszubremsen. Josi schaltete einen Gang herunter. Der Motor heulte auf. Ganze 25 km/h waren sie nun schnell. Meter für Meter rollten sie dem Inntal entgegen. Alle im Bus waren mucksmäuschenstill. Sie waren sich einer Sache ganz bewusst. Gibt der Bulli jetzt seinen Geist auf, dann war es das mit »Bella Italia«. Und das wäre für alle Beteiligten fatal gewesen. Wieder heimfahren zu müssen, ohne am Meer gewesen zu sein. Die Schadenfreude ihrer besseren Hälften, bei denen, die eine hatten, hätte lang angedauert.

Auf dem Weg nach unten meinte Traudl nur, lieber bliebe sie in Innsbruck, als auch nur eine Sekunde eher nach Hause zu fahren. Alle stimmten ihr zu, hofften aber dennoch, dass der *Worst-case* nicht eintrat.

Er tat es nicht. Der Bulli erreichte den Boden des Inntales mit Bravour. Die Bremsen stanken ein wenig, aber er hatte es geschafft. Der Weiberstammtisch hatte es geschafft. Die Karawane konnte nun den Weg über die Alpen antreten und Cavallino unsicher machen.

Sie nahmen den Weg über die alte Brennerstraße, denn die Devise lautete nach wie vor: Lieber das Geld versaufen, als es den Österreichern in den Rachen zu stopfen.

Auf Höhe des Gardasees wurde die erste große Pause gemacht. Der Bus hatte Durst, die Mannschaft Hunger. Sie fuhren den Autogrill »Garda West« an und hatten ihre Mühe einen Parkplatz zu finden. Ganz Italien war anscheinend unterwegs. Der Parkplatz war rappelvoll.

»Ja der Wahnsinn«, verlautete Walli. »So viel Italiener auf einmal hab' i a no net g'sehn.«

»Kommt vor, wenn man in Italien ist«, erörterte Traudl.

»I woaß, aber trotzdem. Da kriegst ja Platzangst.«

Zenzi grinste. »Anders als daheim, gell?«

Sie fuhren langsam durch den Parkplatz und hielten Ausschau nach einem freien Parkplatz.

»Da hinten ist was!«, rief Traudl und deutete auf eine kleine Nische. Josi steuerte darauf zu und zwängte sich in die noch freie Lücke zwischen zwei italienischen Familien. Diese hatten neben ihren Autos Tische und Stühle aufgebaut und zelebrierten inmitten dieser stehenden Blechlawine italienische Essenskultur.

Sie stiegen aus, schauten etwas fragend zu ihren Nachbarn und streckten sich Rücken und Beine aus. Denn so ein Oldtimer ist zwar *kultig*, aber bestimmt nicht bequem.

»Ich werd' nie mehr jammern, wenn ich abends meine Werkstatt zusperre und mir es im Rücken zieht. Des ist ja ein Scheißdreck dagegen.«

Walli wusste gar nicht mehr, wie sie die Steifheit aus ihren Gliedern bekommen sollte.

»Ausnahmsweise muss ich dir recht geben. Ich hab' gar kein

Gefühl mehr in meinem Hinterteil«, antwortete Traudl. Immer wieder klopfte sie mit der Handfläche auf ihre Pobacken.

»Wenn's euch so schlecht geht, da hab' ich vielleicht das Richtige für euch.«

Josi holte unter der Rücksitzbank die Kühlbox heraus, öffnete sie und ein wohlbekannter Duft strömte ihnen entgegen. Lauter feine Sachen von Metzger aus Ludwigswies lachten ihnen entgegen. Landjäger, ein Stück Geräuchertes, Wiener und panierte Schnitzel warteten nur darauf vertilgt zu werden.

»Wann hast denn des noch ois organisiert?«, erkundigte sich Emmi.

»Gestern am späten Nachmittag hab' ich den Reiter Beni noch überfallen. Ihr konntet euch ja schlecht Wegzehrung einpacken. Wär' ja sonst aufgefallen.«

Josi reichte jedem noch eine *Radlerhalbe* und Brezen dazu.

Es schmeckte nochmal so gut, wenn man in einem fremden Land heimisches Essen genießen konnte. Fast kam Heimweh auf. Aber nur fast.

Eine gute halbe Stunde später, nachdem sich jeder gestärkt und die italienische Sanitäreinrichtungen besucht hatte, die laut Traudl »unter aller Sau« waren, setzte Josi den Blinker. Die Reise konnte weitergehen.

Je näher sie ihrem Ziel kamen, umso wärmer wurde es. Die Fenster des Bullis wurden geöffnet und der warme Sommerwind blies alle trüben Gedanken der Reisenden aus dem Kopf.

»Mei ist des schee«, schwärmte Emmi. Sie legte ihren Kopf zurück und genoss, wie der Wind über sie streifte.

»Gut warm ist's«, schnaufte Walli. Sie saß nun in kurzer Hose und Top im Wagen und verschaffte sich mit ihrem batteriebetriebenen Miniventilator etwas Kühle.

»Wem sagst du das?«, erwiderte Traudl. Sie versuchte das

gleiche mit einem Fächer und wedelte wie verrückt vor ihrem Gesicht. Ihr Trachtenrock und die Bluse brachten sie kräftig zum *Saften*.

»Wieso hast du dir denn *überhaupt's* den Trachtenrock angezogen?«, wollte Walli von der schwitzenden Traudl wissen.

»Ich konnt' schlecht in Bermudas und T-Shirt fahren. Der Ignaz hätte sich so seine Gedanken gemacht, wenn ich zur Ortsbäuerin im Freizeitlook fahre.«

Walli verstand und schaltete den Ventilator eine Stufe höher. Einfach eine Prügelhitze.

»Ich weiß gar nicht, was ihr habt's?«, meinte Zenzi von vorne. »So mog i des!«

Sie schob ihren Hut aus der Stirn und genoss die Hitze und den Blick der vorbeiziehenden Landschaft. Josi streckte den linken Arm aus dem Fenster und holte sich so ein wenig Abkühlung.

»Wann sind wir da?«, krähte Emmi von hinten und kicherte. »Das wollte ich schon immer mal sagen«, erklärte sie den anderen. »So wie meine Buben. Wenn wir mal wegfahren, dann fragen sie schon in Ludwigswies, wie lange es noch dauert. Also, wann sind wir da? Ich hab' Durst, ich muss pieseln!«

Sie freute sich *wie ein Schnitzel*. Walli und Traudl grinsten und waren froh, dass es Emmi wieder besser ging.

»Wir fahren jetzt gleich von der Autobahn«, klärte Josi Emmi auf, »und dann sind es noch knappe 50 Kilometer. Schaut, da vorne! Da kann man schon das Meer sehen.«

Alle richteten ihre Blicke nach draußen, um auch ja diesen erhabenen Moment nicht zu verpassen.

»Da, da vorne!«, rief Emmi und zeigte mit dem Finger nach vorne. Alle Augen gingen in Richtung Finger und »Ahhs« und »Ohhs« ertönten aus den vorderen und hinteren Reihen.

»Ich spring heute gleich noch ins Meer rein«, verkündete Walli.

»Ich auch«, erwiderte Emmi.

»Aber zuerst wird das Zelt aufgebaut«, befahl Traudl. »Am Schluss bleibt sonst mir wieder die ganze Arbeit!«

»Das machen wir schon alle zusammen«, mischte sich jetzt auch Josi ein. »Mit dir und deinem Schlachtplan sind wir schon fertig, bevor wir angefangen haben. Mit Sicherheit, ich schwör'.«

Josi bog in den Kreisverkehr ein und folgte den Anweisungen von Zenzi, die nun die Karte in die Hand genommen hatte.

»Da, nimm mein Handy.« Traudl beugte sich zu Zenzi vor und reichte ihr das Telefon.

»Ich hab' die Route drin.«

»Das ist mir alles zu klein und auskennen tu ich mich auch nicht mit diesem neumodischen *G'lump*«, entgegnete Zenzi. »Ich mach es auf die altmodische Tour.«

Zenzi dirigierte Josi, die ja so Pi mal Daumen wusste, wie zu fahren war, zielgerecht durch den italienischen Nachmittagsverkehr. Vorbei an Ferienanlagen, Campingplätzen und riesigen Shopping-Malls.

»Also, da muss ich unbedingt rein«, offenbarte sich Traudl. »Einmal so richtig, richtig shoppen. Nicht immer über's Internet. Einfach richtig einkaufen gehen. So wie, wie...«

»Sophia Loren?« Walli schaute Traudl fragend an.

»Ja, ja, genau so!«, erwiderte Traudl.

Ihre Augen leuchteten genauso, wie das ganze »Bling Bling« der italienischen Mode.

»So hat jeder was von Italien«, stellte Walli fest.

»Ich werde mir mit tausend prozentiger Gewissheit einen Lamborghini anschauen«, entgegnete Walli.

»Seit wann interessierst du dich denn für exklusive, italienische Bonzenautos?« Traudl war ein wenig irritiert.

»Doch keine Autos! *Bulldoggs* schau ich mir an, *Bulldoggs*!«

»Ah ja. Hätt mich auch gewundert, wenn DU dich für SO

was interessierst!« Traudl betonte mit Absicht die Worte so, nur um Walli zu necken. Doch Walli war es in diesem Moment *schnurzpiepegal*, was Traudl von ihr dachte.

»Hört auf zu streiten, Kinder!«, warf Josi ein und blinkte nach links.

»Vor lauter diskutieren habt ihr gar nicht mitbekommen, dass wir schon da sind. Da ist er, unser Campingplatz.«

Und tatsächlich. Da stand es mit riesengroßen, blauen Buchstaben über dem Eingang:

Camping »Pesce Grasso«. Zenzi las den Namen und bekam feuchte Augen, während der Rest der Truppe unruhig auf ihren Sitzen hin- und her rutschte und nicht mehr zu quasseln aufhörte.

»Schau mal, der riesige Gemüsestand«, stellte Emmi fest.

»So viele verschiedene Sachen hab' ich noch nie auf einem Haufen gesehen.«

»Und da hinten, da gibt's T-Shirts mit Glitzer!« Traudl drückte sich ihre Nase an der Scheibe platt.

»Wow, Riesenpizzas, da am Ende«, schmatzte Walli. Ihr lief sichtlich das Wasser im Munde zusammen.

»Das heißt Pizzen! Die Mehrzahl von Pizza ist Pizzen«, korrigierte Traudl die dahinschmachtende Walli.

»Ist mir doch wurscht«, konterte Walli. »Hauptsache schön groß und saftig sind die Pfannkuchen.«

Josi fuhr durch den Namensbogen hindurch und parkte ihren Bulli gegenüber der Rezeption.

»Gebt ihr mir eure Ausweise, dann mache ich unseren Platz klar. Ihr könnt euch ja bis dahin die Füße...«

Der Satz war noch gar nicht ausgesprochen, da riss Walli schon die Schiebetür auf und die Meute sprang aus dem Wagen, um das Neuland zu entdecken. Zenzi wartete bis Josi geparkt hatte und stieg langsam aus. Andächtig ließ sie ihren Blick über den Eingangsbereich schweifen. Viel hatte sich verändert, eigentlich alles. Nur der Bogen über der Straße schaute noch so aus wie früher. Natürlich frisch bemalt, aber noch aus Holz, das weiß gestrichen war. Der Name des Campingplatzes in der Farbe des Meeres beschriftet. Wenn ihr jemand letzte Woche gesagt hätte, dass sie das noch einmal sehen durfte, sie hätte demjenigen einen Vogel gezeigt. Aber der Stammtisch hatte es möglich gemacht. Und wäre Josi nicht gewesen, die alle überzeugt hatte, dann wäre es gar nicht dazu gekommen.

Zenzi blickte zu Himmel hinauf und sprach: »Mensch Hauser Rosi! Was hast du nur für eine tolle Enkelin. Schad', dass du nicht dabei bist. Aber ich bin mir sicher, du schaust von oben runter auf uns.«

Nachdem sich Emmi, Traudl und Walli wieder beim Bus eingefunden hatten, natürlich nicht ohne fette Beute gemacht zu haben, konnte Josi die Ausweise einsammeln und sich um die Anmeldung kümmern.

»Mögt ihr ein Stück von meiner Pizza?« Kauend reichte Walli den Karton mit der von Olivenöl triefenden Pizza herum.

»Schmeckt *saugut*«, verkündete sie mit vollen Backen. Alle Drei griffen hungrig zu und genossen jeden Bissen des italienischen Lebensgefühls.

»Und jetzt noch einen Lambrusco dazu«, schmatzte Traudl.

»Also wenn man dich so hört, Prosecco, Piccolo, Lambrusco... Man könnt meinen du bist eine Quartalssäuferin.«

Walli schleckte sich die Finger ab, um auch den letzten Rest der guten Tomatensoße zu genießen.

»Dafür magst du den »Vitus Spezial« von deinem Schwiegervater recht gerne oder?«, verteidigte sich Traudl.

»Nur Medizin! Alles nur Kräuter! Ganz gewiss!«

Walli grinste und legte das letzte Stück Pizza, das sie für Josi gerettet hatte, in den Wagen.

»So, da wäre ich wieder.« Josi hatte die Anmeldung für die Mädels und sich gemacht und einen Platz zugewiesen bekommen.

»Steigt's ein, damit wir zu unserem Platz fahren können.«

Das ließen sich die vier nicht zweimal sagen. Schnell hüpften sie in den Bus und fuhren dann langsam durch den Campingplatz. Eine völlig andere Welt erschloss sich für die vier alteingesessenen Ammerleitner Frauen. Sie kamen aus dem Staunen nicht mehr raus. Wohnwägen mit dem ganzen Hausstand von daheim säumten die Straßen, Vorzelte, Grills und sogar ein extra Zelt für den Hund konnten sie erblicken. Dazwischen Wohnmobile, groß, bombastisch, überdimensional, ab und an ein Zelt – und Menschen.

Menschen in allen Farben und Formen. Von krebsrot bis knackig braun. Bikinis, die das nötigste bedeckten, Männer in knallengen Badehosen, dafür aber mit einem großen *Airbag*. Kinder, die mit ihren Rädern um die Wette fuhren und Frauen, die ihr Geschirr in *Bollerwägen* transportierten, um den täglichen Abwasch zu machen. Es ging zu wie auf dem Stachus – nur anders halt.

Die vier brachten ihre Münder gar nicht mehr zu vor lauter Staunen. Auch Josi war überrascht, was sie da alles erblickte. Campingplätze dieses Ausmaßes waren auch für sie unbekanntes Terrain.

Aber auch von der Ammerleitner Truppe wurde Kenntnis genommen. Ein alter VW-Bus mit 5 Frauen darinnen erweckte bei den größtenteils alteingesessenen Campern Aufmerksamkeit.

Josi bog rechts ab und fuhr langsam den sandigen Weg Richtung Meer runter.

»Das muss er sein, unser Platz.«

Josi schaute auf die Platznummer. 463. Sie waren am Ziel.

Sie parkte den Bus so unter den Pinien, dass vorne noch genug Platz war, um Zelt, Tisch und Stühle aufzubauen. Die fünf stiegen aus dem Bus und begutachteten den Platz. Traudl schubste gleich ein paar Kiefernzapfen auf die Seite, während Emmi sich bei den Nachbarn vorstellte. Das gehört sich so, gab sie später als Antwort. Zenzi wurde in einen der Stühle beordert und zum Nichtstun verdonnert. Josi und Walli holten das Zelt vom Dach und fingen mit dem Aufbau an.

»Hallo, ihr bayrischen Mädchen«, ertönte es auf einmal.

Emmi war zurückgekehrt und hatte einen braungebrannten Mann mit Bauchansatz und Goldkette im Schlepptau.

»Das ist der Uwe«, stellte Emmi den in die Jahre gekommenen Möchtegernmacho vor. Mit seinen gegelten, schwarz gefärbten Haaren glänzte er wie eine Ölsardine in der Sonne. Es fehlte nur noch, dass Öl aus seiner Haarpracht tropfte.

»Der Uwe kommt aus Bottrop und macht hier Urlaub.«

»Na was?«, meinte Traudl kurz angebunden. »Darauf wäre ich nie gekommen.«

Sie zog die Augenbrauen zusammen und musterte den neuen Nachbarn.

»Und du meine Schöne, wer bist du?« Uwe wandte sich Traudl zu und zog sie fast mit seinen schmachtenden Blicken aus.

»Das wirst dann schon noch erfahren, wenn es an der Zeit ist. Musst dich halt a bisserl anstrengen, dann sag ich dir vielleicht, wer ich bin.« Traudl legte den Kopf neckisch zur Seite und lächelte den neuen Nachbarn an.

»Das werde ich, meine Liebe. Das werde ich. So einen leckeren Anblick einer Frau in Tracht werde ich mir nicht entgehen lassen.«

Er wendete nun seine volle Aufmerksamkeit Frau Huber zu.

»Also, ganz toll, wie dir das steht. Dieser Rock, die adrette Bluse und... ach, welch schönen Schmuck du da trägst.«

Er trat einen Schritt näher und beäugte das Erbstück ihrer Mutter. Eine Halskette mit einem granatbesetzten Kreuz.

»Ja ist schon recht«, flötete Traudl zurück. »Aber jetzt ist es, glaube ich, besser, wenn du gehst. Ist ziemlich heiß hier, gell?« Traudl zwinkerte mit den Augen und machte eine Handbewegung, die ihn zum Gehen aufforderte.

»Du bist mir aber Eine. Das mag ich, wenn Frauen wissen, was sie wollen. Ok, ihr Lieben. Dann bis später.«

Er drehte sich um und ging zu seinem Wohnwagen zurück und setzte sich so hin, dass er das ganze Schauspiel beobachten konnte. Ab und an hob er sein Bierglas und prostete der weiblichen Nachbarschaft zu.

»Ja so ein Volldepp!« Traudl schüttelte verneinend ihren Kopf.

»Warum hast ihn dann so *angeschmalzt*?«, wollte Emmi wissen. »Der ist ja...«

Emmi rümpfte die Nase und machte sich lieber über das Obst her, das sie am Stand vor dem Campingplatz gekauft hatte, als weiter über ihren Nachbarn nachzudenken.

Traudl zuckte mit den Schultern und meinte: »Keine Ahnung, mir war einfach danach.«

Sie drehte sich um und holte sich andere Kleidung aus dem Bus. »Ich geh' mir mal die Waschhäuser anschauen. Bis gleich.«

»Mach das«, antwortete Josi.

»Viel Spaß bei der Inspektion!«, rief ihr Walli hinterher. Doch das hörte Traudl schon nicht mehr.

Zenzi war indes in ihrem Stuhl eingeschlafen, die glimmende Kippe noch in der Hand. Walli und Josi bauten das Zelt schnell auf, während Emmi die Luftmatratzen aufpumpte. In Windeseile war alles fertig und platziert und sie konnten sich endlich in die Campingstühle setzen, als Traudl von ihrem Rundgang durch Klos und Duschen zurückkam.

Mit Sonnenbrille, Hotpants und Glitzerbunny auf ihrem schwarzen Shirt war sie nicht mehr von den anderen Urlaubern zu unterscheiden. Sonnenbräune hatte sie eh. Die Feldarbeit machte es möglich.

Walli ließ einen lauten Pfiff, der dafür sorgte, dass auch Nachbar Uwe herüberschaute und sofort Stielaugen bekam.

»So, Mädels! Wie schau ich aus?« Traudl drehte sich um 360 Grad und präsentierte ihr neues, italienisches Outfit. Die versammelte Damenschaft hob die Daumen und sprach ihr sogleich positives Feedback aus.

»Wie schaut's denn aus?«, fragte Josi, »gehen wir ans Meer?«

»Ja endlich!«, rührte sich Zenzi von ihrem Liegestuhl aus.

»Dann pack mer's!«, ordnete Walli an und erhob sich von ihrem Hocker.

Sie zogen ihre Badesachen an, was gar nicht so einfach war. Im Bus oder im Zelt die Klamotten zu wechseln, bedarf einer gewissen Gelenkigkeit. Und dann die Hitze! Sie erschwerte es noch mehr, die Kleidung zu wechseln. Die *Soße* lief ihnen bei der kleinsten Bewegung herunter, was dazu führte, dass die Kleidung am Körper klebte. Ein sehr kräftezehrender Akt.

Doch am Ende hatte sich der Aufwand wirklich gelohnt. Als die Ammerleitner Frauen endlich den Strand erreichten, blieben sie ehrfurchtsvoll stehen. So etwas Schönes hatten sie bis auf Josi noch nie gesehen. Gut! Darüber kann man jetzt geteilter Meinung sein, aber für Emmi, Traudl, Walli und besonders für Zenzi war es ein besonderer Moment. Raus aus dem Alltag! Raus aus dem kleinen Dorf vor den Ammergauer Alpen. Die endlose Weite des Meeres zu erblicken und nach der Begrenzung zu suchen, die man in bergigen Gefilden einfach gewohnt war.

Sie waren sich alle einig. Das war die beste Idee, die sie seit langem hatten. Sie warfen ihre Sachen in den Sand und liefen Richtung Wasser. Ohne Rücksicht auf Frisur oder etwaige wabbelnde Celluliteschenkel sprangen sie mit Karacho in die Fluten und spritzten sich wie die kleinen Kinder mit Wasser an. Sie tauchten unter, ließen sich auf dem Rücken im Wasser treiben oder missbrauchten ihre Schwimmnudeln als Ninjaschwerter. Kurzum, so ungezwungen und unbelastet hatten sie sich seit ihrer Kindheit nicht mehr gefühlt. Ein perfekter Moment.

»Mei ist des bärig«, meinte Walli und ließ sich so auf ihr Handtuch fallen, dass eine mehr oder weniger große Mulde entstand.

»Pass doch auf!«, zeterte Traudl. »Ich hab' mich gerade frisch eingecremt.«

Sie versuchte die Sandkrümel von ihren Armen und Beinen zu entfernen. Walli war wie ein Walross auf ihrem Handtuch gelandet, dass die Sandkörner nur so geflogen waren.

»Irgendwie schaust jetzt aus wie ein Wiener Schnitzel«, lachte Walli schadenfroh und begutachtete ihre Handtuchnachbarin vom Kopf bis zum großen Zeh.

»Aber ein knackiges Schnitzel. Das muss ich schon zugeben. Alle Achtung.«

Traudl schaute Walli verdutzt an. Lob und Anerkennung von Walli zu erhalten waren ganz etwas Neues. Was so ein Urlaub nicht alles möglich machte.

»Danke Walli«, entgegnete Traudl. »Endlich hab' ich die Möglichkeit meinen roten Badeanzug groß auszuführen und nicht nur in der Ludwigswieser *Froschlache* zu wässern.«

Traudl strich sich über ihre rote Errungenschaft und war zufrieden mit dem, was sie da sah.

»Schaust aus wie eine vom Hasselhoff«, mischte sich nun auch Zenzi ein.

»Des hat der Hubert immer so gern ang'schaut wegen den Mädels, die auch so rote Badeanzüge oder was das auch für Stofffetzen waren, getragen haben. Denk ich zumindest.«

Zenzi kratzte sich an der Stirn. »Er hat ja nie viel geredet.«

»Bist ja auch nicht gerade eine *Ratschkattl* vor dem Herrn«, warf Walli ein. »Wie ihr euch verständigt habt, das hätt' ich gern mal wissen wollen.«

»Der Hubert und ich haben halt nur die wichtigen Dinge beredet. Langt ja auch oder?«

»Na ja«, meinte Josi. »Ein bisschen mehr ist manchmal schon angebracht. Wann hast du denn das letzte Mal was vom Hubert gehört?«

Zenzi grübelte und rechnete mit ihren Fingern nach, wie lange sich ihr Sohn schon nicht mehr bei ihr gemeldet hatte.

»Fünf Jahre ist es her.«

»Was?!« Die Vier waren entsetzt.

»Und dann nichts mehr?« – »Was macht er denn?« – »Das ist ja schlimm!« – »So ein maulfauler Hund!«

Die vier plapperten wild durcheinander und konnten es nicht verstehen, wie Zenzi das so hinnehmen konnte. Aber hatte sie denn überhaupt eine andere Wahl? Nein! Hatte sie nicht. Sie dachte nicht viel darüber nach. Wieso sollte man sich wegen einer Sache verrückt machen, wenn keine Möglichkeit bestand, diesen Zustand zu ändern? Sie hatte weder Adresse, geschweige denn eine Telefonnummer von ihrem Sohn. Warum auch immer.

»Jetzt ist schon wieder gut«, beruhigte Zenzi ihre Freundinnen. »Wenn was passiert wäre, hätte ich schon Bescheid bekommen. Und außerdem will ich im Moment gar nicht drüber nachdenken, sondern einfach den Urlaub genießen.«

Sie bohrte ihre Füße in den heißen Sand und legte sich auf ihr Handtuch zurück.

Das Thema war sozusagen *ausgred't*. Das bedeutet nun nicht, dass das Problem ausdiskutiert wäre oder sich gar eine Lösung aufgetan hatte. Vielleicht später, irgendwann. Die Angelegenheit wurde ganz einfach von dem Betroffenen als erledigt gesehen und beendet und sollte nicht mehr erörtert werden.

Die vier akzeptierten Zenzis Entscheidung. Sie legten sich auch auf ihre Strandtücher und ließen sich von der italienischen Sonne so richtig durchgaren. Mit mehr oder weniger Erfolg.

Nach einer geraumen Zeit waren dann alle fünf eingeschlafen. Das frühe Aufstehen, die Aufregung, die neuen Eindrücke. Die Akkus des Weiberstammtisches waren ziemlich ausgelutscht. Und wenn nicht die anderen Strandbesucher wie auf Kommando ihre sieben Sachen zusammengepackt hätten, um noch rechtzeitig eine Dusche am Campingplatz zu ergattern, dann hätten sie auch noch länger ihr Nickerchen genossen.

»Wo rennen die denn alle hin?« Walli hob ihre Augendeckel und registrierte die Völkerwanderung.

»Gibt's Freibier oder was?«

»Aua«, stöhnte Emmi. Sie hatte sich aufrecht auf ihr Handtuch gesetzt und schaute auf sich runter.

»Ja sauber!«, gab Traudl zur Antwort. »Du schaust ja aus wie die Bratwürste vom Reiter Beni, wenn sie zu lange auf'm Grill gelegen sind. Kurz bevor sie platzen. Du bist ja krebsrot!«

»Hast du dich denn nicht eingecremt?«, wollte Josi wissen.

»Hab' ich irgendwie vergessen«, jammerte Emmi. »Und jetzt? Was soll ich machen? Den Urlaub kannst doch jetzt vergessen.« Emmi war den Tränen nahe. So hatte sie sich das nicht vorgestellt. Ein ausgewachsener Sonnenbrand war nicht in ihren Urlaubserinnerungen dabei.

»Das kriegen wir schon hin«, meinte Walli beruhigend. »Ich hab' den Vitus Spezial doch dabei. Du gehst dann erst einmal duschen und dann schmiere ich dich mit dem Zeugs ein. Das hat mir damals auch geholfen, als ich mir die Schultern beim Radeln verbrannt hab. Du stinkst zwar danach wie ein besoffener Iltis, aber morgen sollte es dann wieder gut sein.«

»Ich hoff' du hast noch eine Flasche in Reserve«, warf Zenzi ein. »Ich glaub nämlich, ich hab' einen inneren Brand bekommen.«

Sie mussten alle lachen und stimmten Zenzi zu. Ein innerer Sonnenbrand musste einfach behandelt werden.

- 11 -

Die Nacht war sehr warm gewesen. Die Temperatur fiel nicht unter 25 Grad. Zenzi und Walli hatten die Schiebetüre des Bullis die ganze Nacht offen gelassen, damit sie wenigstens ab und zu einen kleinen Hauch eines lauwarmen *Lüfterls* erhaschen konnten. Nicht anders erging es dem Rest, der es sich im Zelt gemütlich gemacht hatte. So gut es ging jedenfalls. Josi wanderte irgendwann in der Nacht aus, denn Emmi und Traudl schnarchten dermaßen penetrant und laut, dass sich die Zeltstangen bogen. Sie schnappte sich ihre Luftmatratze und schlug ihr Nachtlager am Strand auf. Und trotz dieser Affenhitze schliefen sie dann doch alle gut. Fast schon komatös. Die Aufregung des vorangegangenen Tages, die italienische Luft, die Wärme und vor allem der Lambrusco am Abend ließen sie tief und fest schlafen.

Nicht so gut schliefen zwei Männer 550 km nördlich von Cavallino. Unruhig wälzten sie sich in ihren halbverwaisten Betten. Griffen immer wieder auf die leere Seite des Ehebettes, um zu testen, ob es nicht doch nur ein böser Traum sei. Die Ehefrau weg! Abgehauen! Die Flucht ergriffen! Auf dem Selbstfindungstrip! Auf Halligalli machen! Den Ehemann in Stich gelassen!

Als Ignaz am Mittwoch früh den VW-Bus durchs Dorf fahren sah, wunderte er sich für einen kurzen Moment, warum Walli und Zenzi an Bord waren; dass die drei einen Ausflug oder dergleichen machten, der ohne Emmi und seine Frau stattfand.

Anscheinend war für seine Frau der Besuch in Spatzenkirchen bei der zuständigen Ortsbäuerin wichtiger. Das machte ihn ein wenig stutzig, da seine Traudl so gut wie nie fehlte, wenn es sich um die Aktivitäten des Stammtisches handelte. Auch ihr früher Aufbruch in aller Herrgottsfrühe: um *3/4 6* hatte sie das Haus schon verlassen und das gerade für 25 Kilometer Entfernung. Er hatte seine komischen Gedanken aber sofort wieder weggeschoben. Wahrscheinlich musste sie noch irgendetwas anderes erledigen. Es gab im Moment nur diese eine Erklärung für ihn. Erst, nachdem Sepp in der Früh aufgeregt zu ihm rüberkam und fragte, wo Emmi sei, dämmerte es ihm.

Sepp wusste gar nicht wie ihm geschah. Emmi sagte doch, dass sie nur zum pieseln geht. Und nun war sie weg! Fort! Einfach nicht da! Als er aufstand, dachte er sich noch gar nichts dabei, dass Emmi nicht mehr im Bett lag. Oft stand sie früher auf, um im Laden schon alles für den Tag herzurichten. Als er sie dort auch nicht fand und die Kinder Paulina nervten, wo denn die Mama sei, machte er sich langsam Sorgen. Er suchte in dieser Situation nach dem unverzichtbaren Brief auf dem Küchentisch. Nichts! Er wühlte sich durch ihren Kleiderschrank, konnte aber nicht mit Sicherheit sagen, dass etwas fehlte. Wie denn auch. Was interessierte ihn bis dato die Garderobe seiner Angeheirateten. Er schaute nach den zwei alten Koffern, die sie hatten. Die waren noch an Ort und Stelle. Was er jedoch nicht fand, war der Rucksack, den sie immer nahmen, wenn sie in die Berge gingen. Das beunruhigte ihn jetzt aber auch nicht sonderlich, denn der konnte sonst wo liegen. Ordnung wurde bei den Gschwends nicht so großgeschrieben.

Vielleicht wusste Traudl ja etwas. Vielleicht war sie ja bei ihr. Er konnte sich das zwar nicht so recht vorstellen, aber man wusste ja nie. Im Laufschritt lief er zum Huberhof rauf, in der

Hoffnung dort seine Frau zu finden, bzw. eine Antwort auf seine Frage zu bekommen: Wo ist meine Frau? Doch nichts dergleichen geschah. Traudl war im Nachbarlandkreis und Ignaz wusste auch nichts. Außer, dass seine Frau schon früh aus dem Haus sei.

Da half nur noch eins. Xaver, Vitus und Korbinian mussten befragt werden. Vielleicht waren die ja besser informiert über den Verbleib von Emmi und eventuell auch Traudl. Die zwei unfreiwilligen Strohwitwer verabredeten sich nach der Stallarbeit, um etwas über den Verbleib ihrer Ehefrauen zu erfahren.

Als sie bei Vitus aufschlugen, schraubte er gerade an einem Schwader herum.

»Servus Vitus«, begrüßte Ignaz seinen Nachbarn.

»Guten Morgen. So früh am Weg?«

Vitus ließ sich nicht ablenken und werkelte weiter an dem landwirtschaftlichen Gerät herum. Er wusste ja, warum die beiden in aller Herrgottsfrüh bei ihm aufkreuzten.

»Die Frage klingt jetzt vielleicht blöd«, druckste Sepp herum und schaute auf den Boden.

»Dann schieß los«, antwortete Vitus. »Dann sag ich dir, ob deine Frage deppert ist oder net.«

Sepp hob den Kopf und stellte für ihn die wichtigste Frage des heutigen Tages: »Weißt du, wo meine Frau ist?«

Vitus hörte auf zu schrauben, drehte sich zu Sepp hin und brummelte: »Schau ich so aus, als ob ich wüsste, wo die Emmi ist? Ich hab' sie nicht, deine fleißige und *bildsaubere* Frau.«

Er widmete sich wieder seiner Arbeit und nuschelte nur: »Ist sie dir vielleicht abgehauen? Ein Wunder wäre es nicht bei deiner Weiberei!«

Sepp bekam einen hochroten Kopf und schoss auf Vitus zu. Er kam ihm sehr nah. Zu nah!

»Was geht's dich an, Burgmeier!«

Vitus stoppte sein Tun und richtete sich vor Sepp auf. In der einen Hand den großen Schraubenschlüssel, die andere Hand zur Faust geballt. Trotz seiner guten 70 Jahre konnte er mit seiner mächtigen Statur immer noch gut einen 40-Jährigen in seine Schranken weisen.

»Was fragst du mich dann, wenn's mich nichts angeht. Und jetzt lass mich arbeiten. Ich hab' viel zu tun.«

»Wieso denn du?«, fragte Ignaz scheinheilig.

»Wo ist denn die Walli?«

Er wusste ja, dass sie nicht daheim war, da er sie ja heute früh im Bus gesehen hatte. Aber ein Versuch war es wert. Mal schauen, was man dem Vitus noch so entlocken konnte.

»Die hat sich Urlaub genommen. Mehr weiß ich nicht.«

»Und der Xaver? Wo treibt der sich rum?«

Ignaz ließ nicht locker.

»Wo der ist, das weiß ich gar nicht so genau. Auf irgendeinem Seminar wird der hocken.«

Ignaz und Sepp wussten ganz genau, dass das nicht der ganzen Wahrheit entsprach. Sie entschlossen sich aber trotzdem zu gehen und Korbinian einen Besuch abzustatten.

»Also danke, Vitus«, meinte Ignaz beschwichtigend und hob die Hand zum Gruß.

»Ist schon recht«, brummelte Vitus und widmete sich wieder seiner Arbeit.

»Der alte Hallodri!«, schimpfte Sepp als sie auf dem Weg zu Korbinian waren.

»Der weiß was! Das spür' ich!«

»Kann schon sein«, erwiderte Ignaz.

»Vielleicht kann uns ja der Korbinian weiterhelfen.«

»Das hoffe ich! Langsam mache ich mir echt Sorgen.«

Als sie am Haus von Korbinian ankamen hörten sie schon Waggi bellen und Rosa krakeelen.

»Was machen die zwei Plärrer denn beim Schneider?« Sepp schaute verwundert zu Ignaz.

»Keine Ahnung«, entgegnete Ignaz. »Aber mir dämmert es so langsam.«

›VW-Bus – Zenzi – Josi – Walli – Herrgottsfrüh‹

Waren etwa Traudl und Emmi auch in dieser Rostlaube gewesen?

Ignaz riss die Haustüre auf und schrie: »Schneider, wo bist?«

»Kommt's rein«, hörten sie Korbinian von der Küche aus antworten. »Ich hab' euch was auszurichten!«

Ignaz und Sepp trauten ihren Ohren nicht, als Korbinian ihnen alles erzählte. Auf der einen Seite war Sepp froh, dass es Emmi gut ging, auf der anderen Seite wurde er langsam richtig stinkig. Ihn einfach mit den Kindern und der ganzen Arbeit alleine lassen, ohne etwas zu sagen.

Ignaz fiel aus allen Wolken. Es hatte von seiner Warte aus gar keinen Grund gegeben, dass Traudl das Weite suchen musste. Es hatte doch alles gepasst. Alles machte er für seine Traudl. Auch wenn sie manchmal etwas herrisch war. Aber ihr stand das zu, dachte er bei sich. Das hatte ihm damals schon so imponiert, als sie sich kennengelernt hatten. Er musste sich seine Frau noch so richtig erobern. Und das war nicht ganz einfach. Denn die Burschen standen Schlange bei Traudl. Bis heute weiß er eigentlich nicht so recht, warum sie ihn genommen hatte. Und jeden Wunsch erfüllte er ihr. Beziehungsweise sie machte und er hatte nichts dagegen. Meistens jedenfalls. Genauso wie die geplante Hochzeitsreise nach Paris. Traudl hatte gemanagt und er hatte sich gefügt, obwohl er nichts von Frankreich und so hielt. Die Reise fiel dann leider ins Wasser, denn Traudl wurde schwanger und musste von Anfang an liegen. Bald feierten sie Silberhochzeit und nun hatte Ignaz die Idee, seine Traudl mit einer Parisreise zu überraschen. Sogar einen Französischkurs machte er im Moment bei einer jungen Lehrerin aus Ludwigswies. Es wird sich alles finden, redete er sich ein. Noch vier Mal schlafen und dann ist sie wieder da, seine Traudl.

Es war 7:00 Uhr und der Campingplatz erwachte langsam zum Leben. Hunde gingen mit ihren Besitzern Gassi und Jogger machten sich auf den Weg zum Strand, um dort ihr tägliches Pensum an körperlicher Betätigung zu absolvieren. Frühaufsteher nutzten die Gunst der Stunde, um endlich eine freie Dusche zu erhaschen oder in aller Ruhe ihrem Geschäft nachzukommen. Der Geruch von frisch gebrühtem Kaffee zog durch die Campinglandschaft und manch einer reservierte »seinen« ihm zustehenden Platz am Strand. Josi war schon eine geraume Zeit wach und beobachtete die zelebrierten Rituale der eingeschworenen Campinggemeinschaft.

Der Reißverschluss des Zeltes wurde aufgemacht und Traudl kroch auf allen Vieren heraus. Sie hatte ihre Mühe aufzukommen und streckte und dehnte all ihre vorhandenen Wirbel und Muskeln im Rücken, um wieder aufrecht gehen zu können.

Sie erblickte Josi und hob die Hand um zu signalisieren: Guten Morgen! Du siehst mich zwar, aber eigentlich ist das nur ein Fehler in der Matrix. Sie schlupfte in ihre Flip Flops und schlurfte Richtung Waschhaus. Josi stand auf, um in der kleinen, provisorisch eingerichteten Küche unter der Markise Kaffee zu kochen. Sie warf einen Blick in das Innere ihres

VWs, in dem Walli und Zenzi langsam wach wurden. Ein netter Anblick. Die zierliche Zenzi lag neben der stämmigen Walli. Man konnte fast ein wenig Angst um Zenzi haben. Eine falsche Umdrehung im Schlaf von Walli und Zenzi wäre platt gewesen.

»Guten Morgen«, flüsterte Josi in das Schlaflager hinein.

Walli drehte sich in Josis Richtung und murmelte auch so etwas wie ein guten Morgen. Zenzi knurrte kurz und drehte sich auf die andere Seite.

»Kaffee ist gleich fertig.«

»Oh, das klingt gut«, nuschelte Walli.

»Und pack gleich Aspirin dazu. Scheiß Lambrusco.«

Sie hielt sich die Hand an die Stirn und stöhnte.

Langsam stand sie auf und taumelte ein wenig, als sie aus dem Bus stieg. Sie ließ sich auf den Campingstuhl fallen, der bei diesem Setzmanöver verdächtige Geräusche von sich gab.

»Wo sind denn die anderen?«

Walli nahm einen großen Schluck Kaffee und setzte sich die Sonnenbrille auf.

»Emmi schläft noch und Traudl ist schon in Richtung Sanitäranlagen unterwegs.«

»Habt's ihr auch einen Kaffee für mich?«, tönte es aus dem Bus.

»Freilich.« Josi nahm eine der Emailletassen und schenkte Zenzi frischen Kaffee ein.

Zenzi warf die Decke beiseite und für eine gut 70-Jährige war sie wirklich ziemlich schnell in der Senkrechten. Ein paar Hüftbewegungen, ein bisschen Arme kreisen und schon war sie bereit für die erste Tasse Kaffee des Tages.

»Wie schaust du denn aus, Walli?«, rief eine Stimme von Weitem.

Traudl hatte die Kaffeerunde entdeckt und anscheinend war sie jetzt auch unter den Lebenden angekommen.

»Wieso, wie schau ich aus! Mir fehlt nichts. Nur die Sonne blendet etwas.«

Walli stand auf und suchte in der Vorratsbox nach Sachen für das gemeinsame Frühstück.

Traudl blieb stehen, während Josi ihr eine Tasse Kaffee reichte. Sie warf einen Blick zu den Nachbarn und entdeckte Uwe. Schnell drehte sie den Kopf weg. Zu spät. Uwe aus Bottrop hatte sie entdeckt und winkte ihr heftig zu. Traudl drehte sich langsam zu ihm um, hob leicht den Arm und schickte ihm einen kleinen Guten Morgen Gruß.

»Der fährt ja voll auf dich ab«, meinte Zenzi.

»Kann schon sein. Aber den möcht ich nicht g'schenkt haben, den Himbeertoni, den preißischen.«

Es schüttelte sie heftig.

Das Zelt wackelte wie wild und wie ein geölter Blitz raste Emmi zu den Toiletten.

»Hoffentlich schafft sie es bis zum Klo. Die Arme«, seufzte Zenzi.

»Ja, die ist im Moment arg geplagt«, antwortete ihr Walli.

»Ich geh mal hinterher und schaue, ob alles in Ordnung ist.« Josi stand auf und ging Emmi hinterher. Sie drehte sich nochmal um.

»Überlegt euch doch bis dahin, was wir heute machen könnten. Venedig wäre mein Vorschlag. Oder ob wir überhaupt was machen, außer Faulenzen.«

»Also nach Venedig fahren hätt scho' was. Wenn wir schon mal da sind.«

Walli stellte die verschiedenen Marmeladen an den Tisch und platzierte die mitgenommenen Brotzeitbrettchen.

»Das find ich auch«, erwiderte Traudl.

»Wann hat man denn schon mal die Gelegenheit in Venedig shoppen zu gehen. Des muss i einfach voll ausnutzen. Und du Zenzi, gehst a mit?«

Traudl wandte sich Zenzi zu, die genüsslich an ihrer Zigarette sog und Kringel fabrizierte.

»Sowieso bin ich dabei. Bin gespannt, ob sich da auch so viel verändert hat.«

»Und wer holt jetzt Semmeln?«

Walli stand vor dem Tisch und merkte jetzt erst, dass das Wichtigste fehlte.

»Der, wo fragt«, scherzte Zenzi und blies Walli den Rauch ins Gesicht.

Walli brummte, schnappte sich ihren Geldbeutel und ging auf Semmeljagd. Das anschließende Frühstück brachte sie alle wieder in die richtige Spur, denn jede war etwas derangiert. Sei es durch zu viel Alkoholkonsum oder schwangerschaftsbedingten Würfelhusten.

»Ich sag euch was«, fing Emmi an, während sie schmatzend ihre Semmel mit Honig aß.

»Des muss ein Mädel werden. So g'spieb'n hab' i bei den Buben koa einz'ges Mal. Mir ist ja heute alles aus dem G'sicht g'fallen. Also so...«

Walli hielt sich ihren Bauch und verzog das Gesicht.

»Kannst du das Thema mit deiner Kotzerei bitte sein lassen? Mein Magen ist heute nicht der Beste.«

»Mir fehlt zwar nix«, warf Zenzi ein, »aber ein anderes Thema wär' mir jetzt auch lieber. So in der Früh pack' i des noch net.«

»Was macht denn dein Sonnenbrand?«, wollte Traudl wissen.

»Du bist nicht mehr ganz so rot wie gestern.«

»Geht schon viel besser. Und weh tut's überhaupt nicht mehr. Das Zeug vom Vitus hat echt geholfen.«

»Das wird auch gut sein«, antwortete Traudl. »Von dem Dampf im Zelt hab' ich in der Nacht gleich einen Sitzen gehabt, so hast du ausgedünstet.«

»Also ich hab' gut geschlafen«, stellte Emmi fest.

»Freilich. Du warst ja auch high von dieser Dunstglocke, die im Zelt hing.« Josi stand auf und schenkte sich noch einen Kaffee ein. »Wer will noch was von dieser schwarzen Brühe?«

»Nix mehr«, entgegnete Walli. »Ich will jetzt nach Venedig gondeln.«

»Dann nix wie los.« Zenzi sprang von ihrem Stuhl auf und fing an den Tisch abzuräumen.

Während Traudl und Emmi sich stadtfein machten und Walli vor lauter Hitze noch duschen ging, machten sich Zenzi und Josi schlau, was sie alles in Venedig abklappern wollten.

»Also Markusplatz, Rialtobrücke und der Canale Grande da kommst ja schon fast automatisch vorbei.« Josi vergrößerte die Routenführung auf ihrem Handy und suchte weiter.

»Ansonsten halt Schaufensterbummel und was uns sonst noch so über den Weg läuft.«

»Was hör' ich? Schaufensterbummel?«, rief Traudl, während sie sich im Zelt umzog.

»Hast was dagegen?«, fragte Zenzi nach.

»Als wenn ich was gegen shoppen hätte. Herrschaftzeit'n Emmi. Mach dich halt net so breit. Und tu endlich deine Hax'n von meiner Bluse runter!«

Das Zelt bewegte sich gefährlich hin und her.

»Verteil' du doch deine Sachen net im ganzen Zelt. Was

musst auch so viel Zeug mitnehmen!« Emmi verließ genervt das Dreimannzelt und zog sich ihre Bermudas im Freien an.

Verhitzt ging sie zu Zenzi und Josi und setzte sich auf den Hocker.

»Ich könnt' jetzt auch eine Dusche gebrauchen. Die Frau bringt mich immer zum Schwitzen.«

»Nix da!«, rief Walli ihr zu. »Jetzt fahren wir los. Sonst wird es zu spät.«

Innerhalb von zehn Minuten waren dann endlich alle startklar und sie marschierten Richtung Bushaltestelle, die direkt vor dem Campingplatz lag. Von Weitem sahen sie schon, dass auch andere auf die glorreiche Idee gekommen waren, einen Abstecher nach Venezia zu machen. An die dreißig buntbekleidete Urlauber standen dort schon und warteten auf den Omnibus. Die Ammerleitner hatten Glück. Keine fünf Minuten mussten sie in der sengenden Hitze warten, da kam auch schon der Shuttlebus zu den Fähren nach Venedig. Voller Vorfreude auf eine klimatisierte Fahrt stiegen sie ein und mussten feststellen, dass es im Innenraum noch heißer und stickiger war als draußen. Dazu noch schwitzende, nach Sonnencreme duftende Mitreisende, die allesamt wieder schnell aus dieser fahrenden Sauna herauswollten und dementsprechend gelaunt waren. Übellaunig meckerten einige über diese italienischen Verhältnisse und kamen Gott sei Dank nicht vom Hundertsten ins Tausende, denn nach einer kurzen Fahrt erreichten sie schon den Hafen von Punta Sabbioni. Verschwitzt warteten sie am Pier und genossen den Wind, während Josi sich erbarmt hatte, die Fahrkarten zu besorgen.

»Ich muss ganz ehrlich sagen, dass ich so viele Leute einfach nicht mehr ertrag'«, stellte Zenzi fest. »Und das wär' noch gar nicht das Hauptproblem. Die Leut' sind so nörgelig. Und das im Urlaub.«

»Geb' ich dir recht«, erwiderte Traudl und beobachtete die Menschenansammlungen, wie sie auf die Fähren gingen. »Da ist mir aber unser Dorf schon viel lieber. Ruhig und überschaubar. Ich mein, auf unserem Gartenfest sind auch ein Haufen Leute, aber irgendwie ist das anders. Da spinnt keiner so rum – außer dem Beni vielleicht. Aber das war es dann schon.«

»Dann lassen wir uns mal überraschen, was Venedig uns zu bieten hat.« Walli nahm ihren Rucksack und ging Josi entgegen, die mit den Tickets wedelte.

»Auf geht's!«, rief sie schon von Weitem zu. »Die Fähren legen in ein paar Minuten ab.«

Die Überfahrt entschädigte sie dann alle für die Unannehmlichkeiten, die sie vorher hatten. Sie ergatterten Sitzplätze am Bug und hatten somit freie Sicht auf ihr ausgewähltes Ziel. Das Meer präsentierte sich ihnen in verschiedenen wunderschönen Türkisschattierungen. Die Sonnenstrahlen, die sich in den kleinen Wellen brachen, erzeugten kleine Lichtreflektionen und ließen sie wie kleine Diamanten erstrahlen. Keiner sagte ein Wort. Ehrfürchtig blickten sie auf die Adria, träumten vor sich hin und warteten darauf, dass Leonardo DiCaprio vorbeikam.

Nach einer halbstündigen Fahrt legten sie in Venedig an und sahen nur: Menschen, Touristen, Tauben.

»Ja dann«, fing Zenzi zu reden an, nachdem sie sich erst einmal einen Überblick verschafft hatten. »Rein ins Gewühle! Haltet eure Handtaschen fest und los geht's!«

Irgendwie hatten sie sich das anders vorgestellt. Sicherlich wussten sie, dass Venedig ein Touristenmagnet war, aber gleich so? Das war ihnen, mit Ausnahme von Josi, nicht bewusst. Total geschafft setzten sie sich nach einer Stunde auf zwei Sitzbänke.

»I bin total fertig«, japste Emmi. »Die Hitz' und die Leut'. So heiß und so viel.«

»Da, nimm einen Schluck.« Traudl reichte ihr eine Flasche mit Wasser.

»Und was machen wir jetzt?«, fragte Josi. »Ich bin auch total platt.«

»Mei, was machen wir jetzt«, entgegnete Walli. »Jetzt sind wir schon mal da. Also fahren wir mit so einer Nussschale oder?«

»Warum eigentlich nicht. So bald kommen wir hier nicht mehr her. Eher gar nicht«, bemerkte Zenzi.

Gesagt, getan!

Schnell fanden sie eine freie Gondel und schluckten kurz, als sie den Fahrpreis erfuhren. Aber das war ihnen heute egal. Sie waren im Urlaub. Und Schiffchen fahren war immer ein Erlebnis. Und dann noch in Venedig und nicht auf dem Chiemsee oder einem anderen See in Bayern.

»Ist des a wacklige Angelegenheit«, stellte Walli fest, als sie sich als Letzte in die Gondel plumpsen ließ.

»Pass doch obacht!«, zeterte Traudl. »Du schaffst es noch, dass wir elendig in Italien ersaufen.« Der Kahn hatte schweren Seegang. Der Gondoliere hieß Walli irgendetwas auf italienisch. Ein Kompliment war es mit Sicherheit nicht.

»Piano, piano«, gab Walli als Antwort, was den Kapitän auch nicht gerade versöhnlich stimmte. Er brummelte weiter und fuhr endlich los.

Vom Canale Grande, wo sie kurz in einem Gondelstau steckten, ging es weiter in die Seitenkanäle. Immer ruhiger wurde es. Vorbei an verwitterten Häusern, prunkvollen Palazzi und unter verwunschenen Brücken hindurch. Irgendeiner rümpfte immer mal die Nase, wenn Gerüche aus den Kanälen aufstiegen, die dem bayrischen Riechkolben unbekannt und unangenehm waren. Doch sie waren sich nach dieser Gondelfahrt einig, dass sie froh waren, diese Tour gemacht zu haben.

»Und jetzt langt's mir«, verkündete Traudl, als sie wieder fast an Land waren.

»Mir auch«, stimmte ihr Josi zu. »Ich hätte nichts dagegen jetzt zum Campingplatz zurückzukehren und baden zu gehen.«

»Seh' ich genauso«, antwortete Walli. »Baden, braten und Krimi lesen.«

»Und die Füße in den Sand buddeln«, meinte Zenzi.

»Und ich brauch ein Schläfchen am Strand«, stellte Emmi fest.

- 12 -

Sobald sie am Campingplatz angekommen waren, packten sie schnell ihre Taschen, zogen ihre Badebekleidung an und machten sich Richtung Strand auf, in der Hoffnung noch einen Platz in der ersten Reihe zu ergattern. Leider waren sie zu spät dran, denn es war schon alles mit Strandlaken und Liegen zugepflastert. Da gab es kein Durchkommen mehr. Sie richteten sich weiter hinten häuslich ein und genossen die Sonne und vor allem die Ruhe, die einzig und allein durch das Schnarchen von Emmi und der Stimme des Kokosnussverkäufers unterbrochen wurde, der laut »Coco bello« plärrte.

Walli legte ihr Buch zu Seite und fand: »Das wär' doch was für dich Traudl. Beim nächsten Gartenfest durch den Hof zu gehen und laut: »Rohrnudeln, Käskuchen, alles frisch« zu rufen.

»Ja freilich. Als hätt' ich nichts Besseres zu tun. Aber du bringst mich da auf eine Idee. So ein Bauchladen mit Rohrnudeln wäre vielleicht gar net schlecht.« Sie legte sich wieder auf ihr Handtuch hin und sinnierte weiter.

»Schau, für was so ein italienischer Strandverkäufer net ois guat is.« Walli nahm ihr Buch wieder zur Hand und las weiter.

»Stimmt. Und jetzt lass mich weiter *spinntisieren*.«

»Und was machen wir beide jetzt? Mir ist a bissl fad.« Zenzi legte ihr Kreuzworträtsel zur Seite und schaute Josi fragend an.

»Weiß nicht. Ich kann ja die Federballschläger vom Zelt holen. Was meinst?«

»Gute Idee!«

Josi stand auf, band sich ihr Strandtuch um und fragte: »Soll ich sonst noch was mitbringen?«

Alle verneinten und gaben sich schnell wieder dem *dolce non fare niente* hin.

Josi ging beschwingt den Weg zum Campingplatz hinauf. Sie hätte nie gedacht, dass man mit den Mädels so einen Spaß haben könnte. Bis jetzt war es keine Sekunde langweilig oder in irgendeiner Weise anstrengend gewesen. Jede bewies Teamgeist und brachte sich in die Gemeinschaft ein.

Sie schlug den Weg zum Zeltplatz ein und sah, dass sich jemand an ihrem Zelt zu schaffen machte. Ein Hinterteil, dass aus ihrem Refugium ragte. Josi wollte zuerst drauflosrennen, entschied sich aber schnell um und versteckte sich hinter einer Kiefer. Ein idealer Platz, um alles zu beobachten. Als sich das Hinterteil in die Höhe bewegte und jetzt der Kopf in Erscheinung trat, traute sie zuerst ihren Augen nicht. Uwe, uns Uwe war es, der sich mit großer Wahrscheinlichkeit nicht im Zelt geirrt hatte.

»Na warte, du Mistkerl«, schimpfte sie leise vor sich hin und kam hinter dem Baum hervor. Sie trällerte verschiedene Töne, weil ihr in diesem Moment einfach kein Lied einfallen wollte. »Hauptsache er merkt, dass ich komme.«

Und das tat er. Erschrocken blieb er stehen, schaltete aber gleich um und begrüßte Josi mit wildem Gestikulieren.

Josi war stinksauer, durfte sich aber nichts anmerken lassen. Sie wollte einfach wissen, was er da trieb. Sie setzte also ihr schönstes Lächeln auf und winkte genauso stürmisch zurück.

»Hallo Uwe«, flötete Josi.

»Hi, schönste Nachbarin.«

Er ging ihr auf halben Wege entgegen.

»Alles klar bei dir?«, fragte Josi scheinheilig ihren Nachbarcamper.

»Ja du, alles roger.«

Uwe grinste nur noch doof.

»Ich könnt kotzen.« Sie musste sich mehr als zusammenreißen, um vor lauter Zorn nicht gleich zu platzen.

»Was hast du denn an unserem Zelt gemacht? Wolltest du für frische Luft in unserem Luxusbungalow sorgen?«

›Was kommt jetzt‹, überlegte sie. ›Was erzählt er mir jetzt für eine fadenscheinige Ausrede.‹

»Du, stell dir vor, da war ’ne verwilderte Katze und die machte sich gerade an eurem Zelt zu schaffen. Du weißt schon, Krallen und so. Die hätte euch voll den Stoff kaputt gemacht, wenn ich nicht dazwischen gegangen wäre. Und da sie mit ihren Pfoten schon am Reißverschluss rum gepuhlt hatte, habe ich dieses Mistvieh weggejagt und ihn wieder zugemacht. Meine Güte, das hätte auch leicht nach hinten losgehen können.«

Er wischte sich den Schweiß von der Stirn, wahrscheinlich vom Zweikampf mit dem italienischen Tiger.

›Bin ich jetzt im falschen Film oder was?‹, fragte sich Josi.

»Ach, Uwe! Gut, dass du uns gerettet hast. Was würden wir ohne so einen tollen Nachbarn machen. Ich danke dir.«

Sie schaute ihm in die Augen und lächelte.

»Kein Ding, meine Liebe. Das habe ich doch gern gemacht. Vielleicht habt ihr ja heute Lust am Abend auf ein Gläschen rüberzukommen. Na, was hältst du davon.«

›Ja spinnt denn der komplett, der *Ruhrpottmufti*! Erst hat er irgendwas an unserem Zelt gemacht, Frage ist was und dann lädt er uns noch ein. Ich fasse es nicht.‹ Uwes Dreistigkeit war wirklich nicht zu überbieten.

»Du Uwe, das kann ich nicht alleine entscheiden. Ich muss erst meine Mädels fragen.« Josi legte versöhnlich ihren Arm auf seinen.

›Wahrscheinlich krieg ich jetzt auch noch die Krätze‹, schoss es ihr durch den Kopf.

»Absolut, du! Ich bin ja nicht aus der Welt!«

Er lachte und ging zu seinem Wohnwagen zurück.

Josi holte schnell die Federballschläger und rannte zum Strand zurück, um den anderen von der verdächtigen Beobachtung zu erzählen.

Die Reaktion der anderen war dieselbe, als sie ihnen von diesem ominösen Vorkommnis berichtet hatte. Von Volldepp, dem preißischen bis bin zu *Schlawack* war alles dabei. Und das waren noch die jugendfreien Schimpfwörter. Fakt war, der *falsche Fuchszga* hatte es geschafft, dass das süße Nichtstun abrupt beendet war. Keine Sekunde wollten sie ihren Platz mehr alleine wissen.

»Wir müssen jetzt auf alle Fälle so tun, als ob alles in bester Ordnung ist«, klärte Walli die Gruppe auf.

»Wir dürfen uns jetzt nicht verraten. Wir schauen in aller Ruhe nach, ob alles passt und dann sehen wir weiter.«

Jetzt kamen Wallis Kriminalerfahrungen, die sie sich durch das Lesen unzähliger Kriminalromane angeeignet hatte, endlich mal zum Einsatz.

»Das sagst du so leicht«, antwortete ihr Emmi.

»Am liebsten würde ich im Schweinsgalopp raufrennen.«

»Nix da, wir gehen ganz gemächlich, damit auch alles ganz echt aussieht.«

Und so schlichen sie zum Campingplatz hinauf und taten so, als wären sie bester Stimmung. Lachten manchmal ein wenig zu laut, pfiffen ein undefinierbares Liedchen. Hauptsache alles wirkte total normal.

Oben angekommen verteilten sie sich und spielten ihre vorher besprochenen Rollen.

Walli hing die Handtücher auf und grüßte freundlich besagten Nachbarn.

Zenzi ging in den Bulli und schaute nach, ob irgendwas fehlte.

Josi war fürs Kaffeekochen zuständig und Emmi und Traudl inspizierten ihre Habe im Zelt.

Ein kurzes, lautes »Oh nein« ertönte aus dem Zelt. Kurzes Gemurmel, dann Ruhe.

Emmi kroch als Erste aus dem Zelt, wollte schon losschreien, erinnerte sich Gott sei Dank noch an Wallis Anweisungen und presste die Hand vor dem Mund.

Sie schaute in Uwes Richtung. Dieser war aber so in seine Sportzeitung vertieft, dass er Emmis erschrockenen Gesichtsausdruck nicht wahrgenommen hatte. Sie riss sich zusammen und setzte sich in den Campingstuhl.

Endlich kam Traudl aus dem Zelt. Kreidebleich und mit zitternden Händen. Sie strich sich die Haare am Kopf glatt, damit sie das Zittern kompensieren konnte und ging steif zu den anderen. Sie setzte sich langsam zu Emmi an den Tisch. Walli, Josi und Zenzi kamen nach und nach auch dazu. ›Nur nicht auffallen‹, dachten sich alle.

Traudl schaute alle betroffen an und flüsterte: »Meine Kette ist weg!«

Sie schnaufte einmal kurz durch, um die Tränen zu unterdrücken und faltete ihre Hände in ihren Schoss.

»Was für eine Kette?«, wollte Walli wissen und schenkte Traudl ihre ganze Aufmerksamkeit.

»Die Kette von meiner Mutter. Die mit dem Granatkreuz.«

Ihr fiel es sichtlich schwer die Fassung zu wahren.

»Warum nimmst du auch so was Wertvolles in den Urlaub mit.«

Zenzi beugte sich zu Traudl rüber und schüttelte den Kopf.

»Ja mei«, erwiderte Traudl und knetete ihre Handknöchel.

»Ich hab' doch die Bluse und den Trachtenrock anziehen müssen, damit der Ignaz nicht merkt, dass ich nicht nach Spatzenkirchen fahre. Und da hat die Kette halt gut dazugepasst.«

Sie zog die Stirn in Falten und schlug mit der Faust auf den Campingtisch. Der Tisch machte einen kleinen Sprung und brachte die Tassen gefährlich zum Wackeln.

»Psst, sei leise, spinnst du denn?«, ertönte es wie aus einem Munde von allen vier besetzten Seiten des Tisches.

Die Blicke gingen zeitgleich in Uwes Richtung, um die Lage zu checken. Doch der war immer noch in sein Käseblatt vertieft und merkte nicht, was sich in seiner Nähe abspielte.

»Ich bin so ein Rindviech«, *grantelte* Traudl und ballte die Fäuste.

Alle waren auf Alles gefasst, doch Traudl hatte sich im Griff.

Sie löste ihre Fäuste, strich sich ihr T-Shirt zurecht und fragte: »Und was machen wir jetzt? Es kann nur der hergelaufene Preiß gewesen sein.«

»Die Wahrscheinlichkeit ist groß, sogar sehr groß, dass unser Nachbar die Kette genommen hat. Zumal ich ihn fast auf frischer Tat ertappt habe.«

Josi lehnte sich zurück und überlegte.

»Er muss es gewesen sein«, fing Traudl wieder an.

»Klar, er war's. Er hat die Kette schon bei der ersten Begegnung so begutachtet. Ich hab' mir nichts dabei gedacht. Wer kommt denn auch auf so eine Idee, dass der meine Kette stiehlt.«

»Es hilft nix.« Walli beugte sich verschwörerisch über den Tisch. Ihre herausragenden Eigenschaften brachten den Tisch nun vollends in die Bredouille und ein kleiner Kaffeebach ergoss sich über der Tischplatte. Keinen störte es, dass sich der Bach zum kleinen Kaffeefall entwickelte.

»Was hast du vor?«, wisperte Emmi.

Acht Augen richteten sich auf Walli und warteten, welche Idee sie hatte.

»Ich seh' nur eine Möglichkeit. Wir müssen die Kette wieder beschaffen. Wenigstens mal prüfen, ob er die Kette denn überhaupt hat. Versteht ihr?«

Acht Augen starrten sie ungläubig und fragend an.

»Und das heißt?«

Emmi runzelte die Stirn und dann...

»Das ist doch nicht dein Ernst oder? Wir können doch nicht einfach so einbrechen bei dem Uwe. Das ist doch gefährlich und außerdem verboten.«

Emmi konnte es nicht fassen, dass das Wallis Vorschlag war.

»Gefährlich oder verboten«, meldete sich nun auch Zenzi zu Wort.

»Das ist doch so was von wurscht. Die Kette muss wieder her.«

»Wir brauchen wenigstens die Gewissheit, dass die Kette nicht bei Uwe im Wohnwagen ist«, warf Josi ein.

»Und wenn wir sie dann nicht finden, können wir immer noch die Polizei rufen.«

»Weil die auch was ausrichten!«

Walli schüttelte den Kopf und lehnte sich zurück.

»Wir machen das. Eine andere Möglichkeit sehe ich nicht.«

Großes Schweigen herrschte in der Runde.

»Ok ich bin dabei.« Josi war als Erste wieder gefasst.

»Freilich machen wir alle mit. Ist doch Ehrensache oder?« Zenzi schaute alle fragend an.

Sie waren sich alle einig. Was anderes war gar nicht zu erwarten. Jetzt musste nur noch das Wie ausgetüftelt werden. Josi fiel ein, dass Uwe den Stammtisch ja abends einladen wollte. Das war die Gelegenheit die Sache durchzuziehen. Kurzes Brainstorming, der Rest war Improvisation. So sollte es klappen.

Walli wurde indes rübergeschickt, um die Einladung für den Abend fix zu machen.

Noch vier Stunden warten, bis die »Operation Lambrusco« gestartet wurde.

Es waren endlose vier Stunden. Jeder versuchte sich mit irgendetwas abzulenken. Sei es zu schlafen, wenn möglich zu essen oder zu lesen. Aber keiner gelang es so wirklich, sich zu entspannen oder sich auf die vorgenommene Sache zu konzentrieren.

Endlich war es soweit. Der Zeitpunkt war da.

Miss Marple, Fräulein Smilla, Julia Durant, Jessica Jones und Mira Valensky waren bereit – bereit, die Wahrheit herauszufinden und den vermeintlichen Täter zu überführen.

Bewaffnet, mit viel Lambrusco, einer Flasche »Vitus Spezial« und ihren Campingstühlen marschierte der Weiberstammtisch zu ihrem Nachbarn Uwe. Volle Frauenpower war im Anmarsch und Uwe, das arme Würstchen, ahnte noch nicht, wie ihm geschehen sollte.

Er freute sich riesig, als die weibliche Nachbarschaft bei ihm eintraf. So wie er gestrickt war, hatte er den einen oder anderen schmutzigen Gedanken dabei gehabt, wenn fünf Frauen ihn besuchten. Ein hoffnungsloser Fall von Selbstüberschätzung.

Die Prämisse lautete:

- Mann ist auch nur Mensch.
- Mensch ist willenlos, wenn er betrunken ist.
Ergo: Mann ist auch willenlos, wenn er betrunken ist.

Das war die Aufgabe des heutigen Abends. Doch die Ammerleitner Frauen hatten ihre Mühe Uwe aus Bottrop unter den Tisch zu saufen. Es stellte sich nämlich heraus, dass Uwe ganz schön was wegbechern konnte. Die einzig Nüchterne am Tisch war noch Emmi, die aus verständlichen Gründen auf das Saufgelage verzichtete.

Es war schon kurz vor 22:00 Uhr und die ganze Chose dauerte nun schon zwei Stunden. Traudl hatte ihren ganzen Ärger im Lambrusco versenkt und war dementsprechend gut drauf.

»Mei Uwe-Burschi! Du hast ja so einen schönen Wohnwagen. Den musst mir dann schon noch von innen zeigen, gell?«

Traudl streckte ihm ihr Bunnyshirt entgegen und Uwe rutschte immer nervöser auf seinem Campingstuhl umher.

»Mensch, jetzt gehst du aber ganz schön 'ran, was?« Uwe kam sichtlich ins Schwitzen.

Walli, Josi und Zenzi, die sich beim Trinken etwas zurückgehalten hatten, beobachteten die ganze Szenerie mit etwas Skepsis. Hoffentlich versaute Traudl nicht alles mit ihrer Draufgängerei.

»Ach komm schon, hast vielleicht Angst vor mir?«

Traudl versuchte ihn anzuzwinkern, was aber nicht mehr ganz so klappte. Es war eher eine SlowMo-Einlage, die sie da an den Tag legte.

»Nein, nein!«, erwiderte Uwe schnell. »Äh, könnt ihr mich kurz entbehren? Ich müsste mal was wegtragen. Bin gleich wieder da.«

Uwe stand abrupt auf und ging Richtung Waschhaus.

»Na endlich«, stöhnte Walli.

»Wurde auch mal Zeit.«

Sie griff in ihre Hosentasche und zauberte ein kleines Glasfläschchen heraus. Öffnete es und schüttete eine beträchtliche Menge in Uwes Glas.

»Was hast du da jetzt reingetan?«, fragte Josi.

»Den Deppen, den kannst ja nicht unter den Tisch saufen. Jetzt ist Plan B an der Reihe! Ich hab' ihm meine Abführtropfen ins Glas gefüllt. Und bei der Menge... Ich geb' ihm zehn Minuten, dann muss er auf den Topf rennen und dann kommt der so schnell nimmer.«

Ein »Ahh, Ohh, Ihh« raunte durch die Menge.

»Genial Walli!« Emmi klatschte voller Freude.

»Du bist echt *ein Hund ums Hauseck*«, bestätigte Zenzi.

»Achtung!«, flüsterte Josi. »Er ist im Anmarsch.«

Die fünf taten so, als wäre alles in Ordnung und prosteten sich überschwänglich zu.

»Hab' ich was verpasst?«, rief Uwe der geselligen Runde zu.

»Ja, komm her. Wir stoßen gerade auf unseren gemeinsamen Urlaub an.«

Josi hielt ihm ihr Glas hin, um ihn auch zuzuprosten.

»Ex ist Pflicht«, befahl Zenzi.

»Hau *wech* die Scheiße!«, lallte Traudl.

Gesagt, getan.

Traudl soff das Glas wie ein Kamel aus, das einen zweiwöchigen Wüstentrip hinter sich hatte. Alles nur, um Uwe anzuspornen. Ganz, ganz ehrlich.

Die anderen hatten ihre Mühe mitzuhalten und mussten mehrmals absetzen, um das Viertel Roten durch die Kehle rinnen zu lassen.

Mit Schwung setzten sie fast alle gleichzeitig die Gläser auf dem Tisch ab.

Traudl putzte ihren Mund mit dem Unterarm ab und ging nun zum Frontalangriff über.

»Und Uwe, wie schaut's aus? Zeigst mir jetzt dein Bum... deinen Wohnwagen?«

Alle warteten gespannt, was nun kam. Uwe wollte gerade seine Absichtserklärung der geschätzten Runde kundtun, da unterbrach ihn ein Rumoren und Gluckern aus seinen Gedärmen. Er hielt sich die Hände vor dem Bauch, um das Geräusch etwas einzudämmen. Er war etwas irritiert, wollte nochmal einen Anlauf nehmen, um seine Entscheidung mitzuteilen. Doch er wurde jäh davon abgehalten. Die komischen Geräusche aus seinem *Ranzen* hörten nicht auf. Uwe verlor immer mehr an Gesichtsfarbe und seine Solariumbräune wich einer Mischung aus beigegrauem Teint.

»Uwe alles gut?«, fragte Walli scheinheilig.

»Die Biogasanlage vom Huber ist ja ein Scheißdreck dagegen.«

Uwe versuchte zu antworten.

»Kei... keine Ahnung.« Er stöhnte vor lauter Schmerzen auf. »Sorry, ich bin mal kurz weg!«

Wie von der Tarantel gestochen sprang er auf, warf seinen Stuhl dabei um und rannte in Richtung Klo, als wäre der Teufel hinter ihm her. Sobald er nicht mehr zu sehen war, ordnete Walli an: »Jetzt schnell in den Wohnwagen. Du Emmi bleibst in Stellung und machst dich bemerkbar, wenn er wieder kommt. Und wir durchsuchen jetzt seinen Wohncontainer.«

In Windeseile sprangen sie auf und stürmten in den Wohnwagen. Walli nahm sich die Küche vor, Zenzi Essbereich, Josi das Bett und die Schränke und Traudl ging in das *Duschklo*. Alles wurde schnell durchfilzt, durchsucht, inspiziert.

»Passt auf, dass alles an Ort und Stelle bleibt. Er soll nichts davon merken«, delegierte Walli und schaute in jede Dose des Küchenschrankes.

»Und was gefunden?«, fragte Josi in die Runde.

»Nein«, hörte sie aus allen Ecken des mobilen Wohngefährtes.

»So ein Mist. Sie muss doch irgendwo sein.«

Zenzi durchwühlte den Zeitungsberg, der nicht nur Fußballzeitschriften enthielt. Vertieft blätterte sie in einer Wochenendzeitschrift.

»Zenzi, lass den Schmarrn! Wir haben jetzt andere Sorgen als deinen Hormonhaushalt.« Walli hielt sie zur weiteren Suche an.

»Ich hab' nix gefunden«, berichtete Traudl, als sie rückwärts aus dem Bad gekrochen kam.

Die anderen waren auch nicht fündig geworden.

»Zefix, des gibt's doch nicht.«

Walli raufte sich die Haare.

»Habt ihr auch wirklich alles durchgesehen?«

Leider bejahten alle diese Frage.

»Ich hab' da noch einen Berg mit Schmutzwäsche im Bad entdeckt. Den schau ICH NICHT an.« Traudl verzog angewidert ihr Gesicht.

»Geh weg da!«

Walli schubste Traudl aufs Bett, griff beherzt in die Küchenschublade und holte eine Spaghettizange heraus. Dann machte sie sich über den Wäschehaufen her und untersuchte jedes Teil akribisch. Die Zuschauer verzogen angewidert ihre Miene und hielten sich abwechslungsweise Augen, Nase oder Mund zu. Was da für Exemplare an Unterhosen zum Vorschein kamen. Vom Tigertanga, bis zur Feinrippunterhose, alles vertreten. Walli bugsierte eine Boxershorts mit Garfield Motiv auf die Seite, als etwas aus einer schwarzen Netzunterhose fiel.

»Ja, ja, ja!«, hörte man Walli flüstern und hielt das Erbstück von Traudl in der Spaghettizange. Die Bande freute sich wie kleine Kinder und sie stampften wild mit ihren Füßen.

»Psst, seids ihr deppert?« Walli brachte sie zur Raison.

Sie hob das gefundene Erbstück in die Höhe und wollte es in Traudls Hände fallen lassen. Diese verschränkte aber die Arme und sträubte sich.

»Meinst mir graust es vor gar nix? Ich greif die *versaubeutelte* Kette so net an! Die muss ich erst mal desinfizieren.«

Sie schnappte sich die Küchenrolle, die auf dem Nachtschränkchen stand, wickelte einen Meter ab und drehte sich zu Walli um.

»Jetzt kannst es mir geben.«

Walli stöhnte kurz und übergab Traudl das Fundstück. Fix wickelte sie es ein und steckte es in ihre Rocktasche.

»Und jetzt nix wie raus hier!«

Walli legte den zweckentfremdeten Nudelgreifer in die Schublade zurück und trieb die Meute raus. Schnell nahmen sie ihre Plätze ein und grinsten.

»Er ist bis jetzt nicht gekommen«, berichtete Emmi.

»O mei Emmi!« Traudl konnte es nicht fassen.

»Ist doch klar. Du hast dich doch auch nicht bemerkbar gemacht.«

»Aber jetzt kommt er!«

»Danke Emmi«, antworteten ihr alle im Chor.

Da kam er angeschlichen. Wie ein Häufchen Elend. Fast leid tun konnte er einem. Aber nur fast. Er war so käsig, dass er gar keine Taschenlampe mehr brauchte. Mit wohl bedachten Schritten näherte sich Uwe seinen Gästen.

»Geht's dir besser?« Traudl schaute ihn mit großen Augen an.

»So schad', dass du mir deinen Wohnwagen nicht mehr zeigen kannst. So schad'.«

Uwe schaute Traudl mit schmerzverzerrtem Gesicht an.

»Ja, tut mir auch leid. Vielleicht klappt es ja die nächsten Ta…!« Dann hörte man nur noch von Weitem: »'Tschuldigung«, als Uwe, alias Speedy Gonzales, Richtung Schüssel flitzte.

»Ja dann! Ich würde sagen, ›Operation Lambrusco‹ erfolgreich beendet.«

Walli hob das Glas und prostete allen zu. Das ließen sich die vier nicht zweimal sagen und hoben auch ihre Gläser.

»Ich denke, wir gehen jetzt ins Bett oder?« Emmi gähnte laut.

»Das ist die beste Idee, die du heute hattest, Emmi«, meinte Zenzi.

Und mit diesen Worten zogen sich die erfolgreichen Detektivinnen in ihr Zelt bzw. den Bulli zurück.

- 13 -

Die Fünf schliefen in dieser Nacht wie die Engelchen auf Wolke sieben. Sie bekamen nicht mit, dass jemand in der Nachbarschaft die ganze Nacht wach war und an die fünf Kilometer lief, nur um das Klo zu frequentieren. Sie hörten auch das Fluchen und Schimpfen aus der Nachbarschaft nicht, als dort jemand bemerkte, dass ihm etwas fehlte, was ihm nicht gehörte. Wach wurden sie erst in der Früh, als dieser besagte Nachbar, der in dieser Nacht mehr auf der Schüssel saß, als in seinem Bettchen lag, mit absichtlich lautem Getöse seine Habseligkeiten zusammenpackte und dem Dolce-vita Tschüss sagte.

Mit Ausnahme von Emmi, die den Weg Richtung Toilette einschlug, setzten sich die verbliebenen vier demonstrativ in ihre Campingstühle und rückten diese vorher noch so zurecht, um auch ja alle Details dieses Spektakels verfolgen zu können. Uwe würdigte die Zuschauer keines einzigen Blickes. Er fluchte vor sich hin, pfefferte sein Equipment in seinen Wohnwagen und ab und an verschwand er erneut Richtung Sanitäreinrichtung.

»War wohl doch etwas viel von dem Abführmittel.« Walli kratzte sich nachdenklich am Kopf.

»Jetzt hör' aber auf«, erwiderte Traudl. »Viel zu wenig für das, was er getan hat.«

Sie warf böse Blicke in Richtung Nachbarschaft.

»Ist auf alle Fälle besser als fernsehen«, meinte Zenzi und fläzte sich in ihren Stuhl.

»Und wie«, stimmte ihr Josi zu.

»Das könnte für mich noch ewig so weitergehen. Fehlt nur noch was zum Trinken. Dann wäre es perfekt.«

»Du, das haben wir gleich.«

Traudl erhob sich aus ihrem Stuhl, ging Richtung Kühlbox und zauberte eine Flasche Prosecco aus dem lauwarmen Kühlaggregat.

»Ist zwar nicht so kalt, aber Hauptsache was für den Kreislauf.«

Traudl öffnete vorsichtig die Flasche und nahm gleich einen kräftigen Zug daraus.

Sie reichte sie Zenzi weiter, die die Flasche, nach einem gescheiten Schluck, ihren Campingstuhlnachbarinnen gab.

Es war Entspannung pur.

Die Morgensonne schickte ihre Vorboten für einen weiteren sonnigen, heißen Tag. Eine leichte Meeresbrise brachte gerade so viel an Abkühlung, dass man nicht zum Schwitzen kam. Dazu dieser vorzügliche, wenngleich lauwarme Prosecco. Und dann dieses Theaterstück, das seinesgleichen gesucht hatte. Die Ammerleitner Frauen genossen jede Minute. Nein! Sie genossen jede Sekunde in diesem Moment. Keine von ihnen konnte und wollte sich vorstellen, dass sie übermorgen wieder Richtung Heimat rollen würden. Die Worte Heimat, Familie, Ehemann, Kinder oder Rindviecher waren komplett aus ihrem Wortschatz gestrichen. Jeder Therapeut würde nun sagen, dass sie mit sich eins waren. Und das ohne irgendeinen Workshop oder die schlauen Ratschläge von Wallis Ehemann. Es umgab sie eine Aura der Zufriedenheit, des puren Glückes. Sie fühlten sie wie in einer Seifenblase. Leicht, unbeschwert und ohne Sorgen. So musste es im Himmel sein.

»Mei hab' i g'spieb'n!«

Emmi stellte sich vor die vier sinnierenden Frauen und

schaute ein wenig sparsam. Die Seifenblase platzte. Der Alltag hatte sie wieder eingeholt. Josi war die Erste, die wieder im Jetzt war. Sie stand auf und umarmte ihre Freundin.

»Soll ich dir einen Tee machen?«, fragte sie Emmi.

»Nein, bloß net. Wenn ich nur Tee höre, wird mir schon wieder schlecht.«

Emmi hielt sich zum Schutz die Hand vor den Mund. Man wusste ja nie.

»Aber eine Pizza, das wäre was. Das würde mir jetzt schmecken.«

Emmi musste leise aufstoßen und gesellte sich zu der spirituellen Gemeinschaft.

»Dann lass uns doch heute zur Pizzeria am Campingplatz gehen«, schlug Walli den anderen vor.

»Und in der Einkaufsstraße waren wir ja auch noch nicht«, erwiderte Traudl.

»Wenn ich schon mal in Italien bin, dann muss ich mich jetzt auch endlich mit der neuesten Fashion eindecken.«

»Klar«, antwortete Josi.

»Das geht ja gar nicht. Ohne Blingbling und so fahren wir nicht nach Hause.«

Traudl sprang von ihrem Stuhl auf.

»Dann lass uns doch gleich starten. Ist ja schon zehn Uhr und nicht, dass uns unsere Schwangere noch durchdreht vor lauter Gelüsten nach einer Pizza.«

»Ich bin nicht schwanger und ich hab' auch Gelüste nach einer Pizza«, gab Walli zu und strich sich über ihren Bauch.

»Da passt was hinein, das sag ich euch.«

Sie mussten lachen und stimmten den beiden Pizzajunkies zu, dass Pizza genau das richtige Frühstück/Mittagessen sei.

Schnell hatten sie ihre Sommerklamotten angezogen und

schlenderten gemütlich zur Eventmeile des Campingplatzes »Pesce Grasso«.

Einkaufsstraße, Fußgängerzone, Eventmeile. Jeder kann sich darunter etwas in Deutschland vorstellen. Einkaufsgeschäfte, kleine Cafés und Imbisse. Alles solide, einigermaßen ruhig und strukturiert.

Mit diesen Bildern im Kopf machten sich die fünf auf den Weg in das Shoppingzentrum von »Pesce Grasso« und wurden total geflasht. Schon am Anfang der Fußgängerzone wurden sie mit lauter, sehr lauter Musik beschallt. Sie wurden aber nicht von einer gediegenen Melodie begleitet, die sie zum Einkaufen animierte. Mitnichten. Irgendein italienischer Sänger fetzte heiße Rhythmen auf seiner Klampfe und sang, besser gesagt schrie, etwas von Amore und Spiagga und Bella Ragazza!

Und die Auslagen! Da hingen nicht bloß 50 Shirts an einem Stand, es waren Massen an Bekleidung in allen Variationen, die dort in den Auslagen angeboten wurden. Gemüse- und Obststände, die unter der Vielfalt der verschiedenen Sorten fast den Anschein hatten, als müssten sie unter der Vitaminbombenlast zusammenbrechen. Spielzeug und Ausstattung für den täglichen Campingbedarf. Pizzeria, Gelati, Panini und sogar das bayrische Lokal, in dem Zenzi vor langer Zeit gearbeitet hatte, war noch unter den Fresstempeln zu finden.

Traudl war voll in ihrem Element. Zeitweise war sie komplett überfordert. Mit einem Bündel an Shirts, Hosen, Röcken über dem linken Arm kämpfte sie sich in die Umkleidekabine und graste auf dem Weg dorthin weitere feilgebotene Angebote ab. Es war Stress pur. Walli hatte sich indes mit Zenzi und Josi in ein gegenüberliegendes Café gesetzt und die drei schlürften einen echten, italienischen Cappuccino. Emmi stürmte währenddessen einen Laden für Bambini, um ihren Buben einmal etwas anderes anziehen zu können, als Latzhosen, Gummistiefel und Workeroutfits von Engelbert Strauss.

»Und du warst vor ungefähr 30 Jahren hier und hast hier gearbeitet?«, fragte Josi Zenzi.

»Ja, gleich dahinten in der bayrischen Wirtschaft.«

Sie zeigte nach links auf das Restaurant mit der Aufschrift »Hofbräuhaus«.

»Damals war das natürlich noch total anders. Da gab es hier einen kleinen Alimentari, eine Pizzeria und eine Eisdiele und halt die Wirtschaft mit bayrischem Essen. Oder was das am Anfang auch war. Als ich das erste Mal die Schweinshax'n gesehen habe - mit Spaghetti - ich hab' gedacht, ob die noch ganz sauber sind. Ich musste denen erst einmal bayrische Sitten und Gebräuche erklären und vorkochen. Das konntest echt nicht essen. Aber sie waren lernfähig und am Ende der Saison war es dann eine echte bayrische Wirtschaft. War eine schöne Zeit.«

Zenzi lehnte sich zurück und dachte an die damalige Zeit.

Walli und Josi schauten sich an.

So viel hatte Zenzi schon lange nicht mehr auf einmal gesprochen und erzählt. Es musste ihr schon sehr viel bedeutet haben, hier eine Saison verbracht zu haben. Und von daher war die Entscheidung, hierherzufahren, genau die Richtige gewesen.

»Dann schau halt mal rein«, stupste Walli sie an.

»Wir treffen uns dann in der Pizzeria. Komm, jetzt schleich di und schau mal, was aus dem Laden geworden ist.«

Walli insistierte regelrecht darauf, aber Zenzi wollte aus irgendeinem Grund nicht aufstehen. Vielleicht wollte sie die alten Erinnerungen einfach nicht zerstören.

Erst nach einer geraumen Weile und Wallis energischer Überredungskunst erhob sich Zenzi langsam und ging in Richtung »Hofbräuhaus«.

»Na endlich«, schnaufte Walli und schaute ihrer langjährigen Freundin nach, die mehr schlich als ging.

Zenzis Gefühle spielten in diesem Moment Achterbahn. Auf der einen Seite war sie neugierig wie noch nie und gespannt, wie sich die Wirtschaft entwickelt hatte. Auf der anderen Seite wollte sie gar nicht sehen, wie alles anders geworden war. Sie stand nun vor der Eingangstüre, lugte vorsichtig hinein und stellte fest, dass sich gar nicht so viel verändert hatte. Die massiven langen Tische mit den Bänken waren noch dieselben. Hinten der Tresen, der Eingang zu Küche. Sogar der kleine Tisch, ganz hinten in der Ecke stand noch da. Ein kleiner Rückzugsort für die Angestellten und dem Besitzer, der dort immer die Abrechnungen am Abend gemacht hatte.

»Ciao, äh Hallo. Kann ich ihnen helfen?«

Zenzi hatte gar nicht bemerkt, dass sie im Weg stand. Erschrocken blickte sie den Kellner an und ging zur Seite.

»Äh, nein«, stotterte sie.

»Ich schau' mir nur alles an. Ich war hier vor 35 Jahren das letzte Mal.«

»Oh!«, staunte der Kellner in seiner Krachledernen. Natürlich mit Sonnenbrille.

»Urlaub hier vor 35 Jahren. Da hat sich viel verändert oder?«

»Nein, nicht Urlaub! Gearbeitet hab' ich hier, genau hier. Als Bedienung oder besser gesagt, als Entwicklungshelferin für bayrische Kultur.«

Sie musste bei dem Gedanken grinsen.

»Ah, du hast hier gearbeitet. Dann kennst du bestimmt meine Papa... Giuseppe, Giuseppe Bertoni.«

Zenzi merkte, dass sie immer aufgeregter wurde.

»Jaaaa«, sprach sie langsam, »den kenn ich.«

»Scusi, ich bin Antonio.«

Er legte seinen Arm auf ihre Schulter und drehte sie in Richtung Tresen.

»Schau… wie heißt du nochmal?«

Zenzi blickte den sonnenbebrillten Antonio an und meinte: »Zenzi. Zenzi heiß ich.«

Antonio schaute Zenzi an, schob seine Sonnenbrille in die gegelten Haare und entgegnete: »DIE Zenzi? Ich meine, wenn du DIE Zenzi bist...«

So schnell konnte Zenzi gar nicht schauen, da umarmte sie Antonio stürmisch und herzlich. Er drehte sich mitsamt Zenzi in die Richtung, in der der Tresen stand und schrie: »Papa, Papa! La Zenzi è la! Zenzi della Baviera! Papà ascolta! Mamma mia!«

Antonio war ganz aus dem Häuschen. »Die Zenzi« wiederholte er wieder und wieder.

»Wir koche immer no so. Tutto il tempo. Die ganze Zeit nach deine ricetta, scusate – nach deine Rezept. Die gute Semmelknödel, die Kässpatzn und Schweinebraten, naturalmente crocannte! La Cucina – ist immer noch so, wie du es meine Papa gezeigt hast. Come va adesso, papà! Willst du nicht unsere Gast Ciao sagen?«

Antonio stöhnte und meinte zu Zenzi: »Er hört etwas schlecht. Komm Zenzi, wir gehen zu ihm hin.«

Zenzi hatte tatsächlich sogenannte *Schwammerl in de Knia*, als sie zu Giuseppe hinter ging. Das Herz schlug ihr bis zum Hals, als sie ihrem ehemaligen Chef und guten Freund näherkam.

Es war ein Déjà-vu, das sie in diesem Moment hatte. Vor 35 Jahren stand sie auch so in der Eingangstüre des Restaurants.

Ein Angestellter begrüßte sie und brachte sie zu Signore Bertoni, der genauso wie damals an dem kleinen Tisch im hinteren Teil des Restaurants saß. Ein großer, schlanker Mann an die 40 Jahre, schwarze Haare mit leichtgrauen Geheimratsecken, braun gebrannt. Und was Zenzi sofort auffiel: Er hatte so stahlblaue Augen wie Terence Hill. ›*Ein sauberer Has*‹, dachte sie sich damals und bei dem Gedanken glühten ihr noch heute die Wangen.

Jetzt stand Zenzi direkt vor ihm. Er war noch voll in seine Abrechnung vertieft und hatte nicht mitbekommen, dass Antonio mit ihm gesprochen hatte.

»Papa! Schau mal, wer da ist!«, brüllte Antonio seinen Vater an.

Endlich reagierte Giuseppe und blickte auf. Die stahlblauen Augen, die Zenzi anschauten hatten nicht an Intensität verloren. Sie versprühten immer noch den Charme des jungen Giuseppes. Giuseppe sah auf, wollte schon seinen Sohn wegen der Störung schelten, da nahm er den Besuch erst wahr. Langsam stand er auf und stellte sich vor Zenzi.

»Servus Sepp«, begrüßte Zenzi den verblüfften Giuseppe. »Kennst mich noch?«

Zenzi blickte ihren Gegenüber fragend an.

»Ähm«, grübelte ihr Gegenüber. Man konnte erahnen, wie es in seinem italienischen Kopf ratterte und seine Hirnwindungen sich zur Spirelli verformten.

»Sepp haben Sie mich gerade genannt? Das hat nur eine Frau zu mir gesagt und das ist schon sehr lange her.«

Er rätselte weiter.

»Ja mei Sepp. Ich bin halt keine 40 mehr und hab' mich halt a bisserl verändert. Muss ich dir jetzt wirklich auf die Sprünge helfen?«

Zenzi kratzte sich verzweifelt am Kopf.

»*Pass obacht*, Sepp! Ich sag dir ein Wort und wenn du dann nicht draufkommst, wer ich bin, dann kannst du mir den Buckel runterrutschen! Verstanden?«

Zenzi wurde etwas energischer und stemmte ihre Hände in die Hüften.

»Stopp!«, unterbrach Giuseppe sie. »Sag nichts. So hast du mich schon vor drei Jahrzehnten herunterge… äh… geschimpft. Zenzi.«

»Na endlich.« Erleichtert machte sich Antonio wieder an seine Arbeit.

Giuseppe zitterte sichtlich, als er auf Zenzi zuging. Er nahm ihr Gesicht in seine feingliedrigen Hände und betrachtete seine alte Angestellte und gute Freundin.

»Cara mia, wo bist du nur die ganzen Jahre gewesen. Warum hast du dich denn nicht mehr gemeldet?« Er schaute sie fragend an.

Zenzi rümpfte die Nase und schaute ihren alten Arbeitgeber etwas verwundert an.

»Das gleiche könnt' ich von dir behaupten. Wer hat denn gesagt, dass er mich nach der Saison besucht und mal schreibt und *überhaupt's*.«

Zenzi nahm seine Hände weg, drehte ihm den Rücken zu und sprach: »Gleich als ich wieder daheim war, hab' ich versucht dich anzurufen. Aber nie warst du da oder hattest keine Zeit. Ich hab' dir sogar geschrieben, aber nie eine Antwort bekommen. Also sag DU mir nicht, wo ich gewesen sei. Wo warst du denn die ganze Zeit, Signore Bertoni, ha?«

Sie drehte sich abrupt um.

Zenzi spürte eine Kraft in sich, wie schon lange nicht mehr. Alles, was sie die letzten Jahrzehnte in sich hineingefressen hatte, was sie bezüglich ihres Italienaufenthaltes gekonnt verdrängt hatte, platzte jetzt aus ihr raus. Wie ein eitriges Geschwür, dass sich an die Oberfläche fraß und nur noch aufplatzen wollte.

Giuseppe, alias Sepp war sichtlich perplex. So hatte er sich diesen sonnigen Tag mitnichten vorgestellt. Dunkle Gewitterwolken zogen auf.

»Ich hab' dich was gefragt. Wo warst du?«, schnauzte Zenzi ihr Gegenüber an.

Sie verschränkte die Arme und wartete auf Signore Bertonis Antwort.

»Liebe Zenzi, cara…ich habe viel zu tun gehabt mit dem Geschäft. Ich wollte mich ja melden, aber dann wurde mein Papa krank und ich musste das Geschäft übernehmen. Du weißt ja, wie das noch war mit ihm. Und ich weiß nicht, warum ich nicht auf deine Briefe geantwortet habe.«

Zenzi schüttelte den Kopf.

»O mei Sepp! Ich weiß, warum du mir nicht geantwortet hast. Du hast die Briefe nämlich gar nicht gelesen.« Zenzi redete sich jetzt richtig in Rage.

»Du hast Angst gehabt, dass da was drinsteht, was dich und deine Familie in arge Bedrängnis bringen könnte. Darum hast du die Briefe nicht geöffnet. Du Feigling!«

Giuseppe schnappte sich den nächstbesten Stuhl und sank in sich zusammen. Er fand im Moment keine Argumente mehr, sich zu verteidigen. Er wusste, dass Zenzi recht hatte. Am Anfang, als Zenzi nach Deutschland zurückging, hatte er noch an sie gedacht. Er wollte sie sogar ganz nach Italien holen. Aber irgendwie kam immer wieder etwas dazwischen. So meinte er sich zu erinnern. Und dann kam ein Jahr nach dem anderen und er hatte seine Frau kennengelernt und dann kam auch schon Antonio. Und am Schluss war es nur noch eine nette Erinnerung an früher. Così è la vita! So ist das Leben!

Zenzi stand immer noch vor ihm und wartete auf eine Erklärung, doch Giuseppe sagte nichts und reagierte auch nicht weiter.

Zenzi knurrte kurz, ging hinter die Theke und suchte nach etwas Hochprozentigem.

»Weißt du«, murmelte sie zu Giuseppe, während sie sich den teuersten Grappa schnappte und sich einen Doppelten einschenkte. »Wenn ich so nachdenke, dann bin ich eigentlich froh, dass du nicht geantwortet hast. Jetzt im Nachhinein kann ich das sagen. Vor zig Jahren hätte ich gerne jemanden gehabt, der mir zur Seite gestanden wäre. Aber du in Italien und ich in Ammerleiten und dann noch mit…!«

Sie biss sich gerade noch rechtzeitig auf die Zunge.

»Mit was meinst du?« Giuseppe starrte sie fragend an.

»Mit Nichts, Giuseppe, mit Nichts!«

Sie schluckte das gute Zeug mit einem Satz runter und ging auf Giuseppe zu.

»Sepp, mach's gut. War schee dich wiederzusehen, aber das ist auch schon alles.«

Zenzi drehte sich um, ließ den zur Salzsäule erstarrten Giuseppe stehen und machte sich zu ihren Freundinnen in der Pizzeria auf.

Mit großem Hallo und vielen Fragen wurde Zenzi regelrecht bombardiert. Zenzi setzte sich nur und meinte: »Glaubt's mir Mädels, für heute hab' ich genug geredet. Ehrlich.«

»Aber du kannst uns doch wenigstens a bisserl was erzählen oder?«

Traudl konnte es nicht fassen, dass man über so ein einschneidendes Ereignis nichts zu berichten hatte. Man stelle sich vor, man kommt an den Ort zurück, der einem vor vielen Jahren sehr viel bedeutet hatte. Und dann kommt Nichts! Niente! Unter Null!

»Da lässt uns die Reisacher Zenzi voll im Ungewissen.«

Traudl konnte einfach nicht die Klappe halten.

»Jetzt können wir uns wieder weiß Gott was ausmalen, was damals passiert war.«

Traudl nahm einen großen Schluck von ihrem Prosecco. Es schien, als wollte sie so die Ungewissheit herunterschlucken.

Zenzi legte ihr Besteck auf die Seite, kaute an ihrer »Tonno Speciale« weiter, die ihr Walli in weiser Voraussicht schon bestellt hatte und wandte sich ihrer ach so neugierigen Nachbarin zu.

»Ganz kurz zum Mitschreiben, Frau Huber! Ich hab' jetzt endlich einen Schlussstrich unter die Vergangenheit gezogen. Ich bin froh, dass ich den Hubert alleine großgezogen habe und nicht so einen halbgaren, italienischen Hallodri geheiratet hab. Reicht das?«

Zenzi nahm ihr Besteck wieder auf, schob sich Pizza in den Mund und sprach schmatzend zu Traudl: »Und jetzt will ich in Ruhe weiteressen!«

Traudl, Emmi, Walli und Josi waren einfach nur baff. Sie saßen wie angewurzelt in ihren Korbsesseln und machten im Moment einen nicht gerade intelligenten Eindruck. Es war gerade noch so viel Intelligenz da, dass sie wussten, dass jetzt jegliches Fragen überflüssig wäre.

»Eure *Pizzas* werden kalt.« Zenzi zeigte mit ihrer Gabel auf die italienischen Pfannkuchen, die bei 33 Grad im Schatten eher verbrannten, als kalt wurden.

Langsam, ganz langsam kam wieder Leben in die vier. Walli

suchte verzweifelt nach einem Taschentuch, um sich die aufkommenden Tränen schnell wegzuputzen. Traudl wühlte verlegen in ihren vielen Einkaufstüten, während Josi nach Zenzis Tabak griff und versuchte, sich eine Zigarette zu drehen. Emmi saß einfach nur da und starrte Zenzi an.

»Hat geschmäckt?«

Vor lauter Schock bemerkten die fünf gar nicht, dass der Kellner schon geraume Zeit am Tisch stand.

»Bärig war's. Bringst uns noch vier Grappa? Und eine Eisschokolade für unsere Schwangere! Aber einen g'scheiten Schnaps! Verstanden?«

Zenzi konnte richtig resolut sein. Eine Seite, die noch keiner von ihr mitbekommen hatte. Es war, als säße eine komplett andere Zenzi am Tisch. Eine Zenzi 2.0!

»Makke ick«, erwiderte der Kellner und suchte schnell das Weite.

»Ja«, meinte Josi, um die schier unüberbrückbare Stille zu überwinden.

»Ja«, antwortete ihr Walli und schnäuzte sich geräuschvoll die Nase.

»Ja«, stimmte Traudl mit ein.

»Ich sag jetzt kein Ja«, warf Emmi schnell ein. »Ich will nur kurz was sagen.«

Emmi schob den Sessel auf die Seite, stand auf und nahm ihr Limoglas in die Hand.

»Ich bin so froh, dass wir hier sind und das wir das gemacht haben. Im Leben nicht wäre ich jemals nach Italien gekommen.«

Sie seufzte tief und hob ihr Glas.

»Auf uns und unseren Urlaub!«

Die vier prosteten ihr voller Zustimmung zu. Emmi stand immer noch und seufzte abermals tief und heftig.

»Was hast denn jetzt schon wieder?« Traudl schüttelte etwas genervt ihren Kopf.

»Kriegst jetzt zu deiner Speiberei auch noch den Sentimentalen dazu?«

Emmi ließ sich in ihren Sessel plumpsen und kam jetzt endlich raus mit dem, was sie bedrückte.

»Ich hab' so Heimweh nach meinen Buben.«

Ihre Augen füllten sich mit Tränen und kullerten ihr über die leicht geröteten Wangen. Traudl verzog das Gesicht, sagte aber nichts.

»Ist es so schlimm?«, fragte Walli, die sich nach diesem Geständnis verstohlen weitere Tränen mit dem Taschentuch abtupfte.

»Ich mein, ich kann es ja verstehen. Wahrscheinlich würde es mir auch nicht anders gehen, wenn ich einen Stall voll kleiner Kinder daheim hätte.«

Sie machte eine kurze Pause und offenbarte: »Also von mir aus können wir schon morgen heimfahren. Die Hitze macht einen doch ganz schön deppert und den Zweck der Reise haben wir doch erfüllt.«

Zenzi nickte zustimmend.

»Mir ist es egal«, warf Josi ein.

»Es war zwar nur ein kleiner Trip, aber lieber kurz und intensiv, als lang und fad oder? Und davon abgesehen. Das können wir doch immer wieder mal machen.«

»Du weißt ganz genau, dass das nicht dasselbe wäre, wie dieser Ausflug. Heimlich und spontan. Das hast du nur einmal im Leben. Aber wenn ihr meint, dass wir morgen fahren sollen, dann stelle ich mich da nicht in den Weg. Passen tut es mir nicht, aber mei… Wenn es dann sein muss!«

Traudl zog die Augenbrauen zusammen und starrte mürrisch vor sich hin.

»Ich geb' ja zu, dass ich mich auch auf daheim wieder freue. Allein die Luft bei uns ist halt doch ganz was anderes, als die abgestandene, heiße Luft hier.«

Emmi strahlte.

»Danke, danke, danke!«

»Ist schon gut jetzt«, stoppte Zenzi die euphorische Schwangere.

»Ja dann ist die morgige Heimfahrt beschlossene Sache oder?«

Josi blickte ihre Mitstreiterinnen an und bekam ein einstimmiges Ja.

»Die erste Runde geht an mich.«

Walli schrie nach dem Ober, der *subito* am Tisch war und die vorher bestellten *Grappe* auf den Tisch stellte.

»Und jetzt bringst uns noch zwei Flaschen Lambrusco!«

»Und zwei Flaschen Prosecco«, orderte Traudl.

»Und eine Flasche Ramazotti. Jetzt ist es auch schon egal«, entgegnete Josi und schob die Gedanken über etwaige Kopfschmerzen am nächsten Tag beiseite.

»O mei«, seufzte Emmi.

»Eigentlich reicht es doch, wenn ich in der Früh immer speiben muss. Aber danke für eure Solidarität. Das wird morgen lustig, wenn wir im Chor in die Kloschüssel reinbrüllen.«

Jeder hatte das Bild vor seinem inneren Auge und sie bekamen sich vor lauter Lachen gar nicht mehr ein. Es blieb natürlich nicht nur bei der bis dato bestellten Menge Alkohol. Aperol Spritz, Amaretto und diverse andere alkoholische Leckereien leisteten ihren Beitrag zum Gelingen einer gebührenden Abschiedsfeier vom gemeinsamen Urlaub.

- 14 -

Der nächste Tag war so, wie am Vorabend schon prognostiziert. Vier sonnenbebrillte Gestalten saßen in ihren Campingstühlen oder hatten es sich, mehr oder weniger, in der Waagrechten bequem gemacht, um die Nachwehen des vorherigen Abends ein wenig zu kompensieren. Emmi hatte sich auf dem stillen Örtchen niedergelassen und ergab sich ihrer schwangerschaftsbedingten Morgenübelkeit. Nichtsdestotrotz war die Stimmung gut. Es war ein herrlicher Anblick, wenn, fast zeitgleich, alle Hände an die verkaterten Köpfe griffen, um die Erschütterungen beim Lachen etwas abzudämpfen.

»So einen Rausch hab' ich nicht mehr gehabt, seit ich 16 war.« Walli setzte die Wasserflasche an und ließ die lauwarme Flüssigkeit die Kehle herunterlaufen.

»Mei tut des guat!« Sie setzte die Flasche ab und kommentierte ihr Wohlbefinden mit einem lauten Rülpser.

»A Kuh weiß, wenn sie genug hat«, meinte Traudl trocken und ersetzte ihre Sonnenbrille durch ihre Schlafbrille.

»Ich weiß net, wie ich den heutigen Tag überstehen soll.«

Sie legte sich zur Sicherheit den Arm über ihre bedeckten Augen, damit auch ja kein Licht auf ihre empfindsamen Augen fallen konnte.

»Fahren kann ich heute so schnell nicht«, stellte Josi fest. »Das muss Emmi übernehmen. Ich kann im Moment einfach nicht.«

»Was soll ich machen?«, ertönte es aus Richtung Waschhaus.

»Du musst uns heute heimbringen. Ich bin so was von tot!« Josi hielt sich den Bauch. Der Pegelstand war Oberkante Unterlippe.

»Freilich kutschier ich euch heut heim. Mir geht's wieder richtig gut. Einen Hunger hab' ich. Ihr auch?«

»Wenn du noch einmal übers Essen redest, dann speib' i dir vor die Fiaß!«

Zenzi war ziemlich derangiert und wälzte sich im Bus auf die andere Seite, um ihrem Magen die Ruhe zu gönnen, die er verdient hatte.

»Ich bau dann gleich das Zelt ab und räume den Rest ein. In einer Stunde ist dann... take off«.

Sie grinste über ihre Wortwahl und machte sich daran, die Campingsachen einzuräumen.

»Mach was du willst, aber mach es leise!«

Walli versuchte langsam aus ihrem Stuhl hochzukommen, was einem Kraftakt gleichkam. Sie taumelte zum Bus, erklomm langsam das Gefährt und ließ sich wie ein nasser Sack neben Zenzi ins Bett fallen.

Zenzi maulte so etwas wie »du bist doch net ganz sauber« und rückte ein Stück auf die Seite, denn auf Tuchfühlung ging gerade gar nicht.

Irgendwann dann hatte Emmi den Hausstand mitsamt lebendem Inventar in den Bus geräumt und war startbereit.

»Dann fahren wir mal los.«

Der VW-Bus sprang beim ersten Mal an, hinterließ dieses Mal nicht die obligatorische Rauchwolke, warum auch immer, und die fünf traten ihren Weg Richtung Heimat an. Zenzi lag mehr neben Emmi, als dass sie saß, während es sich die anderen hinten bequem gemacht hatten. Die Wasservorräte zur

Brandlöschung in greifbarer Nähe, eine Alditüte zur Sicherheit beim kleinsten Anzeichen von Würfelhusten griffbereit und viel, viel frische Luft sollten die Heimreise erträglicher machen.

Die ersten 100 Kilometer, die sie durch die gleißende Mittagshitze fuhren, war absolute Funkstille im Bully. Ab und an hörte man leichtes Gestöhne von den hinteren Reihen, das durch Wallis lautes Schnarchen gekonnt untermalt wurde. Zenzi hatte sich ein Kissen geschnappt und damit ihren Kopf so am Fenster platziert, dass der Fahrtwind ihr die föhnähnliche Luft direkt ins Gesicht blasen konnte. Erst nach einer Pause auf Höhe des Gardasees kehrten die Lebensgeister wieder langsam in die vier geschundenen Körper zurück.

»Da muss man so alt werden, um so einen Rausch zu bekommen.«

Zenzi drehte sich zu ihren Leidensgenossinnen um und checkte die Lage.

Walli, die bis jetzt geschlafen hatte, blinzelte Zenzi vorsichtig an und putzte sich den Sabber aus den Mundwinkeln.

»Oh!«, stellte sie freudig fest. »Es tut gar nicht mehr weh, wenn ich die Augen aufmache.«

Sie drehte den Kopf von links nach rechts, klopfte sich auf die Stirn, um auch ganz sicher zu gehen, dass da ja nicht doch noch etwas sei, was ihr schaden könnte.

»Gott sei Dank tut der Schädel nicht mehr weh. So was brauch ich echt nimmer.«

Josi stimmte ihr zu und legte Traudls Kopf, der auf ihrer Schulter lag, vorsichtig auf das bereitliegende Kissen.

»Wie ruhig es ist, wenn die Traudl schläft«, grinste Walli.

»Wenn du meinst, dass ich schlafe, dann hast du dich geschnitten. Ich kann nur noch nicht die Augen öffnen.«

Sie hob den Kopf und saß starr da.

»Mensch Frau Huber, immer online oder?«

»Na, net online. Eher Standbymodus, wenn du weißt, was ich meine. Gebt mir noch 'ne halbe Stunde, dann bin ich wieder topfit.«

Sie ließ ihren Kopf wieder auf Josis Schulter fallen und stöhnte leise auf.

»Wo sind wir denn überhaupt? Ich hab' keine Peilung mehr.«

»Bozen«, sprach die amtierende Kapitänin.

»Noch so an die 220 Kilometer, dann sind wir wieder daheim. Ich kann es gar nicht mehr erwarten.« Emmi überschlug sich fast und strahlte über das ganze Gesicht.

»Endlich meine Bande wiederhaben. Meinen Laden, den Hof!«

Vor lauter Freude drückte sie auf die Hupe, die auch schon mal besser geklungen hatte.

»Hast jetzt nichts vergessen?«

Zenzi blickte Emmi fragend an.

»Ähm«, grübelte Emmi.

»Ich glaub nicht.«

»Wirklich net?«

»Hmm!«

Emmi ging ihre Aufzählung nochmals durch, kam aber zum gleichen Ergebnis wie vorher.

»Ja sakra! Des gibt es doch nicht.« Walli schlug sich auf die Schenkel und konnte es nicht glauben. »Ich geb' dir mal einen Tipp. Hat der Storch dir die Kinder vor die Türe gelegt?«

Emmi überlegte. »Ach so«, antwortete sie gleichgültig. »Den Sepp meinst du. Ja, den vermiss ich natürlich auch.«

Ihre Stimme klang so bedeutungslos und desinteressiert, als würde sie über die Hausarbeit reden.

»Wer's glaubt wird selig«, kommentierte Walli ihre Antwort.

»Und dann bist du schon wieder schwanger. Wie das wohl ging?«

»Ich bin nicht schwanger!«

Emmi wurde richtig hysterisch. Vor lauter Aufregung verschaltete sie sich und der T2 bedankte sich mit einem lauten Krach aus dem Getriebe dafür.

»Was denn sonst«, mischte sich nun auch Traudl ein.

Sie hob ihren Kopf und öffnete endlich die Augen.

Ein Lächeln ging über ihr Gesicht. Die Qualen waren weg.

»Deine Kotzerei, deine Fressattacken, die Gefühlsduselei - gut, das hast ja sonst auch. Schau dich doch an. Du strahlst ja richtig.«

»Ich will aber nicht schon wieder schwanger sein.«

Emmi wischte sich mit dem Handrücken über die Augen und putzte sich die Tränen weg.

»Soll ich jetzt fahren?«, warf Josi ein. »Ich bin jetzt wieder fit.«

Emmi zog den Rotz hoch und bejahte Josis Frage mit einem heftigen Nicken.

»Dann fahr gleich da vorne raus und dann wechseln wir.«

Emmi nickte stumm und setzte den Blinker nach rechts.

»Und du *haltst* jetzt deine *Bapp'n*, Huberin. Machst das Mädel ganz rebellisch.«

Walli zischte die Worte derart in Traudls Ohr, dass sie sich den Kopf hielt.

»Jaaaa! Bin schon ruhig.«

Störrisch richtete sie sich auf und wartete, bis der Bus hielt. Mit einem Satz war Traudl draußen und drehte den anderen demonstrativ den Rücken zu.

»Madame muss auf beleidigt machen.« Walli verschränkte die Arme und schaute ihrer Nachbarin nach, die sich die Beine vertrat.

»Jetzt fangt nicht noch an zum Streiten. Nach so einem schönen Urlaub«, stauchte Zenzi die beiden zusammen.

Walli blickte finster zu Zenzi und zeterte los: »Wenn sie einfach immer und immer wieder ihre nicht gefragte Meinung einem 'neidrücken muss. Sie kann einfach ihr Schandmaul nicht halten. Und das regt mich manchmal so was von auf. Das kannst du gar nicht glauben.«

»Ich glaub dir das. Aber ist es das wert, so schöne Tage dadurch kaputtzumachen? I denk' net. Also reiß dich auch zusammen, auch wenn es schwerfällt, und dann genießen wir die Heimfahrt, so gut es geht.«

Walli zeichnete mit ihrem Fuß Kreise in den *Riesel* und nickte, als Traudl auch schon wieder da war.

Sie ging auf Walli zu und umarmte sie heftig. So gut es ging, zumindest.

»Tut mir leid, Walli«, sprach sie in Wallis T-Shirt hinein. Sie ließ ihre Nachbarin sofort wieder los und setzte sich in den Bus.

Walli war etwas perplex und schaute Zenzi fragend an, so als müsste sie ihr erklären, was da gerade passiert war. Zenzi schaute Walli genauso ratlos an und beorderte sie in den Bus. Die letzten 200 Kilometer konnten in Angriff genommen werden.

In den ersten zehn Minuten, nachdem sie wieder Richtung Heimat gestartet waren, war die Stimmung im Bus noch etwas gebremst. Erstens durch die Darbietung von Traudl und zweitens durch die Tatsache, dass keine von ihnen wusste, was sie daheim erwarten würde – Zenzi und Josi ausgenommen.

Wurden sie mit offenen Armen empfangen oder zeigten ihre Ehemänner ihnen die kalte Schulter? Sie hatten keine Ahnung und das machte sie, je näher sie Ammerleiten kamen, schon ein wenig nervös. Zenzi und Josi, die diese Probleme nicht hatten, versuchten die Stimmung etwas aufzuheitern, indem sie die Tage Revue passieren ließen.

»Also dem Uwe, dem haben wir es doch so was von gegeben«, meinte Josi und blickte in den Rückspiegel, um die Lage zu peilen.

»Der Aff', der Norddeutsche.« Traudl runzelte die Stirn.

»Verdient hat er es. Und der kann froh sein, dass ihm nichts Schlimmeres widerfahren ist.«

Emmi und Walli, die sich über eine Tüte italienische Kekse hergemacht hatten, stimmten ihr mit vollen Backen zu.

»Und bei mir, mit dem italienischen Depp, äh Sepp! Das war *saugut*, dass ich das machen konnte. Jetzt ist der Käs' nach 35 Jahren endlich geschmatzt.«

Sie drehte sich zu den Mädels nach hinten und meinte: »Danke, dass ihr mir das ermöglicht habt. Und du Josi, danke, dass du die Idee hattest und uns dazu angespornt hast, das durchzuziehen.«

Sie klopfte ihr auf die Schulter und lächelte sie an.

»So viel Überredung hat es dann auch nicht gebraucht«, warf Walli ein.

»Ich glaube, jeder von uns war froh, einmal aus dem Alltagstrott auszubrechen und mal was zu machen, was jetzt für unsere Verhältnisse nicht so normal ist.«

Sie blickte in die Runde und bekam Zustimmung von allen Seiten.

»Und egal, wie unsere Männer reagieren – das war es wert. Und wenn sie wirklich deswegen jetzt anfangen zu spinnen, dann...« Walli blickte starr nach vorn und verstummte.

»...dann! Ach die sollen sich nicht so haben. Wir lassen uns deswegen nicht die Laune vermiesen.«

»Ich hätte noch eine Notreserve Prosecco«, ließ Traudl verlauten, »Ich mein', so zum Abschluss.«

Walli, Zenzi und Josi zogen die Mundwinkel nach unten und verneinten den gutgemeinten Vorschlag von Traudl.

»Ein andermal gerne«, entgegnete Josi, »aber im Moment brauch' ich eher nichts. Zumal ich ja fahren muss.«

»Ja dann gibt's den beim nächsten Stammtisch.«

Traudl lehnte sich zurück und ließ ihren Blick nach draußen schweifen. Die anderen taten es ihr gleich und sie ließen die letzten Eindrücke ihrer Reise auf sich einwirken.

Es war schon 19:00 Uhr, als Josi, 20 Kilometer bevor sie Ammerleiten erreichten, noch einen kurzen Boxenstopp einlegte. Sie bog rechts ab und fuhr einen kleinen Waldweg hinein.

»Ich denke, die Zeit haben wir noch, bevor wir daheim sind«, rechtfertigte sich Josi.

»Gute Idee«, entgegnete Walli. »Ich muss dringend zum pieseln.«

»Ich auch«, sagte Emmi. »Ich glaub' das Butzele drückt schon auf die Blase.«

»Du redest einen Krampf«, warf Traudl ein und schüttelte ungläubig den Kopf. »Dein Nachwuchs ist doch no net größer als ein Hühnerschiss.«

»Vielleicht werden es ja Zwillinge«, patzte Emmi zurück. »Dann kann es schon sein, dass es da drückt.«

»Gott bewahre!« Traudl schlug die Hände über den Kopf zusammen.

»Ruhe jetzt!« Zenzi hatte sich umgedreht und stauchte die beiden zusammen. Alle schauten verdutzt. Zenzi 2.0 war immer noch präsent. »Jetzt steigt's endlich aus, geht's zum pieseln, damit wir endlich weiterfahren können. Mein Papagei ist ein Scheißdreck gegen euer Gezeter«.

Die beiden sagten kein Wort. Wortlos stiegen sie mit Walli aus und verschwanden in die Büsche.

»Alles gut Zenzi?« Josi blickte zu ihrer Beifahrerin und machte einen Stimmungscheck.

»Ja, passt schon. Ich will jetzt einfach heim. Ich bin jetzt einfach müde und muss an die nächste Woche denken. Weißt, solange wir in Italien waren und weit weg von daheim, da hab' ich kein einziges Mal an die Operation gedacht. Aber jetzt – so kurz vor Ammerleiten – da denke ich wieder daran.« Sie schnaufte einmal durch.

»Alles wird gut Zenzi. Wir denken positiv, versuchen es zumindest.«

»Recht hast Josi. Wird schon alles irgendwie werden. Schau, da dackeln sie ja schon in unsere Richtung. Und Traudl ist schon wieder wild am gestikulieren.« Sie kurbelte das Seitenfenster runter und rief: »Euch geht's wieder gut wie ich seh' und hör', oder?«

»Ja uns geht's gut. Erleichtert sind wir zusammen, gell Traudl?« Walli lachte und blickte zu ihr.

»Was war denn schon wieder?«, fragte Josi nach.

»In die Brennnesseln hat sie sich gehockt«, kicherte Emmi.

»Endlich wieder mal Leben im Trachtenhoserl von der Frau Huber«, scherzte Walli.

»Ich sag's ja immer«, motzte Traudl zurück. »Du hast immer nur das Eine im Kopf.«

»Einsteigen meine Damen«, rief ihnen Josi entgegen. »Wir wollen jetzt endlich heim.«

Als sie dann nach 30 Minuten endlich das Ammerleitner Ortsschild erblickten, blieb Josi nochmals kurz stehen.

»Und? Umdrehen oder weiterfahren?«

Die drei aus dem hinteren Bereich des Fahrzeuges blickten

sie verdutzt an, machten ihr aber mit Worten und Gesten klar, dass die Fahrt nach Ammerleiten fortgesetzt werden sollte.

Josi grinste, legte den ersten Gang ein, fuhr los und bekam unerwarteten Begleitschutz.

Waggi, dicht gefolgt von Rosa, hatte den Klang des VW-Busses erkannt und er sprang ihr mit seinen kurzen, krummen Dackelbeinen entgegen. Rosa flatterte aufgeregt hin und her und begrüßte die Heimreisenden mit lautem Geschrei.

»Das nenne ich mal ein Begrüßungskomitee«, freute sich Zenzi und bekam wässrige Augen.

»Wenigstens zwei freuen sich, dass wir kommen.« Walli konnte überhaupt nicht einschätzen, was sie Zuhause erwarten würde.

Zenzi sprach ihr Mut zu. »So schlimm wird es wohl nicht werden.«

»Schlimm nicht. Wahrscheinlich hat der Xaver noch nicht einmal bemerkt, dass ich weg war. Und ich weiß nicht, ob ich mir nicht ein Donnerwetter lieber wünschen würde, als diese Gleichgültigkeit, die der Xaver an den Tag legt.«

»Wir werden es gleich wissen«, versicherte Emmi ihr. Ich bin echt aufgeregt.«

»Meinst, wir nicht?«, erwiderte Traudl.

Sie hatten Ammerleiten erreicht und Josi blieb vor ihrem Haus stehen. Sie sprang sofort aus dem Auto, um ihren treuen Weggefährten zu begrüßen.

»So möchte ich auch einmal begrüßt werden«, vernahm sie eine Stimme von Gegenüber. Sie drehte sich um und erblickte Korbinian, der ihr schon entgegenkam.

Josi grinste von einem Ohr zum anderen, ging schnellen Schrittes auf Korbinian zu und meinte: »Das kannst du gerne haben!«

Sie blickte zu ihm auf, zog ihn zu sich runter und gab ihm einen innigen Begrüßungskuss. Korbinian war erst etwas verdutzt, schaltete aber schnell um und erwiderte Josis mehr als angenehmes Willkommensgeschenk.

Die anderen Fahrgäste, die, aus welchen Gründen auch, immer noch nicht ausgestiegen waren, wollten ihren Augen nicht trauen.

»Sapperlot!«, schmunzelte Zenzi.

»Da hat es aber gefunkt.« Walli freute sich sehr für ihre Nachbarin.

»Ich will auch so begrüßt werden«, schniefte Emmi und suchte verzweifelt nach einem Taschentuch.

»Dann komm«, bestimmte Traudl.

»Endstation!«, rief sie und öffnete die Schiebetür des Bullis. Sie stieg aus, blieb vor dem Bus stehen und musste erst einmal tief Luft holen.

»Riecht ihr das auch?«, wollte Traudl von den verbliebenen dreien wissen.

»So klar, so, so rein. Nicht so *stinkert* und heiß wie in Italien.«

»Wir wissen schon, wo es schön ist«, bestätigte ihr Walli und stellte sich neben Traudl.

Emmi saß noch im Bus und wollte irgendwie nicht aussteigen.

»Jetzt komm raus!«, ordnete Zenzi an.

»Jetzt ist's so weit, dass' soweit ist!«

Langsam und behäbig stand Emmi auf und krabbelte aus dem Bus.

Mit hängenden Schultern suchte sie nach ihrem Rucksack, wartete bis Traudl und Walli ihr Gepäck hatten und zusammen traten sie ihren Weg nach Canossa an. Was so nun auch nicht stimmte. Denn sie hatten nichts zu beichten und Reue empfanden sie gleich dreimal nicht.

Walli war die erste, die sich von der etwas desolaten Truppe entfernte. Gleich danach bog Traudl rechts ab, um ihren Hof zu erreichen.

Emmi:

Emmi blieb kurz stehen, in der Hoffnung, dass sie noch keiner sehen würde und sie sich noch Gedanken machen konnte, wie sie das WIE und das WARUM plausibel erklären konnte. Doch sie hatte die Rechnung ohne ihren Nachwuchs gemacht. Benno, Andres, Friedl und Ferdl hatten ihre Mama entdeckt und fuhren ihr mit Rädern und Tret*bulldoggs* entgegen. Emmi ließ ihren Rucksack fallen, ging in die Hocke und wurde von ihren Jungs regelrecht überrannt. Vier marmeladenverschmierte Münder und was sonst noch dabei war, drückten sich ihr ins Gesicht, während acht Arme versuchten, sie gleichzeitig zu umarmen. Emmi saß mittlerweile mitten auf der Straße, was bei dem Verkehrsaufkommen in Ammerleiten überhaupt kein Problem darstellte. Rushhour war um 8:00 Uhr, wenn die Kühe auf die Weide kamen und das gleiche Spielchen wiederholte sich um 17:00 Uhr, wenn die Rindviecher wieder in ihre Ställe getrieben wurden. Ansonsten kam man im Schnitt auf zehn Autos am Tag, die durch Ammerleiten fuhren und davon war eines der Tierarzt und eines die *Postmaus*.

Langsam hatte sich Emmi von ihren Lausbuben lösen können und machte sich mit den vieren nach Hause auf. Durch ihr Gejohle, das die vier beim Erblicken ihrer Mama veranstaltet hatten, war Sepp aufmerksam geworden. Demonstrativ stellte er sich in den Hauseingang und hatte die Hände hinter den Latz seiner Arbeitshose geschoben. Die leicht rotblonden

Haare standen wild vom Kopf weg. Er kniff die Augen zusammen und beobachtete seine Frau, wie sie mit den Jungs auf ihn zukam.

Emmi blieb vor Sepp stehen. Das Herz schlug ihr bis zum Hals. Die Wangen glühten und ihre Hände waren schweißnass.

»Servus Sepp«, flüsterte Emmi und blickte vorsichtig zu ihm auf.

Sepp stand immer noch mit verschränkten Armen vor ihr. Er bewegte sich keinen Zentimeter.

»Kannst du nicht mal was sagen?«

Emmi versuchte es ein zweites Mal eine Reaktion aus Sepp herauszulocken. Doch sie hatte kein Glück. Immer noch stand er, ohne die kleinste Regung, im Eingang und blickte seine Frau an, während die Falten auf seiner Stirn gefühlt immer tiefer wurden. Die Kinder, die bis jetzt immer noch um ihre Eltern herumtanzten, verließen sich auf ihren sechsten Sinn und machten sich aus dem Staub.

Emmi verlor langsam die Geduld. Sie richtete ihren Blick geradewegs in Sepps Augen und starrte ihn nun genauso an, wie er es mit ihr machte. ›Mal schauen, wie lange du das aushältst‹, dachte sie bei sich. ›Das wäre ja noch netter, dass ich mich für irgendwas rechtfertigen muss. Ich nicht! Wenn dann er, mit seinen *Flitscherln*.‹

Sepp starrte immer noch und sagte keinen Ton.

Emmi hatte die Nase voll.

»Weißt du was?«, schnauzte sie ihren Mann an, »statt, dass du froh bist, dass ich wieder daheim bin und dir deine Weibergeschichten verzeihe, machst du auf Obermacho und willst mir Angst einjagen!«

Sie verschränkte ihre Arme vor der Brust und ging auf Tuchfühlung.

»Und jetzt lass mich gefälligst ins Haus. Mir ist schlecht!«

Sepp war etwas verwundert über die Vehemenz der Worte, die seine Frau ihm an den Kopf schmiss. Er verlegte seine Hände in die Hosentaschen und wurde etwas lockerer.

»Wirst schon recht g'soffn und dich amüsiert haben«, maulte er seine Angeheiratete an.

Emmi schüttelte über so viel Blödheit nur den Kopf und antwortete schnippisch: »Klar habe ich mich amüsiert. Aber nicht so wie du denkst. Und Alkohol getrunken habe ich keinen einzigen Tropfen, wenn du es genau wissen willst. Aber so wie du dich benimmst, interessiert dich das ja sowieso nicht! Und jetzt lass mich rein! Sonst speib' i dir noch vor die Fiaß!«

Sepp schaute etwas irritiert auf seine Frau runter und ging einen Schritt auf die Seite, um ihr den Durchgang freizumachen. Emmi lief schnurstracks Richtung Klo.

»Was hast denn dann?«, rief Sepp Emmi hinterher.

»Was werde ich ham, du Rindviech! Schwanger bin ich, du Depp«, patzte Emmi zurück und schlug die Tür des Bades mit voller Wucht zu.

Da stand er nun, der Gschwend Sepp und traute seinen Ohren nicht. Schwanger? Ähm! Wir bekommen Nachwuchs? Ein neuer Gschwend ist im Anmarsch? Langsam kam Licht in Sepps Oberstübchen. Seine Stirnfalten verschwanden, die Mundwinkel gingen nach oben und er stürmte Richtung Bad. Vorsichtig klopfte er an die Türe.

»Emmi? Ist des wirklich wahr?«

Er bekam nur ein sehr ungesundes Röhren zur Antwort, was der Schüssel des Klos geschuldet war.

Ungeduldig blieb er vor der Tür stehen und wartete bis Emmi herauskam.

Endlich wurde die Türe geöffnet und eine von innen nach außen gekrempelte Emmi stand vor ihm. Ihr Zopf hatte sich zum Teil gelöst und eine rotblonde Strähne hing ihr quer über das Gesicht. Vorsichtig ging Sepp auf sie zu und strich zärtlich die Strähne hinter Emmis Ohr.

»Es tut mir leid Emmi. Ehrlich.« Er nahm ihre Hand und drückte sie fest.

»Weißt du, als ich gemerkt hab, dass du weg bist, war ich erst schon *zwider*. Aber mit jeder Sekunde die du nicht da warst, hab' ich dich immer mehr vermisst. Und dann hat mir meine Mutter auch noch gehörig den Kopf gewaschen. Du kennst sie ja.«

Beschämt blickte er auf.

Emmis Gesichtszüge hatten sich wieder etwas erholt und wurden weich. Sie lächelte, zog Sepp zu sich und zischte ihm ins Ohr: »Ich versprech' dir eins Sepp. Wenn ich dich noch einmal mit einer anderen erwische, dann werf' ich dich vom Hof.«

Sie entfernte ihren Mund schon von Sepps Ohr, als ihr noch etwas einfiel: »Noch was! Nach diesem Gschwend ist Schluss. Verstanden? Egal ob Mädel oder Bub. Danach wird Schnipp Schnapp bei dir gemacht.«

Jetzt endlich war sie fertig. Sie drückte Sepp einen Kuss auf den Mund, drehte sich um und rief: »Und jetzt hab' ich Hunger! Wollen wir Brotzeit machen?«

Und wenn ihn der Hunger nicht eingeholt hätte, dann würde der Gschwend Sepp immer noch da stehen.

Traudl:

Ignaz war schon darauf vorbereitet, dass seine Frau in den nächsten Minuten wieder daheim sein würde. Er sah vom Hof aus, dass der alte VW-Bus am Ortsschild Halt gemacht hatte.

›So‹, überlegte er bei sich, ›dann sind sie wieder von ihrem Ausflug zurückgekommen.‹

Sichtlich erleichtert schnaufte er aus und freute sich, dass seine Traudl gleich wieder bei ihm sein würde. Er hatte sich vorgenommen, ihr keine Vorwürfe zu machen, dass sie ihm falsche Tatsachen vorgespielt hatte. Das Wichtigste für ihn war, zu verstehen, warum sie diesen Schritt gemacht hatte, denn er stand immer noch da, wie der Ochs vor dem besagten Berg.

Er lief schnell ins Schlafzimmer nach oben, warf seine Arbeitsklamotten in die Ecke und zog sich eine saubere Bermudas und ein neues T-Shirt an. Schnell platzierte er sich auf der Sonnenbank, die gleich neben der Haustüre stand, schnappte sich das Bauernblatt und tat so, als würde er ganz vertieft darin lesen. Aus den Augenwinkeln heraus sah er, dass seine Frau den Weg zum Hof eingeschlagen hatte und ihren Trolli hinter sich herzog. Das Teil rumpelte über den steinigen Weg und Traudl hatte ihre Mühe, ihn in die richtige Spur zu bringen.

›Fesch schaut sie aus, mein Weib‹, stellte Ignaz voller Stolz fest und lugte vorsichtig über den Rand der Zeitschrift hervor. Er musste etwas grinsen, als er das pinkfarbene Snoopyshirt sah, das Traudl trug. Er senkte den Kopf und konnte sich nicht auf die Seite konzentrieren, die er aufgeschlagen hatte. Traudl erklomm die letzten Meter des steilen Weges und erblickte ihren Mann. Sie war so wie Emmi etwas aufgeregt, hatte sich aber schnell wieder im Griff und ging schnurstracks auf ihren Mann zu. Sie stellte den Koffer ab und ließ sich neben ihm auf der Bank nieder.

»Da bin i wieder«, sprach sie zu Ignaz und blickte ihn an.

Er drehte sich zu ihr hin und meinte: »Ja, da bist du wieder. Endlich!«

Traudl war überrascht. Sie war auf Vorwürfe eingestellt. Aber war sie das wirklich? Sie überlegte kurz. Hatte ihr Mann ihr jemals schon Vorwürfe gemacht? Sie konnte sich nicht erinnern. Ignaz war ein verständnisvoller Ehemann mit einer Engelsgeduld, der sie machen ließ, was und wie sie wollte.

»Ignaz...«, fing sie plötzlich an. »Es tut mir leid, dass ich dich, wegen dem Ausflug, angelogen hab. Dass ich gesagt habe ich fahr ins Ostallgäu zur Resi rüber.«

Ignaz brummelte und blickte nach unten.

»Aber«, versuchte sie zu erklären, »die Emmi und die Walli haben ihren Ehemännern auch nichts gesagt. Es musste doch geheim bleiben. Sonst wäre doch alles für die Katz gewesen.«

»So, so«, *grantelte* er.

»Und du bist dir sicher, dass das der einzige Grund für dein fluchtartiges Verschwinden war?« Er schaute sie jetzt etwas ernster an.

Traudl überlegte kurz und wollte schon ein »Ja« aussprechen, als ihr das donnerstägliche, abendliche Verschwinden ihres Ehemannes einfiel. Abrupt änderte sie ihre Haltung und blickte ihren Gegenüber kratzbürstig an.

»Ignaz! Sei ehrlich! Hast du a andere?«

Ignaz verdrehte die Augen und meinte die Frage nicht verstanden zu haben.

»Spinnst du denn Traudl?«

Er stand auf und blieb vor seiner Frau stehen.

»Ja mei. Wo bist denn dann jeden Donnerstagabend. Tuba wirst wohl nicht spielen, denn die Probe ist doch immer am Montag.«

Ignaz schlug die Hände vors Gesicht.

»Ja sag halt endlich, was du machst!«

Traudl stand nun auch auf und hatte sich vor ihrem Mann aufgebaut.

»Wenn du mal nix sagen würdest, dann käme ich vielleicht auch mal zu Wort.«

Er ging einen Schritt von Traudl weg, wandte sich aber gleich wieder seiner Frau zu und fing an zu erzählen: »Kannst du dich noch daran erinnern, dass wir nach Paris wollten?«

Er schaute Traudl fragend an.

»Freilich weiß ich das. Is' ja nix draus worden.«

»Gut!«

Er fing erneut an.

»Weißt du auch, dass wir dieses Jahr Silberne Hochzeit haben?«

Traudl schüttelte den Kopf.

»Sowieso. Bin ja schon am planen.«

»Meine Frau!«

Ignaz musste lächeln.

»So, liebes Weib! Jetzt setz' dich auf die Bank. Ich hab' dir was zu sagen.«

Traudl setzte sich ein wenig widerwillig auf die Bank und wartete, was Ignaz ihr zu berichten hatte. Er nahm neben ihr Platz und verkündete: »Wir fahren dieses Jahr für ein Wochenende nach Paris. Ich hab' schon alles in die Wege geleitet. Flug, Hotel, Besichtigungen... Und so weiter und so fort.«

Traudl fiel aus allen Wolken und war komplett baff.

»Du? Du machst das alles?«

Ignaz war jetzt in seinem Element.

»Ich hab' jemanden, der mir hilft, denn ich kenn mich mit dem Internet und so ja gar nicht aus. Kennst du die Französischlehrerin aus Ludwigswies? Die hilft mir. Ich hab' sie einfach gefragt und sie hat ja gesagt. Und sie hat das ganze Zeugs für uns gebucht.«

Ignaz war sichtlich stolz auf sich, wie er die ganzen Vorbereitungen vor seiner neugierigen Frau verheimlichen konnte.

»Und da musst du jeden Donnerstag runter?«

Traudl war immer noch ein wenig skeptisch.

»Ja«, antwortete Ignaz etwas bestimmter. »Ich lerne nämlich gleich noch ein bisschen französisch, wenn es recht ist, Madame!«

»Jetzt echt?!?«

Traudl konnte es gar nicht glauben, was Ignaz da alles berichtete.

»Ja, echt jetzt! Und jetzt komm her und lass dich drücken! Schön, dass du wieder da bist, Traudl.«

Er zog seine Frau zu sich und umarmte sich heftig.

»Ich bin auch froh, dass ich wieder da bin«, gab sie zu und küsste ihn.

»Und glaub mir eins, Ignaz! Italien wird total überbewertet!«

Walli:

Wallis Weg führte sie als allererstes in ihre geliebte Werkstatt. Sie öffnete die Tür und ihr schlug eine Mischung aus Schmiere, Altöl und Kuhmist entgegen. Kein Wunder, dachte sie sich, der Mistbreiter vom Quirin aus Ludwigswies stand auch auf der Grube.

Sie fuhr mit der Hand über die Werkbank und verrieb den Staub zwischen ihren schwieligen Fingern. Sie blickte ins Auftragsbuch und lächelte. Ihr Schwiegervater hatte all seine Arbeiten feinsäuberlich aufgelistet. Wenn Vitus nicht wäre, dann hätte sie schon lange alles hingeschmissen. Aber die Arbeit und das Leben in Ammerleiten machten sie glücklich und zufrieden. Ihre Kinder natürlich auch. Teenager halt. Bald sind sie aus dem Haus und dann sind nur noch sie, Vitus und Xaver da.

Sie erschrak ein wenig über sich selbst, weil sie Vitus vor ihrem Mann genannt hatte. Sie seufzte tief und überlegte, was das noch sei mit ihr und Xaver. Sie waren beide dermaßen verschieden. Xaver der feinfühlige und sie, die Frau, die mit schweren Landmaschinen zu tun hatte. Freilich, redete sie sich ein, ein starker Mann an ihrer Seite hätte oftmals keine Freude mit ihr. Da würde es schon manches Mal sauber krachen.

Aber ab und an hätte sie schon auch gerne eine starke Schulter, an die sie sich anlehnen konnte. Und das war halt ihr Xaver überhaupt nicht. Sie wollte sich nicht beschweren. Er stand hinter ihr, übernahm Haushalt und die kleine Landwirtschaft und als die Kinder noch klein waren, war er derjenige, der sich um die Hausaufgaben und das Drumherum kümmerte. Walli war viel mit Vitus, ihrem Lehrmeister, in der Werkstatt und verdiente die Butter aufs Brot. Irgendwie ist es ja auch gut so, wie es ist. Wenn die Kinder Probleme hatten, dann war der Papa da und diskutierte die Dinge mit ihnen aus. Walli war da eher die, die mit einem Paukenschlag die Dinge besprach, was auch manches Mal angebracht war. Sie kam zu dem Schluss, dass die Kombi mit Xaver und ihr vielleicht doch nicht so schlecht sei. Oder vielleicht auch nicht?

Sie schob den Gedanken sofort wieder weg und öffnete die Haustüre. Sie hörte den Fernseher von Vitus, dessen Lautstärke wieder auf Anschlag gedreht war. Aber sonst war nichts zu hören. Sie öffnete die Zimmertüren von Hedwig und Franz. Sie erblickte, das gewohnte Chaos – was auch sonst, aber keines der beiden Kinder war da. Walli ging in die Küche und blickte in den Kühlschrank. Sie nahm eine halbe Bier aus dem Getränkefach, öffnete sie und nahm einen großen Schluck von dem kühlen Nass. Sie musste an das lauwarme Mineralwasser in Italien denken, mit dem sie versucht hatte, ihren Brand zu löschen. Sie lachte laut auf.

Da hörte sie, dass die Tür vom Schlafzimmer geöffnet wurde und Xaver herauskam. Er ging auf seine Frau zu und umarmte sie. Walli ließ es über sich ergehen. Sie brauchte in diesem Moment keine Nähe und wand sich aus der Umklammerung von Xaver.

Xaver schaute etwas verdutzt und setzte sich an den Küchentisch.

»Na du?«

»Servus Xaver.«

Walli nahm einen weiteren Schluck aus der Flasche und blieb stehen.

»Und wie war's bei deinem Seminar?«

Xaver lehnte sich zurück und fing an in epischer Breite zu erzählen, was, wie und warum und so und blabla und...

Walli hörte gar nicht zu. Es ging bei ihr ins linke Ohr rein und kam beim rechten Ohr raus. Walli antwortete automatisch mit »Ja, ja« und »Ach ja« und »Klar, super«.

Irgendwann nach einem zehnminütigen Monolog meinte Xaver: »Walli hast du mir denn gerade zugehört? Mir scheint, du bist mit deinen Gedanken irgendwo anders.«

Walli wurde aus ihrer Lethargie gerissen und trank das Bier in einem Zug leer.

»Freilich hab' ich dir zugehört«, antwortete sie schnell.

»Dann, liebe Walli, bist du damit einverstanden, dass ich für drei Monate nach Indien gehe? Ich freue mich schon so und ich wollte einfach dein OK noch haben. Drei Monate sind ja schnell vorbei und...«

»Wie!?! Indien?« Walli verstand nur noch Bahnhof, den indischen Bahnhof natürlich.

»Du willst nach Indien?«

Walli fühlte sich gerade, als wäre sie in einem ganz schlechten Film aufgewacht.

»Ja, habe ich doch gerade erzählt was für eine Chance sich bei diesem Seminar aufgetan hatte.«

Xaver machte eine kurze Pause und schaute sie enttäuscht an.

»Du hast mir doch nicht zugehört.« Xaver zog eine Schnute, wie ein eingeschnapptes Kind.

»Doch, doch Xaver. Ich hab' dir zugehört. Indien, Bahnhof, äh... Bhagwan, Selbstfindung! Alles notiert! Wann geht's los?«

»Nächste Woche, wenn es dir recht ist. Für die Tiere habe ich auch schon jemanden.«

»Tiere?«

Walli war erst etwas irritiert, konnte dann aber schnell eins und eins zusammenzählen und war damit einverstanden, dass der Wagner Toni sich um die Landwirtschaft kümmerte.

»Ja dann ist ja alles beredet.« Sie stellte die Bierflasche auf den Tisch und ging.

›Und er hat nicht einmal gemerkt, dass ich weg war‹, war das Einzige, das ihr dabei noch durch den Kopf ging.

Zenzi:

Zenzi ging, nachdem sie noch einen Kaffee mit Josi und Korbinian getrunken hatte, mit Rosa auf der Schulter nach Hause. Sie blieb vor der Gartentüre stehen und schaute sich ihr kleines Refugium an. Hier war sie daheim. Hier wollte sie für immer bleiben. Hier wollte sie sterben. Sie wusste nicht warum sie plötzlich auf diesen Gedanken über das Sterben kam. Mit Sicherheit weil sie jetzt daheim war und am Mittwoch ins Krankenhaus nach München musste. Der Arzt sagte, dass der Knoten in ihrer Brust noch nicht gestreut hatte und sie sich keine Gedanken machen musste. ›Der hat leicht reden‹, überlegte sich Zenzi. ›Ist ja nicht sein Busen.‹

Sie öffnete die Haustür und stellte ihr kleines Köfferchen in den Hausgang. Rosa fegte an ihr vorbei und machte es sich sofort auf ihrem Platz bequem. Irgendwie wusste sie jetzt gar nicht was sie tun wollte oder nach was ihr überhaupt war. Garten? Nur sitzen? Eine rauchen? Sie fühlte sich so schwammig, wusste nichts mit sich anzufangen, fühlte sich irgendwie innerlich zerrissen. Dabei hatte sie in Italien doch alles richtig gemacht. Hatte dem Giuseppe die Meinung gegeigt, hatte endlich einen Schlussstrich unter ihre Vergangenheit gezogen, die Akte geschlossen. Feierabend. Schluss. Ende. Finito!

Verwirrt setzte sie sich in ihren Ohrensessel und dachte nach, was da im Moment mit ihr passierte. Irgendwie merkte Rosa, dass mit ihr was nicht stimmte und flog auf die Lehne des Sessels.

»Weißt du, was mit mir los ist Rosa?«

Rosa schüttelte den Kopf und krakeelte: »Rosa, Rosa!«

»Ist schon gut, du verrücktes Luder! Wenn ich dich nicht hätte. Und natürlich auch die Mädels. Wen hätte ich denn sonst?«

Ihr blieb fast der Atem weg, als ihr es wie Schuppen von den Augen fiel.

»Ach Hubert...«, seufzte sie laut. »Wo bist du nur?«

Sicher hatte sie ihren Sohn immer wieder vermisst. Mal mehr, mal weniger. Vor fünf Jahren kam das letzte Lebenszeichen aus Kanada.

Liebe Mutter,
Mir geht es gut!
Habe einen guten Job!
Ich bin glücklich!
Dein Hubert!

Sie war ihm nicht böse wegen seiner kurzen Sätze. Woher sollte er es denn haben. Zenzi war nie gesprächig gewesen und anscheinend sind die italienischen Gene in diesem Falle nicht durchgeschlagen. Das Lamentieren und Reden mit Händen und Füßen hatte er Gott sei Dank nicht von seinem Erzeuger geerbt.

Und seitdem nichts mehr. Vielleicht war er schon tot. Hatte

er eine Frau? Kinder? Sie würde es wahrscheinlich nie erfahren, denn eine aktuelle Adresse hatte sie nicht. Den letzten Brief, den sie ihm geschrieben hatte, kam wieder zurück. Unbekannt verzogen.

Sie wischte sich eine kullernde Träne von der Wange und sprach zu ihrer verrückten, gefiederten Mitbewohnerin.

»So Rosa! Schluss mit der Jammerei!« Sie stand auf, griff in die Schublade ihres Küchenkastens und holte sich einen großen Joint raus.

»Das ist nur Medizin, Rosa, nur Medizin!«

Josi:

Als Josi am Ortseingangsschild stand und die Frage an ihre Mitreisenden stellte, ob sie umdrehen oder weiterfahren sollten, wurde ihr klar, dass sie sich diese Frage nie gestellt hätte. Für sie war sonnenklar, dass Umdrehen keine Option war. Sie freute sich sehr auf ihr Zuhause, auf ihren Hund und vor allem auf Korbinian, der ihr neues Zuhause perfekt machte. Das Tüpfelchen auf dem »I« sozusagen. Deswegen musste sie überhaupt nicht darüber nachdenken, wie sie Korbinian begrüßen wollte. Sie ließ ihr Herz entscheiden.

Als sich die Frauen des Stammtisches mehr oder weniger schnell auf den Heimweg machten, um sich bei ihren Liebsten wieder zurückzumelden, ließ Josi alles Stehen und liegen und setzte sich mit Korbinian auf die hölzerne Bank, die bei ihm an der Westseite seines Hauses stand. Dort saßen sie nun Hand in Hand und genossen die letzten, warmen Strahlen der untergehenden Augustsonne.

»So könnte ich ewig mit dir sitzen, Korbinian«. Josi schloss die Augen und lehnte ihren Kopf an die Hauswand.

»Da geht's dir wie mir«, antwortete er und legte seinen Arm um Josis Schulter.

»Egal, ob Frühling, Sommer, Herbst oder Winter«, ergänzte Josi ihren vorhergegangenen Satz.

»Ich habe mich noch nie so wohl gefühlt!« Josi öffnete die Augen und sah Korbinian an. »Wenn ich bedenke, dass wir uns schon so lange kennen, aber es nie gefunkt hat...«

›Aha‹, grübelte Korbinian und grinste ein wenig dabei. Er nahm seine Hand von Josis Schulter und setzte sich etwas auf.

»Du warst also nie verliebt in mich? Du hast meine Liebesbezeugungen nie zur Kenntnis genommen? Also echt, Josina Lechleitner. Das enttäuscht mich schon sehr.«

Er hatte große Mühe nicht loszulachen.

»Herr Schneider!«, fing Josi nun an. »Die einzigen Liebesbeweise, die du mir gegeben hast, waren, dass ich deine Fische ausnehmen und braten durfte. Auch wenn du sie angeblich nur für mich gefangen hast. Und, nicht zu vergessen, deine komische tote Käfersammlung betrachten zu dürfen, die du mir dann auch noch geschenkt hast.« Sie schüttelte den Kopf und presste die Lippen aufeinander, um nicht loszuprusten.

»Ja mei«, versuchte sich Korbinian aus der Sache herauszureden. »Später, so mit 18, da wolltest ja nix mehr von mir wissen. Da hätt ich dir schon was anderes zeigen können.« Er grinste verschmitzt.

Josi musste lachen. »Das kann ich mir vorstellen, was du mir da gezeigt hättest.«

»Schmarrn weißt. Meine sezierten Frösche hätt ich dir gezeigt. Was hast du nur für eine verdorbene Phantasie, Frau Nachbarin. Bringst Sodom und Gomorrha ins Dorf.« Er schüttelte vehement den Kopf.

»Pass auf, dass ich das nicht unserem weiblichen Dorfsheriff erzähle.«

»Mach doch«, meinte Josi schnippisch. »Vielleicht gefällt es ihr ja.«

»Mit Sicherheit«, lachte Korbinian und gab ihr einen Kuss.

»Aber jetzt musst du mir erzählen, wie euer Ausflug war.«

»Mach ich. Und ich erzähle dir auch jedes schmutzige Detail. Aber nur, wenn du vorher noch was zum Trinken holst.«

»Lambrusco oder Bier?«

Josi musste kurz durchatmen. »Ein Bier, bitte. Vom Lambrusco krieg ich immer so... Ich erzähl's dir gleich.«

- 15 -

Es war September, es war ein Freitagabend in Ammerleiten, an diesem idyllischen Fleck auf der bayrischen Landkarte. Die Sonne schickte noch ihre letzten Strahlen über das beschauliche Dorf an den Ammergauer Alpen und langsam kehrte Ruhe in dem kleinen Weiler ein. Es war einer der wärmeren Tage im September. Die Landwirte brachten wahrscheinlich zum letzten Mal für dieses Jahr ihren Grasschnitt in die schon prall gefüllten Silos, denn es konnte leicht passieren, dass schon bald der erste Reif Einzug hielt. Alles lief wie immer, hatte wieder seine Ordnung, seinen Platz.

Und trotzdem tickten die Uhren irgendwie anders als vorher. Nur ein wenig anders für Außenstehende, aber immens spürbar für die Betroffenen. Lag es wirklich an dem Roadtrip nach Italien oder war es einfach mal an der Zeit, dass sich auch in so einer Enklave Änderungen und Neuerungen einschlichen, zwischenmenschliche Änderungen?

Fakt ist, für Emmi, Josi, Traudl, Walli und Zenzi begann jetzt ein neuer Abschnitt in ihrem Leben.

Emmi war, wie erwartet, wieder schwanger, was jetzt nicht ein so neuer Abschnitt war, da sie ja schon vier Kinder hatte. Was so neu für sie war, war die Tatsache, dass sie das erste Mal in ihrem Leben, ihrem Mann Paroli bot und bis jetzt auch durchhielt. Gut, es waren erst 14 Tage vergangen, aber immerhin.

Josi war verliebt. Punkt. In Korbinian. Punkt. Sie war sehr glücklich. Punkt. Sie war endlich angekommen. Punkt.

Traudl sah seit ihrem Italienausflug ihren Ignaz mit anderen Augen. Sie hatte sich wieder daran erinnert, was für eine Perle sie an ihrer Seite hatte. Ein immer noch fescher Mittfünfziger, der seine Frau auf Händen trug. Da musste man erst einmal ins Ausland fahren, um das festzustellen. Aber lieber spät, als nie.

Walli hatte ihren Xaver nach Indien ziehen lassen. War sie deswegen traurig? Weniger. Es war jetzt einfach an der Zeit, dass die beiden sich eine Auszeit nahmen. Wie lange sie dauern würde? Bestimmt mehr, als die drei geplanten Monate, die Xaver voraussichtlich in Indien blieb.

Zenzi war wieder aus dem Krankenhaus entlassen worden und konnte sich noch auf viele Stammtische mit ihren Nachbarinnen freuen. Der Knoten aus ihrer Brust wurde erfolgreich entfernt und war für gutartig befunden worden.

Vor lauter Freude darüber wollte sie sich einen lang gehegten Wunsch erfüllen: Ein alter Fiat 500 sollte es sein. Da sie nicht wusste, wo man noch solche Schätzchen auftrieb, schaltete sie sich mit Walli und Traudl kurz. Walli war für die technischen Dinge zuständig, Traudl für das Procedere mit der Ebayauktion. Die letzten drei Tage war sie jeden Abend bei Traudl, um den Stand der Auktion mitzuverfolgen. Das Gebot eines anderen Bieters lag im Moment bei 4300 Euro. 6000 Euro wollte sie ausgeben. Und heute Abend sollte es dann so weit sein. Die Auktion auf den Fiat lief um 21:32 Uhr aus. Dann hieß es hopp oder topp, bzw. 3-2-1- meins oder keins.

Da das Ende der Auktion genau zur Stammtischzeit erfolgte, war es gar keine Frage, dass alle dem Verlauf der Auktion am Laptop im Feuerwehrhaus beiwohnen würden.

Zenzi schaute nervös auf die Uhr. Der Kuckuck ihrer Uhr

erinnerte sie, dass es Zeit war zum Feuerwehrhaus zu gehen. Sie schlupfte in ihre Gartenclogs, rief Rosa einen Gruß zu und ließ die Haustür ins Schloss fallen. Sie schlug den Weg Richtung Wallis Werkstatt ein und öffnete die schwere Eisentür.

»Walli, bist fertig?«, rief Zenzi nach ihrer Freundin und Nachbarin. Aber sie bekam keine Antwort.

»Herrschaftszeiten«, fluchte Zenzi vor sich hin. »Wo treibt sie sich denn rum?«

Zenzi schlug die Werkstatttüre zu und ging Richtung Burgmeiers Stall. Seit Xaver weg war, kam der Wagner Toni aus dem Nachbarsdorf vorbei und machte alles, was in der Landwirtschaft anfiel. Vielleicht war Walli ja im Stall, um die neue Hilfe einzuweisen.

Die Stalltüre stand auf und Zenzi streckte den Kopf durch die Türe.

»Waaaalllllli!«, schrie Zenzi in das alte Gemäuer.

Alle sieben Kühe und der Stier drehten sich um, doch keine Walli.

Sie lief nach links um die Stallungen herum und hechelte die Auffahrt zur Tenne hoch. Da hörte sie schon von Weitem Gelächter. Zenzi erblickte Walli und den Toni und blieb schnaufend vor den beiden stehen.

»Endlich... Walli!«, japste Zenzi, »Da bist du ja!«

Zenzi griff sich an den Brustkorb und versuchte zu Atem zu kommen.

»Du sollst dich doch noch schonen, du stures Luder«, schalt Walli ihre Stammtischgenossin.

»Was springst denn wie ein junges Mädel die Auffahrt herauf!«

Toni schüttelte über so viel Unvernunft den Kopf, ging zu Zenzi, nahm sie auf den Arm und setzte sie kurzerhand auf einen Strohballen. Zenzi hatte gar keine Chance zu reagieren.

Bevor sie zu zetern anfangen wollte, saß sie schon auf ihren vier Buchstaben.

Walli musste grinsen und blickte verstohlen zu Toni, der es sich neben Zenzi bequem gemacht hatte.

Zenzi sprang gleich wieder auf, wurde aber von Toni auf den Ballen zurückgezogen.

»Red' jetzt im Sitzen. Du bist ja schlimmer als eine junge Geiß.«

Zenzi blickte etwas brummelig auf das braungebrannte Muskelpaket neben ihr, schnaufte tief durch und konnte nun endlich Walli fragen: »Kannst du dich jetzt losreißen oder hast du noch was zu klären mit deinem Betriebshelfer?«

»Wir können sofort los.« Walli ging auf Toni zu, der immer noch neben Zenzi saß, und meinte: »Also dann bis morgen Toni.«

»Bis morgen Walli. Und denk daran, was wir ausgemacht haben.«

Er grinste verschmitzt und hob seinen grünen Lodenhut.

Zenzi blickte Walli an, blickte dann auf ihren Nebenmann und wieder zu Walli. Das war jetzt zu viel für Zenzi. Sie sprang wortlos auf, nahm Walli an der Hand und zog sie die Auffahrt der Tenne hinunter.

Walli protestierte den kurzen Weg zum Feuerwehrhaus, doch Zenzi bügelte sie nur kurz ab.

»Wir haben jetzt Wichtigeres zu tun, als, als...! Ach egal. Ich will dieses Auto haben!«

»Ist ja gut. Wenn die Traudl es draufhat und davon gehe ich fest aus, dann ersteigert sie dir heute dieses Schmuckstück. Und wenn die Verkäufer das gemacht und repariert haben, was sie in der Anzeige geschrieben haben, dann bekommst du wirklich was Tolles für dein Geld.«

Walli hielt Zenzi die Türe des Feuerwehrhauses auf und ließ der fahrigen Zenzi den Vortritt, die sich sofort an den großen Holzstammtisch setzte. Nervös klopfte sie mit den Fingern auf die Tischplatte.

»Wo bleiben die denn alle. Ist doch schon kurz vor Neun.«

Sie blickte ungeduldig auf die geöffnete Tür, als sie Traudl hereinkommen sah.

»Servus miteinand'«, grüßte Traudl Walli und Zenzi.

»Gott sei Dank bist du da.« Walli war froh, dass sie mit diesem Nervenbündel nicht mehr allein sein musste.

»Zenzi legt schon ein riesen Ei, dass noch keiner da ist.«

»Jetzt bin ich ja da.« Und setzte sich neben Zenzi hin. Sie klappte den Laptop auf und ging auf die Seite von Ebay.

»Oh mei.« Sie blickte entsetzt auf Zenzi, als sie das Auktionsangebot öffnete.

»Es sind schon 4900 Euro geboten!«

»Kommen wir noch rechtzeitig?«

Emmi und Josi betraten die gute Stube und setzten sich aufgeregt zu den anderen hin.

»Ja, wir sind noch gut in der Zeit. Wir haben noch 20 Minuten.«

»Hol mal irgendwer was zu trinken«, ordnete Zenzi an.

Walli sprang auf, packte auf die Schnelle den ganzen Kasten Bier, der hinter der Theke stand und stellte ihn mit voller Wucht auf die massive Eichenplatte des Tisches.

Acht Augen starrten sie erschrocken an, sagten aber nichts und verfolgten gespannt das Angebot über den Fiat.

»Biete mehr!« Zenzi stachelte Traudl an.

»Lass uns noch warten. Ist noch zu früh. Sonst klappt das mit dem 6000 Euro-Limit nicht.«

Walli machte die Biere an der Tischkante auf und reichte die Flaschen der angespannten und aufgeregten Truppe. Jeder hielt die Flasche verkrampft in der Hand und starrte auf den Bildschirm.

21:25 Uhr. Das Angebot stand immer noch bei 4.900 Euro. Traudl blickte zu Zenzi.

»5.300 Euro?«

Zenzi nickte stumm. Traudl gab den Betrag ein, drückte auf den Bieten-Knopf und...

»Scheißdreck!«, schimpfte Traudl.

»Mist-Internet!«

Sie schlug mit der Faust auf den Tisch, als würde das mehr Bits durch die Leitung schießen.

Die Seite lud sich neu – »Sie wurden überboten« stand da in großen Buchstaben.

Zenzi fluchte, Traudl knetete ihre Knöchel, die restlichen Anwesenden wagten kaum zu atmen.

Traudl blickte zu Zenzi. Zenzi nickte bejahend!

21:31 Uhr. Traudl bewegte ihre Finger in Richtung Tastatur, gab den abgesprochenen Betrag ein: 6.001 Euro, rieb sich ihre Handflächen, gab alles und drückte erneut auf den Bietenbutton.

Die Anzeige im Fenster eierte, wie schon vor fünf Minuten.

Bing! Sie sind Höchstbietender stand da in grünen Lettern.

Emmi kreischte, Zenzi klatschte, Traudl zischte: »Ruhe! Wir haben noch zehn Sekunden.«

Emmi hielt sich die Hände vor die Augen, um die Spannung auszuhalten.

8 Sekunden. Zenzi drückte ihr Gesicht in Wallis Oberweite.

6 Sekunden. Sie waren noch Höchstbietender.

4 Sekunden. Josi hielt sich die Ohren zu. Warum? Das wusste sie auch nicht so genau.

2 Sekunden. Traudl hielt in halber Höhe ihre Arme in die Luft. Und blickte zur Tür. Und schrie!

Alle schrien mit, was das Zeug hielt. Umarmten sich wild und plapperten und gackerten wild durcheinander. 3-2-1- meins!

»Sie haben diesen Artikel gekauft«, konnten sie lesen.

Zenzi hatte ein neues, altes Auto ersteigert.

Traudl hatte immer noch die Arme halb hoch und blickte weiterhin wie gebannt zur Tür. Jetzt erst merkte Zenzi, dass Traudl wie besessen auf den Eingang der Türe starrte. Sie folgte Traudls Blick und registrierte einen jungen Mann mit südländischem Aussehen und stahlblauen Augen.

»Hubert!«

Glossar

Da ja nicht jeder von bayrischer Herkunft sein kann, was ja auch gut ist, habe ich versucht, die gebräuchlichsten, bayrischen Wörter und Ausdrücke anschaulich zu erklären. Sollten noch Worte in meinem Roman vorkommen, die ein großes Fragezeichen im Gesicht hervorrufen, wird es an der Zeit, den nächsten Urlaub in Bayern zu buchen. Ob die Ungereimtheiten dann aus der Welt zu schaffen sind, kann ich nicht versprechen – ein Versuch ist es allemal wert. Ich schwör!

3/4 6
Viertel vor sieben, bzw. 05.45 Uhr. Auf alle Fälle sau früh.

a wenig
ein wenig, ein bisschen, diese Maßeinheit ist auf alle Fälle ein sehr dehnbarer Begriff.

angeschmalzt
keine Ahnung, ob das von den Schmalznudeln kommt, die vor Fett nur so triefen und Mann/Frau das Sabbern anfängt, wenn sie in Blickweite sind und alles dafür getan wird, um sie zu bekommen znd zu genießen. Kurzum, es wird gebaggert bis der Arzt kommt.

Bapp'n,
nicht so freundlicher Ausdruck für den Mund. Sehr oft im Zusammenhang mit »halt dei Bapp'n« verwendet, wenn die andere Person, mit der man sich im Dialog befindet, einfach nicht die »Klappe halten« kann oder will.

Batz
komische Masse, die biologisch voll abbaubar ist und immer da ist, wo man sie am wenigsten vermutet, bzw. gebrauchen kann.

Bauernferraris
des Landwirt's liebstes Spielzeug. In allen Größen, Farben und Formen erhältlich. Egal ob hightech oder vom letzten Jahrhundert – Hauptsache der Traktor fährt.

bildsauber
schöner als die Realität.

Biperles
der stolze Nachwuchs von Hahn und Henne.

Bissgurk'n
wird für das weibliche Geschlecht verwendet. Das Pendant ist der »gscherte Hammel«. Muss wirklich nicht weiter erörtert werden.

blede Kuah
eine Beleidigung für jedes Rindviech, ob vier oder zwei Beine.

Bulldogg
eine »Resi« wurde damals mit dem Traktor abgeholt. Warum auch immer der Bulldogg nicht zum Einsatz kam – keine Ahnung!

dem brennt doch der Huat
ja spinnt denn der Beppi?

des goht it
negative Antwort auf was auch immer. Keine Chance, no way! Never ever! Nie und nimmer! Oder ganz banal: Das geht nicht.

dra durch
»ich dreh' am Rad!«

eingedieselt
eine Person, die sich mit einer wohlriechenden Flüssigkeit einbalsamiert und das nicht wenig, hat sich »eingedieselt«.

falscher Fuchszga
eigentlich Falschgeld im Wert von fünfzig Euro. Wird gerne für jemanden verwendet, der alles andere im Kopf hat, außer sich an die Gesetze zu halten.

Fleischpflanzerl
Frikadelle, Boulette, Fleischklops.

Flitscherl
wieder mal eine weibliche Person, die es mit der Treue nicht so genau nimmt. Ein bayrischer »Vamp«, die den Männern den Kopf verdreht ohne Rücksicht auf Verluste.

Frosch Lache
kleineres Gewässer – See, beliebt bei den Amphibien und zweibeinigen Wasserratten.

G'schiß
»Herrschaftzeit'n! Jetzt stell di halt net so an!«

G'spusi
ein Verhältnis. Dauer uninteressant.

Gelumpe'
alles, nur nicht gescheites.

Gepfluder
luftig leichte Dinge, die einem auf den Keks gehen.

Haferl
Tasse, Pott mit einem Fassungsvermögen von mindestens 250 ml.

Himbeertoni
ein Mann, dessen Belichtungszeit nicht sehr hoch ist und alles andere als wertgeschätzt wird.

Hund ums Hauseck
Pfiffikus.

Hundskrippel
Lausbub/Spitzbub hoch zehn.

Kässpatzn
Allgäuer Nationalgericht mit Spätzle, viel Zwiebel und nochmal so viel Käse. Verdauungsschnaps ist Pflicht!

Kreiz
Kreuz

Kreizkruzifünferl
Schimpfwort

krummhaxige
krumme Hax'n, nicht gerade Beine.

Lüfterl
laues Lüftchen, ein Luftzug. Kann neutral sein, duften oder saumäßig stinken.

macht's es guat
Servus, Pfiat di, ciao, tschüß,

Mördersmoker
ein Barbecuegrill, auf dem man eine ganze Sau grillen kann.

narrisch
verrückt, durchgedreht.

neugierige Urschl
die neugierige Ursula. Leider wird hier angenommen, dass die Ursula nicht gerade die Weisheit mit dem Löffel gefressen hat.

odeln
die Gülle, Jauche auf die Wiesen ausbringen. Stinkt wie die Sau.

Odelgrube
Güllegrube, Sickergrube. Möglichkeit aus Sch… Geld zu machen.

Pratzn
tellergroße Hände.

Ranzen
Airbag, Wohlstandsbauch, Körperteil, in das viel Geld und Essen investiert wurde.

Ratschkattl
Frau, aber auch Mann, die alles, was man ihr/ihm erzählt, brühwarm ausposaunt.

Sackelzement
Schimpfwort, ein Sack Zement? Wahrscheinlich ging der Sack kaputt und der Geschädigte fluchte.

saugut
sehr gut, spitze, phänomenal, Wahnsinn.

Schlawack
Gauner, Bandit, Betrüger.

Schmalznudl
saugut, sau fettig, Hefegebäck im schwimmenden Fett gebacken.

Schmarrn
dummes Gerede, bedeutungsloses Geplapper.

schnäpseln
das Einverleiben von vielen, meist unterschiedlichen, hochprozentigen Getränken. Achtung! Kopfschmerzen sind vorprogrammiert.

Schumpen
die Teenager unter den Kühen, Färsen, Jungvieh.

Schwammerl in de Knia
weiche Knie. Berühmt geworden durch eine bayrische Rock n'Roll Band aus den Achtzigern.

spinntisieren
nachdenken, träumen, grübeln.

stad
ruhig, still, gechillt,

stinkert
siehe bei »odeln«.

verhitzt
Vorstadium von »Schwitzen wie die Sau«.
Hat nichts mit dem Klimakterium zu tun.

verrotzelt
Sinusitis vom Feinsten.

versaubeutelt
aber so was von verkackt.

verzupf di
schwing die Hufe, gewinn' an Land, schleich di, suche ganz, ganz schnell das Weite.

vogelwild
kann man nicht erklären. Muss man erleben.

Zuagroaster
ein neu Zugezogener. Meist aus einem fremden Bundesland. Person ohne Daseinsberechtigung.

zutzeln
nuckeln, aussaugen.

zwider
voll grantig, übel gelaunt, Steigerung ist sauzwider.

Hausname

Um die Verwirrung nicht noch größer zu machen, als sie schon ist: Die Hauser Rosi, die doch Lechleitner heißen müsste, da sie die Oma von Josina Lechleitner und die Mutter von Tom ist. Zur Aufklärung: Die Hauser Rosi trug den Namen Lechleitner. Die Bezeichnung »Hauser« ist der sogenannte »Hausname«, der gerade in ländlichen Gebieten sehr verbreitet ist. In der Vergangenheit, als es noch keine Straßennamen und Hausnummern gab, bekam jedes Anwesen/Haus einen Namen. Meist bezog sich der Name auf den Beruf des Hausbesitzers oder die örtliche Begebenheit, in der sich das Haus befand. Ist jetzt alles klar?